完璧主義の天才魔術師様が
私の口説き方を
私に聞いてくるのですが!?

犬咲
Inusaki Presents

fairy kiss

この作品はフィクションです。
実際の人物・団体・事件などに一切関係ありません。

完璧主義の天才魔術師様が私の口説き方を
私に聞いてくるのですが!?

プロローグ　ぜんぜん美味しそうじゃない

カーン、カァーン——正午を告げる教会の鐘が春の空に高らかに響く。

ゴルドレオン王国の王宮奥深く、宮廷魔術師団団長執務室にて。

その音を耳にしたミリーは書類から顔を上げて、マロウブルーのハーブティーを思わせる薄青の瞳をキョロリと動かし、斜め向かいの席へと向けた。

整然と積まれた書類の山の向こうに見える人物。

マレフィクス・ワージーマイヤー、一カ月前からミリーが補佐官を務める上司であり、この国の宮廷魔術師団長でもあるその人は、鐘の音など聞こえなかったかのように、黙々と書類をめくっている。

均整の取れた長身を包む、金糸の刺繍《ししゅう》があしらわれた漆黒のローブ。

サラサラと流れる白金《プラチナ》の髪、ややアシンメトリーな前髪の下、長い睫毛《まつげ》に半ば覆い隠された瞳は深く鮮やかな菫《すみれ》色。

文面を視線で追いながら微《かす》かに首を傾《かし》げた拍子に、耳たぶで光る魔術師団長の証《あかし》、彼の目の色を模した耳飾りがしゃらりと揺れる。

伏し目がちに書類をながめるその顔は驚くほどに整っている。

親しみやすいだとか愛嬌《あいきょう》のある顔と言われがちなミリーと違い、すべてのパーツが完璧な配置で並んだ、彫像めいた涼やかな美貌を初めて目にした者は、十人中十人が思わず見惚《みと》れてしまうことだろう。

ミリーもそうだったので、よくわかる。

初めてマレフィクスと会ったとき、思わず心の中で叫んだから。

「こんなにきれいな人が実在していいんですか⁉」と。

もっとも、その感動も彼の人となりを知るまでのことだったが——。

「……お昼休憩いただきます」

控えめにかけた言葉に返事はない。

けれど、それもいつものことだ。彼は必要のないことはしない人だから。

一応義理は果たしたと、ミリーは背をかがめて机の下に置いたカバンから、白い布の包みと赤いチェックの水筒を取りだし、机に載せる。

よいしょ、と身を起こして、ふわふわと波打つミルクティー色の髪を背に流し、包みをパラリとほどいて現れたのは、ゆるい半月型のライ麦パンのサンドウィッチ。

水筒の中身は朝採りならぬ朝淹《い》れの紅茶だ。

たいてい、お昼はサンドウィッチのことが多い。

仕事帰りにアパートメントの近くにある市場に寄って翌日の具材を確保し、朝になったら近所のパン屋で焼きたてのパンを仕入れ、切って挟んで出来上がり。

それを持ってくるだけのお手軽ランチだ。

ちなみに昨日は鶏肉《とりにく》が安かった。なので、それをメインに据え、茹《ゆ》でて塩コショウで味をつけ、皮ごとすりおろして作ったレモンバターを塗ったパンにレタスと一緒に挟んだ。

ポカポカ陽気に相応しい、ひと足早い夏を感じるメニューといえよう。

——いただきます。

心の中で呟《つぶや》いて、あーん、と大きくかぶりつく。

むっちり感のあるパン、シャキリとしたレタス、しっとりとやわらかな鶏肉。

三者三様の歯ごたえを心地好《よ》く楽しんだ後は、三位一体の味わいが口いっぱいに広がる。

噛《か》むほどに染みだす鶏肉の旨《うま》み、爽やかな苦みとミルクの甘みが混じる滑らかなレモンバターと瑞々《みずみず》しいレタスの風味、ライ麦の力強い香ばしさ。

——ああ、今日も美味しい！

ノーマルバターにするかレモンバターにするか、大いに迷ったが、ひと手間かけてレモンバターにしてよかった。

——うんうん、大正解！

心の中で頷《うなず》いて、モグモグと噛みしめる。

なくなってしまうのがもったいなくて、じっくりのんびり味わっていると、不意にコンコンコンと扉を叩《たた》く音がした。

ミリーは、あ、と手をとめ、壁にかけられた振り子時計にチラリと視線を向ける。

十二時三十分。マレフィクスの「栄養摂取《ランチ》」の時間だ。

ミリーはサンドウィッチを持つ手を下ろすと、ポケットから出したハンカチで口を拭って、扉がひらくのを待った。

「……失礼いたします」

しずしずと入ってきたのは、宮廷で働く給仕の一人だ。

銀のトレーを手にした年若い給仕はミリーと目が合い、軽く会釈を交わした後、マレフィクスのもとに行くと、大ぶりの陶器のプレートと水のグラスをトレーから彼の前に置いた。

「……本日の昼食をお持ちしました」

「ありがとうございます」

微かに緊張に震える給仕の声かけに、響きの良い低音で答えて。

ようやく顔を上げたマレフィクスの視線の先、四角いプレートの上には肉や魚、野菜、穀物などなど、丁寧に下処理がされた食材が並んでいる。

まるで「今からこれを使って料理をしますよ」と言わんばかりの状態だが、この食材たちがどうなるのか、ミリーはもう知ってしまっている。

――美味しそう……なのになぁ。

心の中で呟いたところで、マレフィクスがプレートの上に手をかざし、サッとひと振りした。

途端、見えざる巨大な手に握りしめられるかのように、プレートの中心へと食材たちが一気に引き寄せられ、ぐしゃりと潰れ、収縮していく。

みるみるうちに黒々とした豆粒ほどの塊に変わったかと思うと、ふわりと宙に浮かび、薄くひらいた彼の口にスルリと入った。

それから、マレフィクスは水のグラスを手に取り、スイと一息に呷《あお》ってコトンと置いて――。

「下げてください」

一言、そう告げた。

「……かしこまりました」

一瞬の間を置いて、給仕が畏れの滲《にじ》む声で答える。

そして、そそくさとプレートとグラスを回収すると、給仕は深々と頭《こうべ》を垂れ、踵《きびす》を返して部屋を出ていった。

――うぅぅ、やっぱり、何度見ても慣れないなぁ。

いつも通りの「昼食」を終えて書類へと視線を落とすマレフィクスを感嘆半分、呆《あき》れ――いや、もったいなさ半分でながめながら、ミリーは心の中で呟く。

「おなかに入れば皆同じ」という言葉があるが、マレフィクスほどそれを徹底している者はいないだろう。

初めてこの光景を目にして、唖然《あぜん》とするミリーに向かって彼は言った。

「健康維持に必要な栄養を摂取するのに、これが一番完璧で効率的な方法です。一切食材を無駄にすることなく、咀嚼《そしゃく》のための時間も省けますから」と。

それを聞いてミリーは「さようでございますか」と愛想笑いで答えつつも、「食事というより、食餌《しょくじ》みたいだわ」と思ってしまったものだ。

食べ方は人それぞれ、他人の食べ方に文句をつけるのは失礼だ。

――でも、ぜんぜん美味しそうじゃない。

どれもこれも、手間暇をかけて用意された、とびきり上質な素材のはずなのに。

——もったいなくはないんだけれど、もったいないって思っちゃうわ……。

余計なお世話だと、わかってはいるのだが。

水筒の蓋に注いだ紅茶を口にして、ミリーは、ふう、と小さく溜《た》め息をこぼす。

まったくもって、天才の考えることは凡人には理解しがたい。

——まあ……すごいってことだけは、わかるけれど。

たとえ、マレフィクスの思考を理解して実践しようと思っても、ミリーには、とうてい彼の真似はできない。

食材を圧縮するのに、どのような魔術を使っているのか予想はついても、あのようにスムーズに、かつ皿を汚さずには行えない。

——それに、たぶん消化するのにも何か魔術を使っていると思うのよね。

あそこまで小さく圧縮したものを、ただ飲んだだけでスムーズに消化吸収できるとは思えない。

身体操作の魔術で徐々に分解し、吸収できるようにしているのではないだろうか。

彼ほどの魔術師ならば、それくらいできてもおかしくない。いや、できる。間違いない。

それどころか、さらに一歩進んで「今日から食事がいらなくなりました」と光合成を始めても、「あー、それくらいできますよね！」と納得してしまうだろう。

——だって、天才だもの。

ミリーよりも四つ年上の二十五歳、まだまだ青年と呼べる年齢の彼が魔術師団の長になったのは、今から十年も前のこと。

十二の年に宮廷魔術師団に入り、三年後、十五歳という若さで頂点に上り詰めた。

その時点で国一番だったのだから、今ではもうきっと、世界で一番と言っていいだろう。

——何てったって、「星の魔術師」の生まれ変わりだものね！

紅茶を一口飲んで、ミリーは微かに頬をゆるめた。

「星の魔術師」は、この国に伝わるおとぎ話に登場する。

千年の昔、ほうき星のしっぽに乗ってやってきて、偉大な魔術で土地を拓《ひら》き、人々にたくさんの恵みをもたらしたと言われている「全属性の魔術師」だ。

普通の魔術師は、使える魔術の属性が決まっている。

その属性の適性がなければ、正しい呪文を唱えても魔術が発動しない。

また複数の適性があっても、火と水など相反する属性は、普通はどちらかしか使えない。

けれど「星の魔術師」は、すべての属性に適性があったと言われている。

できないことなど何もない、すべての魔術師の原点であり頂点とされる存在なのだ。

そして、マレフィクスもまた、すべての属性に適性がある稀有《けう》な存在なのだが、彼が「星の魔術師の生まれ変わり」と称される要因は、もうひとつある。

星の魔術師は「その瞳の中に星があった」と伝えられている。

ミリーが幼い頃に読んだ絵本では、夏の夜空を思わせる深い青紫の瞳の中、太陽の周りに見える光の輪——日暈《にちうん》のように、金色の星の輪が描かれていた。

——こんなにきれいな目を持っている人なんて、いるわけないって思ったけれど……。

頭の中に思い出のページを広げたところで、不意にマレフィクスが顔を上げ、目が合った。

微妙に長さの違うアシンメトリーな前髪——目にかかるまで伸びた時点で魔術で処理するらしく、

切るタイミングが左右で異なるゆえに、こうなっているらしい――の下。

そっと目を凝らすと、どっさりと濃い睫毛に囲まれた菫色の瞳の中、黒々とした瞳孔を囲むように、放射状に散った金色の輝きが見える。

この目こそ、彼が「星の魔術師の生まれ変わり」と呼ばれるゆえんなのだ。

――本当に、不思議できれいな目。

初めてマレフィクスと顔を合わせたとき。

その顔立ちはもちろん、何よりもミリーが心を揺さぶられたのは彼の瞳だ。

王都で、特に魔術師の間では彼の瞳のことも、彼が「星の魔術師の生まれ変わり」であることも有名だったらしいが、田舎育ちのミリーは知らなかった。

だから、不意打ちで目にした瞳の中の星空に、言葉を忘れて見入ってしまった。

――「わぁ、星の魔術師だ！」って、感動しちゃったのよね。

そのことを今では懐かしく、恥ずかしく思い、そして――若干悔やんでもいる。

心の中で溜め息をこぼしたところで、ふと、マレフィクスが微かに眉をひそめて尋ねてきた。

「どうしました、ミリー？　今日は食が進んでいないようですが……」

「え？　あ、いえ……」

ハッと我に返って「大丈夫です」と答えようとしたところで、世にも美しい瞳がスルリと動き、食べかけのサンドウィッチへと向けられる。

「咀嚼が面倒ならば――」

「っ、いえ！　ひと休みしていただけです！　お気遣いありがとうございます！」

ミリーは慌ててサンドウィッチを持ち上げ、彼の視線から庇《かば》うように胸に引き寄せた。

せっかくのランチをギュギュッと圧縮されてはかなわない。

「そうですか？」

「はい！　私は団長と違って、魔術で身体管理ができませんので！　咀嚼も健康維持のために必要なのです！」

そう訴えるとマレフィクスは「そうですか」と首を傾げてから、納得したように頷き、呟いた。

「凡庸な魔術師は大変なのですね」

嫌みも何もない、サラリとした口調で。

自分とは異なる生き物の生態について「そういうものとは知らなかった」というように。

「……はい、大変なんですよ。凡人は」

愛想笑いで答えてから、サンドウィッチに視線を落として、ミリーは心の中で呟いた。

——本当、こういうところがちょっと……なのよねぇ。

悪い人ではないのだろう。

ただ、天才すぎるゆえに他人を一段下の存在とみなしていて、凡人の心や他愛のないコミュニケーションなど、非効率で不完全なものの必要性を理解できないだけで。

——悪気はないと思うのよ？　でも、やっぱりイラッとしちゃうのよね！

先ほどのお昼休憩で声をかけたときもそうだ。

マレフィクスは嫌がらせで無視をしたわけではない。

単に、返事の必要性を感じていないのだ。

ミリーが休憩を取ることに、彼は自分の許可などいらないと思っているから。

補佐官に就任したとき、最初に言われた。

「私は凡庸な人間と違って休憩を必要としません。ですが、あなたは違うでしょうから、必要だと感じたときに適宜自由に休んでください。都度、私の許可を取る必要はありませんので」と。

ナチュラルに「凡庸な人間」だと見下されながら、労《いたわ》るような提案をされて、どのような反応をすればいいのか戸惑ったことを覚えている。

――ある意味、誤解されやすいタイプなのかもしれないけれど……。

とはいえ、悪意がない分、余計に性質が悪いともいえるだろう。

またひとつ心の中で溜め息をこぼしつつ、マレフィクスを見ると、すでにミリーへの関心を失ったのか仕事に戻っていた。

黙々と書類をめくり、羽根ペンを走らせていたかと思うと、不意に動きをとめて右手を掲げる。

途端、ひらりと壁際の本棚から本が飛んできて彼の眼前でひらいた。

その紙面にチラリと視線を走らせた後、すぐさま用はすんだとばかりに手を振れば、元の位置に戻っていき、新たな一冊が本棚から飛び立っていく。

風の魔術の応用なのだろうが、他の本も机の上のものも一切動いていない。

――本当に、息をするみたいに魔術を使うのね。

彼の頭の中では、本を読んでいる間も途切れることなく呪文が流れつづけているはずだ。

――きっと、今話しかけても、本が落ちたりしないんだろうな。

呪文は口に出しても、心の中で唱えても効果は変わらない。

ただし、一言一句間違えることなく、最初から最後まで唱えおわらなければ発動しない。

唱えている間に誰かに呼ばれて「はい」と返事をした瞬間、あるいは頭の中で「何?」と呟いた刹那、それまで何十分かけて唱えていたとしても、即座に無効となってしまうのだ。

会話をしながらでも、完全に独立した思考で呪文を唱えていられればセーフになるが、一瞬でも混ざったらアウトになる。

本を読みつつとなれば、いっそう難しい。

ミリーは頭の中で朗読するタイプなので、絶対に無理だ。

それなのにマレフィクスは本と書類を広げながら、ミリーとの会話も問題なくこなしてしまうのだから、もう別次元といっていい。

——団長の頭の中って、どうなっているんだろう……。

才能も思考も、良くも悪くも同じ人間とは思えない。

本当にすごい、尊敬すべき人ではあるのだが、「すごすぎてついていけない!」と一日に一度は思ってしまう。

自分のような凡人が、この人の補佐官として上手くやっていけるだろうかと。

——まだ一カ月だし、そのうち慣れるとは思うけれど……やっぱり、田舎の方が気楽でよかったなぁ。

目の前で繰りひろげられる魔術ショーをながめつつ、ミリーは弱音ごと呑《の》みこむように、サンドウィッチにかぶりついた。

第一章　天才だからって偉そうに！

暦がめくれて五月に入り、季節がまた一歩夏に近付く頃。

珍しく昼食を外で食べ、王宮の回廊を歩いていたミリーは爽やかな声に呼びとめられた。

「ミリー！」

――うっ、この声は……！

サッと振り向いて目に入ったのは、廊下の先を曲がってくる線の細い一人の青年と、それを取り巻く黒衣の護衛たちの姿だった。

「……王太子殿下」

ポツリと呟いて、ミリーはサッと頭を垂れる。

亜麻色の髪をなびかせ、精緻な刺繍をあしらった青い上着の裾をひるがえしながら、コツコツと歩いてきたその人――御年二十五歳、ゴルドレオン王国の王太子である――アデルバート・ゴルドレオンはミリーの前で足をとめ、ニコリと微笑《ほほえ》んだ。

「やぁ、久しぶりだね、ミリー」

声をかけられ、ミリーが顔を上げると、アデルバートは端整な顔に浮かべた笑みを深めた後。

「つい先ほど、外遊から戻ったところなんだ」

にこやかに告げて、ミリーの頬に手を伸ばした。

「相変わらずの可愛《かわい》い林檎《りんご》ほっぺだね。元気そうで何よりだよ」

深いグレーの目を細めながら頬をつつかれ、撫《な》でられて、ついミリーは苦笑を浮かべてしまう。

アデルバートはミリーの血色の良い頬を気に入っているようで、会うたびに、挨拶代わりにからかってくるのだ。

下々の者にも親しく接してくれるのは民としてはありがたいものの、一人の女性としては、ちょっと抵抗を感じなくもない。

「ありがとうございます。殿下もお元気そうで何よりです」

「ふふ、ありがとう。実はこれから父上に報告でね……上手くできるかどうか少し憂鬱だったんだけれど、君の顔を見たら元気が出たよ！」

まばゆいほどに白い歯を光らせながら告げられ、ミリーが「光栄です」と返すと、アデルバートは「ああ、そういえば」と呟いて、ミリーの頬から肩に手を移した。

「マレフィクスの補佐官に就任して、今日でちょうど二カ月だね。不便や不満はないかい？」

「いえ、大丈夫です」

「そう、それはよかった。彼は素晴らしい才能の持ち主だけれど、その分、少し変わった価値観の持ち主だから、戸惑うことも多いだろう？」

困ったものだ、と言うようにアデルバートは眉を下げる。

「何か嫌な思いをしたり、困ったことがあれば、いつでも頼ってくれていいんだよ？　同じ『凡庸な人間』として、君の味方になってあげるからね！」

悪戯っぽく言いながらも、アデルバートのまなざしには真剣な色が混じっている。

マレフィクスと同じ年の彼は以前、「私は生まれこそ高貴だけれど、マレフィクスのような才能はないから、彼の言う『凡庸な人間』の気持ちがよくわかるんだ」と寂しそうに話していた。

だから、身分は違えど、ミリーに共感してくれるのだろう。

「……お気遣いありがとうございます」

ミリーが頬をゆるめて返したところで、アデルバートの傍らに控えた侍従が彼に耳打ちをする。

「うん、わかった……もう少し話したかったけれど、すまないね、ミリー。時間みたいだ」

アデルバートは苦笑を浮かべると「くれぐれも無理はしないようにね！」と励ますようにミリーの肩を叩いてから、傍らを通りすぎていった。

その背に向かって、ミリーは深々と頭を垂れる。

――「無理はしないように」と言われましても……。

ほう、と溜め息をこぼして顔を上げ、遠ざかるアデルバートの背を、少しばかり恨みがましげに見送りながら、心の中で呟いた。

――そもそも、私が宮廷魔術師になること自体、「無理」だったと思うんですけれどね……。

何を隠そう、ミリーを宮廷魔術師にスカウトしたのは、アデルバートその人だ。

二カ月と少し前。地方の巡幸に訪れた彼の鷹《たか》が怪我《けが》をして、その治療をした縁で宮廷に招かれた。

前任の補佐官が異動願いを出していて、「ちょうどいい」からと。

おそらく、アデルバートなりに精一杯の感謝の気持ちを表してくれたのだろう。

宮廷魔術師団に入ることは魔術師として何よりの名誉だから。

「この村に留《とど》まっていては、魔術師として成長が見こめないだろう？　魔術師団に入った方が成長できる。それに、自分たちの村から宮廷魔術師が出たとなれば、村の人たちも誇りに思うはずだ」

悪気のない爽やかな笑顔で告げられて、ミリーは「そうかもしれませんね」と苦笑いを返すことしかできなかった。

――王太子様直々のお誘いだから、断るに断れなかったけれど……。

正直言って、辞退したかった。

本来、ミリーは宮廷魔術師になれるような人材ではないのだ。

魔力がある人間は珍しくないが、魔力があっても魔術が使えるとは限らず、「魔術師」になれるのは百人に一人程度。

王都ならさほど珍しくないにせよ、小さな農村では魔術師が一人もいないということもある。

宮廷魔術師ともなれば、魔術師の中でもずば抜けて優秀な才能の持ち主が選ばれるわけだが……。

では、ミリーがその「ずば抜けて優秀な魔術師」の中に入るかというと、まず入らない。

確実に、ない。

魔術適性自体は多く、魔力量も少なくはないが、一点、致命的な欠陥があるからだ。

すべての魔術が超初級レベルでしか使えない――という、ショボすぎる特性が。

水魔術で出せる水はコップ一杯、風魔術で起こせる風は「あ、涼しい」と目を細められるくらい、火の魔術ではコップ一杯の水で消せるような小さな炎しか作れない。

睡眠魔術も大人を眠らせることはできず、お昼寝が必要な年代の子供たちにしか通用しない。

どれもこれも「ないよりマシ」、ちょっと暮らしを便利にできる程度のささやかな能力だ。

とはいえ、そのようなショボい力でも、生まれ育った農村では、それなりに重宝されていた。

赤ちゃんの寝かしつけを手伝い、お年寄りの膝や腰の痛みを和らげ、生乾きの毛布をふかふかにして、真夏にバテた子供たちを氷魔術で冷やしたり――などなど。

頼れる魔術師というよりも「うちの村の便利屋さん」といった微妙な位置づけではあったが、日々、それなりにやりがいを持って忙しく過ごしていたのだ。

――それで充分だったんだけれどなぁ……。

宮廷魔術師になどなりたくなかった。

身の丈に合わない栄光はいらない。平凡な幸せが一番。

だから、本当は就任時にマレフィクスに事情を話して、クビにしてもらおうと思っていたのだ。

――でも、あの目があんまりきれいだから……もうちょっと見ていたいって思っちゃったのよね。

絵本で見たままの瞳の星空。

あの日に見惚れて、ついつい言いそびれてしまい、今日に至るというわけだ。

――我ながら現金というか、意志が弱いことだわ。

はあ、とまたひとつ溜め息をついたところで、あれ、とミリーは目をみはる。

遠ざかっていく王太子ご一行の中から、スッと離れて、小走りに駆け寄ってくる者がいたのだ。

スラリとした長身に漆黒のローブをまとったその黒髪の男はミリーの前任者、先代の魔術師団長補佐官である、ウォルター・ベイカーだった。

「どうしました、ウォルターさん」

ミリーの方からも駆け寄って小声で尋ねると、ウォルターは甘く整った顔に困ったような笑みを浮かべて、両手を合わせてきた。

その「お願い」ポーズを見た瞬間、察したミリーは促す。

「……団長への伝言ですね、何ですか?」

「っ、さすが、ありがとう。なるべく近いうちに半月、いや、十日くらいお休みをもらいたいんだ」

ウォルターは王太子付きの護衛魔術師の一人だが、その人事権はあくまでも魔術師団の長にある。勤怠管理の権限はアデルバートではなく、マレフィクスが握っているのだ。

「十日……結構長めですね」

「うん。最近、娘の夜泣きがちょっと……」

「夜泣きですか?」

二歳の双子の女の子で「最近、少しだけ話せるようになったんだよ」と嬉《うれ》しそうに教えてくれたのは、つい先日のことだ。

「うん。もう終わったはずだったんだ。だから、殿下の護衛も務まると思ったのに……最近、また復活して、どんどんひどくなってきちゃってて……」

家庭の事情で仕事を休むことを後ろめたく思っているのだろう。

ウォルターは言葉を濁しながらも、髪と同じく黒々とした瞳に懇願をこめて訴えてくる。

「俺が夜番のときは、アンナが一人で見てくれているんだけれど、原因もわからないし、もう正直限界みたいなんだ」

ウォルターと妻のアンナは幼なじみ同士で結ばれて、アンナはウォルターの実家のパン屋を義理の母親と一緒に切り盛りしていると聞いたことがある。

母親もだいぶ高齢だと聞いたので、あまり頼れないのかもしれない。

「……それは大変ですね。わかりました、お願いしてみます！」

「ああ、ありがとう！　本当、いつも助かるよ！　お願いします！」

ウォルターはホッと表情をゆるめ、深々と頭を下げてから、サッと踵を返した。

またたく間に遠ざかっていくその背をながめながら、ミリーは、ふ、と苦笑を浮かべた。

――いつも助かるよ、か……役に立てるのは嬉しいけれど、やっぱりちょっと複雑だなぁ。

今日のような伝言を頼まれることは珍しくない。

ウォルターだけでなく、他の魔術師からも度々言付かっている。

実のところ、こういった伝言役こそが魔術師団における、ミリーの一番の仕事だったりする。

マレフィクスの補佐官に最も期待されることは魔術の才能ではなく、こういった緩衝材としての役割なのだ。

――まあ、だからこそ、私でも務まっているわけだけれど。

伝言は、主に休暇申請や割り振られた仕事の変更願いなどが多い。

補佐官に就任した翌日、初めてウォルターから「補佐官の真の役割」について伝えられたときは「そんなの直接言えばいいのに」と思ったものだが、そう簡単ではないらしい。

ミリーの疑問を察したように、ウォルターは苦笑まじりに言ったのだ。

「皆、あの目が怖いんだよ」と。

千年に一人の天才、「星の魔術師の生まれ変わり」の証である、あの目。

あの目で静かに見つめられると、どうにも畏縮してしまい、いたたまれなくなるのだそうだ。

「何ていうか、才能を見せつけられながらも、こっちには何の期待もされてないのが伝わってくる感じというか……いや、言えば、すんなり休ませてもらえるだろうなってことはわかってるんだよ。どんな難しい案件だって団長が代わってくれるだろうなって。だって、あの人なら、一瞬で終わるようなものばっかりだし……」

だからこそ、「この仕事は嫌です」「休みたいです」が言えないのだという。

凡庸な人間はこんなこともできないのか、そんなことで休むのか――と呆れられるのが怖くて、悔しくて。

だから以前は、魔術の適性は向いているが苦手な仕事や、家庭の事情で休みたい場合でも、皆、何も言わず我慢してこなしていたのだそうだ。

「こっちが勝手に劣等感こじらせてるだけだってわかっていても……やっぱり、キツいんだよね」

ウォルターも人当たりの良さを買われて補佐官になったそうだが、半年ももたなかったらしい。

上司であるマレフィクスが休みも取らず、自分よりも遥《はる》かに多くの仕事を完璧にこなしているというのに、自分ときたら、その半分どころか十分の一の仕事もこなせない。

「もっとできるって証明したくて、無理して仕事増やして抱えきれなくなって、余計に団長との才能の差を思い知らされちゃってさ……」

どんどん魔術師として自信を失っていき、そのうち家族との仲までギクシャクしはじめてしまい、「もう無理だ」と異動願いを出すことになったのだ。

そのような顛末《てんまつ》を語りおえたウォルターは「面倒事、押しつけちゃってごめんね」と、悔しそうに寂しそうに微笑んでいた。

そのとき、ミリーは思ったものだ。

――才能がある人って、大変なんだな……。

ミリーに比べれば、ウォルターも他の宮廷魔術師も、皆、才能に富んだ立派な魔術師だ。

だからこそ、マレフィクスと自身を比べてしまうのだろう。

ミリーからすると、マレフィクスは完全に別次元の存在なので、比べて嫉妬をするような対象ではない。

犬が狼《おおかみ》になりたいと焦がれはしても、ハツカネズミが狼に憧れることはないのと同じだ。

――それに……私はあの目、嫌いじゃないもの。

天才すぎてついていけない、理解できないと思うことも多い。

けれど、一人の魔術師としては純粋に、マレフィクスのことを尊敬しているのだ。

それこそ、輝く星を見上げる子供のような気持ちで。

田舎の方が気楽だし、いつまで務まるかわからないという自信のなさは変わらない。

それでも、近頃は思うようになったのだ。

せっかく星の魔術師のそばにいられるのだから、続けられるだけ続けてみよう。

いつか故郷に帰ったときに「うちの村の頼れる便利屋さん」になれるように、たくさん学ばせてもらおう――と。

――そのためにも、とりあえず勤続一年を目標に頑張ろう！　うん！

自分を励ますように頷くと、ミリーは団長執務室へと向かった。

＊＊＊

その後も粛々と仕事をこなし、空が茜《あかね》に染まる頃。

慌てた様子で入ってきた文官が、マレフィクスに束になった書類を渡して去っていった。

いったい何だろうと、ミリーがそっと伸び上がってマレフィクスの手元を見ると、細かい文字が並んだ書類の束から、どこかの地図が覗《のぞ》いているのが見えた。

細かい年輪のような等高線からして、山間《やまあい》の地域だろうか。

そう思ったところで、あ、と思い当たった。

「……先日の豪雨被害があったところですか？」

季節の変わり目のせいか、少し前に激しい雨が続いた時期があり、その影響で山肌が崩れ、河川の氾濫が起きた村があるという話は耳にしていた。

チラリとマレフィクスが視線を上げて、答える。

「そうです。早急に復旧してほしいということですので、行ってきます」

言いつつ立ち上がるのに、ミリーは「え」と目をみはる。

「今から、そのまま行くんですか？」

他の魔術師を集めたりしなくていいのだろうか、と首を傾げながら尋ねると、彼はこともなげに「はい」と頷いた。

「とはいえ、馬車の用意が必要ですので、出立は一時間後といったところでしょうか」

「一時間……わ、わかりました！　急いで支度いたします！」

慌てて立ち上がると、マレフィクスはチラリと壁の時計に視線を走らせ、尋ねてきた。

「あと十分で終業時間ですが、ついてくるのですか？」

どうやら彼は一人で行くつもりだったらしい。

「はい。団長のお仕事を見て、学ばせていただけたらと思ったのですが……」

とはいえ、ミリーが行ったとしても、できるのはせいぜい暖炉の火起こしくらいだ。

「……まあ、お邪魔ですよね」

大人しく席に着こうとしたところで、返ってきたのは「いえ」という否定の言葉だった。

「邪魔にはならないと思います」

「そ、そうですか！　なら、ぜひ――」

「ですが、初めての場所ですので、馬車で行くことになりますよ」

真剣な面持ちで告げられ、ミリーは首を傾げる。

――馬車で移動って、普通そうよね？　あ、もしかして、酔わないか気にしてくださってるのかな？

被害があった地域は、確か王都からだいぶ離れていたはずだ。

きっと、長旅で車酔いをしないかと案じてくれているのだろう。意外とやさしいところもあるものだ。

「大丈夫です！　お気遣いありがとうございます！」

ニコリと笑って答えると、マレフィクスは「そうですか」と静かに頷いて。

「では、あなたも行くのなら、もう一時間ほどゆとりを持ちましょう。凡庸な人間は準備に時間がかかるでしょうからね。八時に出立でよろしいですか？」

「……お気遣いありがとうございます」

いつもの見下し発言で、上がった好感度がシュンと下がるのを感じつつ、ミリーは笑顔で言葉を返したのだった。

＊　＊　＊

それから、大急ぎでアパートメントに帰り、沐浴《もくよく》と着替えをすませて王宮に戻って――。

夕食を忘れたことに気が付いたのは、王宮の前庭から、マレフィクスと共に馬車に乗りこんだ後のことだった。

――あぁ、パンだけでも持ってくればよかった！

魔術で水はどうにか出せるが、パンは出せない。

被災地でごちそうになるわけにはいかないだろうから、明日の昼、もしかすると夜まで食事抜きになるかもしれない。

――うう、おなか鳴りませんように……！

願うそばから「いや、しっかり主張させてもらいます」とばかりに、ぐーきゅるると鳴りだして、気恥ずかしさに俯《うつむ》いたところで、向かいの席でマレフィクスが身じろいだ。

何だろうと顔を上げると、ローブのポケットからゴソゴソと何かを取りだしている。

「……どうぞ」

「え、あ、ありがとうございます」

戸惑いながらも両手をそろえて差しだして、コロンと手のひらに置かれたのは白い紙で包まれたキャンディのようなものだった。

両端の結び目をほどいて現れたのは、黒々とした豆粒ほどの塊。

——こ、これって、あれよね!?

マレフィクスがいつも昼食に摂《と》っている完全栄養食的なものだろう。

「ええと、これ、いただいてしまっていいんですか？　団長の分は？」

「私の分は別にあります。あちらに着くのは明日の朝ですから、それまではこれでもつでしょう」

「……ありがとうございます」

左の手のひら、白い紙の真ん中に鎮座する黒々とした塊を、嬉しいような怖いような複雑な思いで見つめつつ、ミリーはどんな顔をしていいものやらと迷う。

「……私が食べても消化できますかね」

「胃液に反応して元の質量に戻るようになっていますし、圧縮する段階で粉砕されていますので、問題ありません」

「そうなんですね……じゃ、じゃあ、いただきます」

とは言ったものの、すぐさま口に放りこむ勇気が出ず、ミリーは「あ、そうだ！」と時間稼ぎをするように話題をそらした。

「あちらに着くのは明日の朝ということですが、思ったよりも時間がかかるんですね！」

「ええ、仕方がありません。馬車での移動はどうしても時間がかかりますから……ですが、帰りは

「一瞬ですみますよ」

「え？　どうして一瞬ですむんですか？」

「一度訪れた場所ならば、転移魔術で移動できますから」

「転移魔術で⁉」

「はい。今回も帰りは王宮まで転移する予定です」

こともなげに答えた後、マレフィクスは微かに首を傾げてミリーに尋ねた。

「あなたも転移魔術の適性はあるでしょう？　入団時の申告に入っていましたよね？」

「……ありますが、あるといえるほど使えませんので」

唱えてみたことはあるが、立てなくなるほどごっそり魔力を消耗した割に、五歩分くらい移動しただけだった。

転移魔術は数ある魔術の中でも、ひときわ難易度が高い魔術なのだ。

「本当に、馬車で半日もかかる場所から、王宮に転移なんてできるんですか？」

「できます」

微塵《みじん》のためらいもなく頷かれて、ミリーは、はぁぁ、と言葉を失う。

——本当に天才なんだなぁ……！

畏敬の念をこめて見つめていると、マレフィクスは、どうして見られているのかわからない、というように再び首を傾げ、それから、チラリとミリーの手元に視線を移し、ああ、と頷いた。

「……すみません、水を忘れていましたね」

そう言って車内の壁に備えつけられた棚から、銀製のゴブレットを二脚取りだすのを目にして、ミリーはハッと我に返った。

「す、すみません！　決して、そんなつもりで見ていたわけではないのですが！」

「そうなのですか？　……ですが、水が必要なことには変わりないでしょう」

特に気分を害した様子もなく、サラリと返され、ミリーはかえっていたたまれなくなる。

「それはまあ……あ、そうだ、水、私が出します！」

「結構です、私が出した方が早いので」

またしてもサラリと告げられ、ミリーは「そうですよねー」と肩を落とした。

「それじゃあ、お願いいたします」

「はい」

マレフィクスが頷いて、両手に持ったゴブレットをクルリと揺らす――と次の瞬間には、澄んだ水がゴブレットを満たしていた。

「どうぞ」

差しだされたゴブレットを「ありがとうございます」と受けとり、口に運ぶ。

そっと一口飲めば、冷たすぎず温《ぬる》すぎず、仄《ほの》かに甘く清らな流れが喉を通っていく。

ミリーの作る水――良くも悪くも無味無臭、歯にしみるほど冷たかったり、ちょっと気持ち悪い温さだったりする――とは大違いだ。

――嘘《うそ》でしょう……水の味まで違うなんて、どれだけ天才なのよ⁉

感嘆を通りこして畏怖さえ覚えながら、左手に載せた完全栄養食の塊を口に運び、ひょいと放りこみ、コロリと舌の上に転がして――。

「……ぅぐっ」

ミリーは思わず口を押さえ、すぐさまゴブレットを呷った。

舌を洗い流すように、ゴクゴクと喉を鳴らして一気に飲み干していく。

水が驚きの美味しさだったので、こちらも――という期待は無残に踏みにじられてしまった。

――うう、こんなの、人が口にしていい味じゃないぃ……！

ひとつひとつの食材が互いの長所を殲滅《せんめつ》しあい、すべてが無へと帰した果てに生み出された混沌《こんとん》のような味わいに舌を蹂躪《じゅうりん》され、うぐぐ、と悶《もだ》える。

「……すみません。『舌にふれないように飲んでください』と言うのを忘れていました」

ミリーの様子から、何が起こったのか察したのだろう。

マレフィクスが今さらな注意事項を告げてくる。

――それは、忘れずに言っていただきたかったです！

ミリーは涙目になりながら心の中で言い返すと、かがめていた背を起こして、それから、ニコリと微笑んだ。

「いえ、ごちそうさまでした……！」

ちょっとばかし声が震えてしまったが、それでも笑顔で感謝を伝える。

できれば先に忠告してほしかった。とはいえ、仕方ないだろう。

――だって、団長、こういう分けあいっこ慣れてないだろうし……。

普段何も考えずに口にしているものを誰かに分けるとき、ついつい注意事項を忘れてしまったとしても無理はない。

だから、分けてくれた気持ちだけ、ありがたく受けとることにしたのだ。

――でも、口直しは欲しいかな……あ、そうだ！

ミリーはローブのポケットに手をつっこむ。

今日、昼食を取った食堂で「おまけだよ」と言って飴玉《あめだま》をもらったのだ。ちょうど、ふたつ。

仕事終わりに小腹が空《す》いていたら、口の中でカロカロ転がしながら帰ろうと思って忘れていた。

――あった！

ピンク色の包み紙の端がちょっぴり折れてしまっているが、ほどけてはいない。

ゴブレットを置いて、ひとまずひとつ、飴を右手のひらに転がし、マレフィクスに差しだす。

「はい、おひとつどうぞ！」

ミリーの動きを黙って見守っていたマレフィクスは、驚いたように目をみひらいて、それから、ゆるゆるとかぶりを振った。

「咀嚼の手間がかかりますので……」

もうひとつの飴玉を口に放りこんで、ミリーは答える。

「咀嚼は不要です。口の中に入れておくだけですよ、飴ちゃんですから」

「そうなのですか？」

「はい。あ、でも、食べた後、虫歯にならないよう口内を浄化した方がいいと思いますが……」

それなら、そんな手間がかかるものはいりません――と断られるかと思ったが、意外にも、マレフィクスは飴の包みをジッと見つめた後、「いただいてみます」と答えた。

包みをほどいて指先で飴玉を摘《つ》まみ、慎重に口に入れ、そっと唇を閉じて、微かに目をみはる。

「……味がします」

呟いた声は真剣な驚きに満ちていて、ミリーは思わず、小さく噴きだしてしまった。

「そりゃあ、しますよ！　飴ちゃんですから！」

「ん、甘くて、少し酸味もあります……これは何の味ですか？」

「苺《いちご》味です」

「ん、なるほど……ほういえば、苺というものは、こんな味でしたね」

初めて味わう飴玉を、どう扱っていいのかわからないらしい。

舌に載せたまましゃべるせいで、何とも話しにくそうな様子に、ミリーは頬をゆるめる。

――ふふ、何だか子供みたい！

そう思ったところで、ウォルターからの伝言を思い出した。

「ああ、そうだ……団長、ウォルターさんから休暇の取得願いが出ています。十日ほどお願いしたいとのことです」

「ん、ほのような……」

話すと飴が口から出てしまいそうなのだろう。

困ったように眉を寄せて口元を押さえるマレフィクスに、微笑ましいような気持ちになりつつ、ミリーは自分の頬を指し示した。

「話すときは、ほっぺにしまうといいですよ！　リスみたいに！」

「……なるほど、これならあまり邪魔になりませんね」

ふむ、と頷いた後、マレフィクスは静かに問いかけてきた。

「ウォルターからそのような希望は届いていませんが、いつ話をしたのですか？」

「今日です。たまたま廊下でお会いしまして」

「そうですか。十日とは少し長いですね。それほどの休養を必要とするような、過度な負担を課してはいないと思うのですが……」

首を傾げるマレフィクスに、ミリーは「ええ、もちろんそうです」と答えてから、続けた。

「ご家庭の事情だそうですよ」

「事情？　どのような？」

「お子さんの体調の問題で、奥様の負担が大きくなっているそうで、奥様まで体調を崩してしまわないように、仕事を休んでサポートをしたいようです」

「そうですか。ですが自己都合で休暇を取得した場合、その期間中の報酬は出ません。殿下の不興を買う可能性もあります。経済面や職務への影響を鑑《かんが》みるなら、彼が休暇を取るのではなく、乳母を雇う方が賢明ではありませんか？」

マレフィクスらしい無駄のない提案に、ミリーは思わず苦笑を浮かべる。

わかっている。彼に悪気はないのだ。休みを取ること自体に反対しているのではなく、非効率な行動に疑問を感じているだけだろう。まあ、それ自体が問題といえば問題なのだが……。

「ええとですね、団長のおっしゃることも正しいです。ですが、ウォルターさんは経済面ですとか出世に響くとか、男のメンツよりも、奥様の精神面のケアを重視しているんだと思いますよ？」

「精神面？」

「はい。夫として、妻に寄りそうといいますか……」

ミリーは、うーん、と思考を巡らせる。

きっとマレフィクスからすれば無駄で不合理でしかない、凡庸な人間の価値観を、どう伝えれば理解してもらえるだろうか。

「……あのですね。私、故郷の村で子育て中の奥様方のお手伝いをすることも多かったんですが、経済的には困っていなくても、『子供のことで相談したいのに、夫が話を聞いてくれない』『君に任せるって、ぜんぶ丸投げしてくる』『二人の子供なのに一緒に育ててくれない』と愚痴……いえ、嘆く方が少なくありませんでした」

「つまり、『家計を支えるだけでは、父親や夫として充分に責任を果たしているとはいえない』ということですか?」

「そうですね……お金も大切ですが、それだけでは足りないんだと思います。『子育てって毎日が戦場なのよ!』と言っていた方がいましたが……きっと母親にとって、父親は一緒に戦ってくれる戦友で、一番の味方であってほしい、ということなんじゃないでしょうか?」

言いながら、ミリーの頭に浮かんだのは、早くに亡くなった父の顔だった。

父はごくごく普通の農民で、家計は「貧しい」寄りだったが、母は誰よりも父を頼りにしていて、「お父さんはお母さんの一番の味方なのよ!」が口癖だった。

天に召されるときでさえ、「お父さんが待っているから、怖くはないわ」と笑っていたくらいだ。

「……なるほど、戦友ですか。確かに、軍資金を出すだけでは戦友とは呼べませんね」

それならば理解できるというように頷くマレフィクスに、ミリーはホッと頬をゆるめる。

「はい。ですので、ウォルターさんの休暇を認めてさしあげてください。団長のおっしゃる通り、経済効率は良くないかもしれませんが、ご家族にとっては大切で、必要な休暇なんです」

そう締めくくると、マレフィクスは「そうですか」と頷き、少し睫毛を伏せて考えて。

「……夫婦とは本来、そうして労りあうものなのですね」

ポツリと呟いてから、静かに顔を上げた。

「わかりました。魔術師にとって精神の安定は重要なことです。家庭内の不和が生じれば、ウォルターの精神にも悪影響が出るおそれがあります。彼が今後も安定した成果を出せるよう、今、休暇を取らせることにしましょう」

「っ、ありがとうございます！　よろしくお願いします！」

すんなり認められたことにミリーがホッと胸を撫で下ろすと、マレフィクスは「いえ」とかぶりを振って答えた。

「礼を言うのはこちらの方です。凡庸な人間は、私が思っているよりも家庭内の調和や絆《きずな》を重んじ、その影響を受けるものなのですね。ひとつ、勉強になりました」

「……団長に何かをお教えできるなんて、光栄です」

ミリーは苦笑まじりに返す。

――まあ……団長は家族の絆とか興味なさそうだしなぁ。

侯爵家の生まれという話だが、マレフィクスが家族の話をするのを一度も聞いたことはない。

きっと孤高の天才である彼には、心の支えになる存在など必要ないということなのだろう。

――やっぱり、次元が違うというか、よくわからないけれど……。

チラリと手にしたゴブレットに視線を落として、ミリーは頬をゆるめる。

――でも、「おなかが空いている人に、ごはんを分けてあげる」って発想はあるんだから、人間らしい心がないわけではないわよね！

そう考えて、うん、と小さく頷くと、頬から出した飴玉をコロリと舌に転がした。

＊　＊　＊

そして翌朝。

目的の村に着いて馬車から降りた瞬間、ミリーは息を呑んだ。

出迎えに来てくれた人々に案内してもらうまでもなく、その被害のひどさがわかった。

無事な家が見当たらないのだ。

河川の氾濫や土砂崩れの被害は村の奥側ほど大きいという話だが、村の入り口近くの家も豪雨の爪痕が見えた。

外れた窓や一部剝がれた屋根板。

あれでは隙間風や雨もりを防げないだろう。

――被害が少ない方でこれなら、ひどいところは……。

スッとみぞおちの辺りが冷たくなる。

足がすくみそうになるが、傍らをマレフィクスが通りすぎ、村の奥へと入っていくのを目にして、慌てて後を追いかけた。

進むにつれて、その惨状が明らかになっていく。

村の建造物、家も納屋も犬小屋も半数近くが土砂に埋まり、あるいは川の流れに砕かれ、「何か」だったものの残骸がそこかしこに散らばっている。

石造りの井戸も見えたが、土台の半分ほどが土砂に埋まってしまっていた。

「……あの」

村の入り口から、村人たちを引きつれるように追いかけてきた初老の男性が、この村の村長だと名乗った後、疲れたような様子で尋ねてきた。

「……お二人だけですか？」と。

抑えた怒りと深い落胆を、ミリーたちを見る視線に滲ませながら。

王都から助けが来ると聞いて、さぞ期待していたのだろう。

たった二人で何ができるのかと思うのも当然のことだ。

けれど、マレフィクスはいつもと変わらぬ凪《な》いだ口調で「そうです」と答え、落ちつきはらった仕草で辺りを見渡した。

「……ずいぶんと地形が変わってしまっていますね」

そう言って、ローブのポケットから地図を取りだし、確かめるように視線を周囲に投げる。

「そりゃあ、山が崩れたわけですからね」

「そうですか」

何を当たり前のことをというように顔をしかめる村長の苛立《いらだ》ちに気付かぬように、マレフィクスはおもむろに目をつぶり、土砂の山に向かって手をかざした。

——何をしているのかしら？

ミリーと同じような疑問を抱いたのだろう。

村人たちは不審げなまなざしでマレフィクスをながめていたが、ほどなくして、手を下ろした彼が振り返った。

「生き埋めになっている者はいないようですね、何よりです」

その言葉に、村人たちは「えっ」と息を呑み、驚いたように顔を見合わせた。

「そうです。幸い、皆無事でしたが……どうしてわかったんですか？」

「今、調べました」

こともなげにマレフィクスが答える。

探知魔術で土砂の下に人がいないか調べたということだろう。

「おお、魔術とはそんなことまでできるのですね……さすがは宮廷魔術師様だ！」

村長の言葉に人々の表情がにわかに明るくなり、マレフィクスを見る視線に期待と敬意が灯《とも》る。

そのことにミリーがホッと息をついたところで「人がいないのならば、話は早い」と、マレフィクスは再び土砂の山に向かって手をかざした。

「まずは土台を元に戻しましょう」

その言葉に、今度はいったい何をしてくれるのだろうと人々の期待が高まって――。

一呼吸の間を置いて、どよめきが上がった。

まるで時間が巻き戻っていくかのようだった。

土砂がみるみるうちに引いていく。

一面の土砂が山へと向かい、集まり、固い山肌へと変わると、そこから緑が芽吹きはじめる。

泥で濁っていた川の水も、泥が両の川べりへと生き物のように動いていき、水底《みなぞこ》の砂利がきれいに整い、やがて、サラサラと静かに流れはじめた。

気付けば、崩れた建物の残骸や散らばった木片、割れた皿などはそのままに、辺り一面の地形は災害などなかったかのように、のどかな山間の風景へと変わっていた。

ほんのわずか、十分足らずの間に。

せせらぎの音と鳥の囀《さえず》り、葉擦れの音が耳に届いて、すっかりとマレフィクスの魔術に見入っていたミリーは、ようやく我に返った。

いつの間にか人々のどよめきもなくなっていた。

マレフィクスを見ると、静かに地図に視線を落としている。

「このような感じでよろしかったですか?」

首を傾げて振り返り、問いかける。

けれど、彼の問いに答える者はいなかった。

「……魔術とは、こんなことまでできるのですね」

ポツリと村長が呟く。その声は、先ほどとは違った響きと震えを帯びていた。

「……本当に人間なのか、あの人」

他の誰かが呟く声がして、それを皮切りに、怯《おび》えたような囁《ささや》きが広がっていく。

「やだ、こわい」

かぼそい声にミリーがハッとそちらに目を向けると、母親の後ろに隠れ、おとぎ話の怪物を見るような目でマレフィクスを見つめている子供たちの姿が見えた。

「おばけだ」「ばけもの」「こわい」「こわい」

みひらいた目に涙を浮かべて口々に呟く言葉に、ミリーは眉をひそめる。

気持ちはわからなくもない。

王都ではさほど珍しくない魔術師だが、こういった地方の村では魔術師は身近な存在ではない。

ミリーの生まれた村でも、ミリーが育つまで魔術師と呼べる存在はいなかった。

なじみのない、理解しがたい力を持つ存在を恐ろしく思う気持ちはわかる。

――でも、助けてもらったのに……。

そんな風に言わなくてもいいではないか。

――まあ、凡庸な人間にどう思われようと、団長は気にしないだろうけれど。

ムキになって訂正しては、かえって迷惑がられるかもしれない。

そう思いながら、チラリとマレフィクスの様子をうかがって――ミリーは小さく息を呑んだ。

怯える村人たちをながめる彼の横顔。

その頬が少しだけ、いつもよりも強《こわ》ばっているように、唇がほんの少しだけ、強く引き結ばれているように見えたのだ。

たぶん、ミリーの勘違いだろう。

けれど、その表情を見たとき、キュッと胸が締めつけられて思ったのだ。

もしかして、傷付いているのかもしれない――と。

次の瞬間、ミリーは村人たちに向き直り、一番近くにいた子供のもとへと駆け寄って、ニコリと笑いかけていた。

「……ね、うちの団長すごいでしょう？　この国一番の、ううん、世界で一番の魔術師なんだよ！　世界一なの！」

「え、せ、世界一？」

ほんのりと興味をそそられた様子の子供に、ミリーはますます笑みを深めて「うん！」と大きく頷いた。

「そう、世界一なの！　何てったって、団長は『星の魔術師』の生まれ変わりなんだから！」

朗らかに言い放つと、子供の瞳がキラリと輝いた。

「本当に⁉　星の魔術師なの？　あのおじちゃん」

「本当だよ、星の魔術師だよ！」

そう返すと様子をうかがっていた他の子供たちまで「星の魔術師？」「星の魔術師！」と口々にその称号を口にしはじめた。

ミリーはホッと胸を撫で下ろす。やはり、「星の魔術師」は皆知っているのだ。

王都から離れ、魔術師とも縁遠いミリーの村に、マレフィクスの噂《うわさ》が入ってくることはなかったが、星の魔術師の絵本は子供たちの間で大人気の一冊だった。

だから、ここでも「星の魔術師」の名前を出せば、子供たちが食いついてくれるかもしれないと思ったのだ。

子供たちの期待がグッと高まったのを感じて、ミリーは「よし！」と心の中で頷くと、自分の目を指し示して、いっそう明るく声を張り上げた。

「団長は星の魔術師だからね、お目目の中に星があるの！」

「本当に⁉」

一斉に子供たちが熱い視線をマレフィクスに送る。

ミリーは「本当だよ！」と頷いて、マレフィクスに駆け寄ると「お願いします」と小声で頼み、彼の手を引いて子供たちのもとに戻った。

子供たちは母親の後ろに隠れたまま、チラチラとマレフィクスの目元を見ている。

その瞳にはまだ少し怯えが残っていたが、それを上回る期待と憧れでキラキラと輝いていた。

「……お願いします、団長。見せてあげてください……！」

ミリーはマレフィクスの耳元に唇を寄せ願い、かがむように促した。

マレフィクスはチラリとミリーを横目で見てから、わずかに眉をひそめて、背をかがめた。

途端、子供たちがググッと身を乗りだし、目を凝らす。

「……ほら見える？　本物の星の魔術師だよ！」

もうひと押しとミリーが声をかけると、子供たちは思いきったように母親の後ろから飛びだしてきて、マレフィクスの目を覗きこんだ。

「……わ、本当だ！」

「星がある！」

「本物だ！」

口々に子供たちがはしゃいだ声を上げる。

見せて見せてとつま先立った子供たちが顔を近付けると、マレフィクスは一瞬身を引きかけて、けれど思い直したように踏みとどまった。

それから子供たちは彼の瞳を覗きこみ、近付きすぎておでこをぶつけかけたり、勢いあまって指を入れそうになったりしながら、わあわあとひとしきり盛り上がった。

しばらく経って、ようやく満足したように離れると、マレフィクスの後ろ――すっかり元通りになった山河へと視線を向け、そろって得意げな表情になって言ったのだ。

「まあ、星の魔術師ならこれくらいできるか！」

「だって星の魔術師だもんな！」

キラキラと瞳を輝かせて頷きあう様子に、ミリーは頬をゆるめつつ、ちょこんとしゃがみこんで、子供たちに問いかけた。

「それでね、この間の雨で困ってることとあるかな？　星の魔術師にお願いしたいこと、何かある？」

やさしく尋ねたところ、子供たちはチラッとマレフィクスに視線を向けた後、一斉に頷いた。

「うん、あのね。井戸のお水がね、濁っちゃってるの！」

「パンを焼くかまどが壊れちゃった！」

「小麦が泥まみれになっちゃったんだ！」

「そっかぁ、大変だね」

相槌《あいづち》を打ちながらマレフィクスに視線を送ると、彼は一瞬の間を置いてから、静かに頷いた。

「直せます」

子供たちが「わぁっ！」と歓声を上げる。

「直せるって！　すごいね、お母さん！」

「そ、そうね」

エプロンを引っぱられた母親はまだ少し怯えた様子だったが、ミリーが促すように微笑みかけると、おずおずと切りだしてきた。

「あの、さすがに潰れた家を元通りに直したりは……」

「できますよ」

あっさりとマレフィクスが答える。

それを皮切りに「じゃ、じゃあ、これは」「あれは」と次々と要望が上がっていき、いつの間にやら人々の顔からマレフィクスへの恐怖は消え失《う》せ、ついでに遠慮もなくなっていった。

すべての家を修復し、暖炉に火を灯し、湯を沸かすまで一時間ちょっと。

村を回るマレフィクスの後をゾロゾロと子供たちがついて回って、彼が魔術を使うたびに歓声を上げていた。

最後はすっかり感謝歓迎ムードになった村人たちに「御礼《おれい》に食事でも！」と引きとめられたが、マレフィクスはあっさり断った。

「職務を全うしただけですから。礼など結構です」

「え、ええと……そうです！　皆さんのお役に立つのが、私たち宮廷魔術師の務めですから！　お気になさらず！」

ミリーは慌ててフォローしながら、馬車へと向かうマレフィクスを追いかけて、客車に乗りこみ、扉を閉めた。

そして、外から聞こえる村人たちの声に応えるため、窓にかかったカーテンをひらくと――そこには、大理石を敷きつめた王宮の前庭が広がっていた。

「えっ⁉」

村人の姿はどこにもない。あの一瞬で、村から王宮へと転移したのだ。

「えっ、もう⁉　って、え、いや、お別れの挨拶とかしなくてもよかったんですか⁉」

「すべきことはもう終えましたから。別れを惜しむ必要などありません」

そう答えるマレフィクスはいつもと同じ凪いだ口調だったが、なぜか思いきりミリーから視線をそらしていた。

——え……何？　もしかして、怒っているの？

ミリーは戸惑い、けれど、すぐにハッとなる。

「すみません、調子に乗って色々お願いしてしまって！」

慌てて頭を下げると「いえ」とそっけない声が返ってくる。

「あの程度の些末《さまつ》な願いに応えるくらい、何でもありません。ですが……」

「ですが？」

「あのような……フォローはいりません」

ボソリと呟かれた言葉に、ミリーは一瞬首を傾げてから、ああ、と思い至って眉を下げた。

「それは……勝手なことをして申しわけありませんでした」

「そうです。勝手で、無駄なことです」

「む、無駄？　……でも、皆さん素直に要望を口にしてくれましたし、それにほら、団長、大人気だったじゃないですか！」

「人気など、私には必要ありません」

場を和ませるように言ったミリーの言葉を、マレフィクスは、あっさり切り捨てた。

「そのようなものがなくとも、職務はこなせますから。星の魔術師などという、虚構の人物を引きあいに出してまで、人気取りをする必要性など感じません」

精一杯の気遣い――確かに、いらぬおせっかいだったかもしれないが――を無下にされたようで、ミリーは思わずムッとなる。

「……さようでございますか。それは失礼いたしました」

やはり、傷付いているように見えたのは目の錯覚だったのだろう。

「そうですよね、団長にはフォローなんていりませんよね。私たち凡庸な人間とは違いますものっ」

やや自棄になって言葉をぶつけると、マレフィクスはチラリとミリーを横目でながめて。

「……そうです。私は凡庸な人間とは違いますから」

ひとりごとのように呟いて、フッとその場から掻《か》き消えた。

シンと静寂が広がり、ポツンと取り残されて。

「……天才だからって偉そうに！」

ミリーは誰もいない空間に向かって毒づくと、客車の扉をひらいて外に出た。

周囲を見渡しても、遠くを行きかう衛兵や文官の姿は見えるが、マレフィクスの姿はない。

執務室か自宅に転移したのだろう。ミリーを置いて、さっさと一人で。一瞬で。

「何よ、天才だからって……まあ、天才なのは確かだけれど……うん、それは間違いないけれど」

ぶつぶつと言うほどに段々と怒りが萎《しぼ》んでいく。

溜め息をひとつついて、くるりと馬車を振り向くと、きょとんとした様子の馬と目が合った。

さっきまで山道にいたはずなのに、とでも不思議がっているのかもしれない。

「……本当に……まあ、天才だから、仕方ないか」

村であれほどの魔術を使った後に、自分一人だけでなく、ミリーや馬や御者も馬車ごと一緒に、馬車で半日の距離を一瞬で転移させて、それでもマレフィクスの魔力が尽きることはなかった。

「もう、別次元の存在だもの」

人としてはちょっとどうかと思うところもあるが、それでも、彼が尊敬すべき魔術師であることに変わりはない。

というよりも、今日一日でその敬意はさらに深まったともいえる。

「……皆を助けてくれたのは、間違いないものね」

これまでも、マレフィクスはああやって多くの人を助け、恵みをもたらしてきたのだろう。

それこそ、星の魔術師のように。

「なら、ちょっとくらい偉そうでもいいか……」

ふう、と息をついた後、ミリーはフッと頬をゆるめて「本当に、偉いのは間違いないものね」と呟いた。

「さっ、帰ってごはん食べようっと！」

凡庸な人間らしく、よく噛んで美味しく味わおう。

そう決めて、グッと伸びをすると、のんびり歩きだしたのだった。

第二章　意外と純粋というか、ピュアな人だったりして？

それから、三日後。

ミリーは補佐官になって初めての連休を満喫していた。

マレフィクスが珍しく二日間の休暇を取るというので、ミリーも休みになったのだ。

初日は「明日も休みだから、いいよね！」と二度寝に三度寝、おなかが空いて起きてしまって、小腹を満たしたらベッドにダイブ。さらに四度寝と、一日中寝倒してしまった。

そして、二日目の今日はお買い物の日。

これまでも休みのたびにアパートメントの近所を探索して、良い感じの店を見つけていたのだが、今日は少し足を延ばし、目抜き通りの本屋まで行ってみることにした。

手始めにアパートメントからほど近い、南通りの雑貨屋で犬の足跡柄のマグカップを買った後、目抜き通りまで出て、王都一の品ぞろえの本屋で心ときめく恋物語を一冊選びだした。

それから、おしゃれなカフェに入ってケーキセットを頼み、苺のフロマージュにするかミルフィーユにするか迷いに迷い、「今、私の心が求めているのはパイ！」と下した決断の結果を美味しくいただいて。

心もおなかも満たされて、茜に染まりゆく空の下。

「さあ、帰ろう」となったところで、明日の朝食用のパンを買って帰ろうと思い立った。

そしてミリーが向かったのは、いつものアパートメント近くのパン屋ではなく、カフェからほど近い場所にある店だった。

林檎のような明るい赤に白い水玉模様が可愛らしい庇《ひさし》の下、大きな飾り窓を通して賑《にぎ》わう店内が覗けるその店は、ウォルターの生家だ。

三日月形のクレセントロールが美味しいと評判らしく、一度食べてみたいと思っていたのだ。

――売りきれていないといいなぁ！

わくわくしつつ店内に入ったところで「いらっしゃいませ！」と聞こえてきたのは、ウォルターの声だった。

「――あっ、ミリーちゃん！」

陳列棚にせっせと焼き上がったパンを並べていた彼は、ミリーに気付くとパッと笑顔になった。

「この間はありがとう！　おかげで本当に助かったよ！」

駆け寄ってくるなり、ペコリと頭を下げて告げられ、ミリーは笑顔で返す。

「いえいえ、ただ伝えただけですから！　御礼は団長に言ってください」

ウォルターは「そうだね」と頷いてから、「それにしても」と苦笑まじりに続けた。

「まさか、団長までお休みするとは思わなかったよ。まあ、俺と違って二日だけれどさ」

あの日、馬車にミリーを残して消えたマレフィクスは、アデルバートのもとに転移していたのだ。

そして、ウォルターを休ませる旨を伝え、ついでに自分の休暇も決めてきた。

「いい機会ですので、私も休暇を取ることにしました。あなたも休んでください」

翌朝、執務室で顔を合わせたときにそう告げられて、ミリーは突然の連休を喜んで享受することになったというわけだ。

「ふふ、ウォルターさんは十日間、ゆっくり休めるといいですね」

微笑みながら、ミリーは店内を見渡した。

奥さんの姿が見えないところを見ると、きっと子供たちの世話をしているのだろう。

「うん、ありがとう！」

「それで……お嬢さんたち、その後、いかがですか？」

尋ねるとウォルターは「それがね」と眉をくもらせた。

「昼間も泣くようになっちゃって、どうも夜泣きじゃなかったみたいなんだ」

「えっ!?　あ、じゃあ、何か……その、持病とか……？」

「いや、持病というか……俺のせいなんだよ」

溜め息まじりに告げられ、いったいどういうことなのかとミリーが眉をひそめると、ウォルターは「二人とも、俺に似ちゃったんだ」と肩を落として打ち明けてきた。

「……魔力量が多い子供って、小さいときは魔力酔い起こしやすいだろう？」

「ああ、魔力酔い！　それは……辛《つら》いですね」

ポツリと返しながら、ミリーは先ほどとは違った意味合いで眉をひそめた。

「魔力酔い」は自分の魔力で自家中毒を起こしてしまう症状のことで、たいていの魔術師が子供の頃に一度は悩まされる、基礎疾患のようなものだ。

ミリーも経験がある。成長し、魔術を使って魔力を発散できるようになってからは発症することはなくなったが、あれは辛かった。

魔力は使わないと身体に溜まる。

その溜まった魔力が自分の身体を攻撃し、そのダメージを魔力を使って修復し、魔力を消費することで段々と鎮まってくるのだ。

重めの風邪のような症状で、身体の中で何かが溜まって煮詰まっていくような不快感と熱っぽさに襲われるが、身体が実際に熱くなっているわけではなく、水に身体を浸してもまったく冷えず、息苦しさも消えてくれない。

いつになったら終わるのかと、怖くて心細くてたまらなかったものだ。

「……じゃあ、ウォルターさんが魔力循環してあげないとですね」

手をつないだり抱きしめあったりしながら、ふれた場所から魔力を流し、互いの魔力を循環させて澱《よど》みを解消するのだ。

ミリーも子供の頃に母にしてもらった。

ギュッと抱きしめられながら、母から流れこんでくる穏やかな魔力と、自分を包むやさしい匂いと温《ぬく》もりに、ホッとしたことを覚えている。

きっとウォルターも覚えがあるのだろう。

懐かしむように目を細めながら「うん」と頷いて、すぐに「でも」と父親の顔に戻った。

「俺がいないときはどうしようって目下悩み中なんだよね。うちの奥さん、魔力ほぼゼロだから、お願いするの難しくて……かといって、小さい子でも使える魔術、俺、あんまり知らなくて……」

魔術は「呪文を最初から最後まで間違えずに唱える」ことで発動する。

だから、ある程度、話せるようにならないと使えない。

二歳になったばかりでは難しいだろう。

どうしたものかとミリーも首を傾げかけて、「あ！」と手を打った。

「そうだ、『光のちょうちょ』はどうですか？」

「光のちょうちょ？」

「はい。私が初めて使った魔術です。魔力循環のときに母が唱えていたものなんですが……」

母は魔力が多くはなかったが、いくつか魔術が使える人だった。

「光のちょうちょ」もそのひとつだ。

魔力循環では何もしなくてもふれた場所から魔力が巡っていくが、ふれているときに魔術を使うと魔力の流れが大きくなり、循環が速まる。

ミリーの苦しみが少しでも早くなくなるようにと、母はいつもその呪文を唱えてくれた。

「私が話せるようになってからは、一緒に唱えていました」

「光のちょうちょ……可愛い感じだね。初めて聞くけれど、どんな呪文？」

期待をこめて問われ、ミリーは「簡単ですよ」と微笑んだ。

「【ちょうちょ、ちょうちょ、きらきらきいろ、そらよりいでて、このゆびとまれ】です」

「それだけ？」

「はい、これだけです！」

たったこれだけの呪文で、光の蝶《ちょう》を呼びだす魔術。

ふわりと出てきてすぐに消えてしまうので、実際に指に留められたことはなかったが、その分、何度も夢中になって呼びだすことになり、いつも、いつの間にか魔力酔いが鎮まっていた。

母の温かな腕の中。金色の蝶に手を伸ばしながら、呪文を唱えるたびに母の魔力と自分の魔力が混ざって身体を巡っていく感覚が、とても心地好かったことを覚えている。

魔術というには簡単すぎるし、魔術書などで目にしたことはないので、もしかしたら母のオリジナルの呪文だったのかもしれない。

「……それなら、頑張れば言えるようになるかも！　ありがとう、ミリーちゃん！」

「いえいえ、早く落ちつくといいですね！」

「うん、早速奥さんに伝えてくる――あ、そうだ」

瞳を輝かせて踵を返そうとして、ウォルターは気まずそうにミリーに向き直った。

「……あの、ミリーちゃん。本当に申しわけないんだけれど、もう一個だけ頼ってもいいかな？」

「いいですよ、何ですか？」

「一昨日の分の殿下の警護報告書、団長に提出しないといけなかったのに、うっかり持って帰ってきちゃって……」

「あ、わかりました。渡しておきます。……早い方がいいですよね？」

「それは……ごめん、できれば、その方がありがたいです」

もしかしたらその報告の中に、アデルバートの警護態勢を見直さなくてはいけないような、重大な情報が交ざっている可能性がなくもない――かもしれない。

――まあ、ないとは思うけれど……。

少しでも早く提出した方がいいことは確かだろう。

「わかりました。でも……さすがに、お休みの日は王宮にはいらっしゃいませんよねぇ」

「うん、家にいるんじゃないかな」

「団長の家、ウォルターさん、知っていますか？」

魔術師団長になってからは、生家を出て、一人で暮らしていると耳にしたことがあるが……。

「ああ、この通り沿いに南に行けば、わりとすぐ着くよ」

ウォルターはパン屋の前の通りを指してそう言うと、一瞬ためらってからつけたした。

「もし迷っても、近くの人に『茨《いばら》屋敷はどこですか？』って聞けば大丈夫だから」

「いばらやしき……？」

「うん、見ればわかると思う」

苦笑まじりに告げられ、ミリーは首を傾げながらも「まあ、迷わずに行けるならそれでいいか」と思い直して「わかりました」と答えたのだった。

＊　＊　＊

結果として、ウォルターの言葉は正しかった。

屋敷の門の前に立ったところで、「ああ、ここが茨屋敷か」とひと目でわかったから。

広大な敷地、一面の緑の芝生の真ん中、石畳の道が延びた先に瀟洒《しょうしゃ》な屋敷が建っている。

それだけならば、よくある貴族の邸宅のようだが、敷地を囲む高い塀と石畳の道へと続く鉄の門には、鋭い茨のつるが幾重にも絡みついていたのだ。

まるで悪い魔法使いがお姫様を閉じこめていた、おとぎ話のお城のように。

「……え、これ、どうしよう」

キョロキョロと辺りを見回してみても、通りを行く人々は屋敷の前に差しかかった途端、小走りに駆け抜けていくので声をかけようにも難しそうだ。

――うーん、呼び鈴はないみたいだけれど……でも、何か魔術がかかっていたりしそうだよね。

試してみようと手を伸ばし、ノックをするように茨をトントンと叩いて声をかける。

「ええと、ミリーです。書類を届けに来ましたー」

本当に何か起きると期待していたわけではなかった。

けれど、次の瞬間、ミリーは「ひゃっ」と手を引っこめていた。

サアッとカーテンがひらくように茨が左右にはけて、キイッと門がひらいたのだ。

――す、すごい……本当におとぎ話のお城みたい！

門でこれならば、いったい屋敷の中にはどんな魔術がかかっているのだろう。

ほんのりと好奇心に駆られつつ、ミリーはこわごわと門の内側へと足を踏み入れ、遠くに見える屋敷へと歩いていった。

「……お邪魔します」

両びらきの重厚な玄関扉をひらいて、屋敷の中に入りこみ、グルリと辺りを見渡して「え」と目をみひらいた。

「……何も……ない？」

魔術の現象が起こらなかったという意味ではない。

文字通り、何もなかったのだ。

階段や天井などの構造物自体は存在している。

けれど、家具や装飾品の類いがない。絵画も壺《つぼ》も飾りの鎧《よろい》も何ひとつ。

床に目を向けると、剝《む》きだしの木目が艶々と輝いている。

――塵《ちり》や埃《ほこり》もないみたいだけれど……。

室内は明るいがシャンデリアや燭台《しょくだい》があるわけではなく、魔術で作られたらしき光源が、壁や天井近くでユラユラと人魂《ひとだま》のように揺れていた。

お化け屋敷みたいだわ――と思った途端、背すじが寒くなり、慌てて頭を振って考えを追い払う。

「……わぁ、さすが団長！　無駄のない暮らしをしてらっしゃる！」

きっとマレフィクスなりのこだわりでこうなっているのだろう。

極限まで無駄を省いたこの状態も、ある意味、究極に洗練されていると言えなくもない。

うん、そんな気がする――そう自分をごまかすと、ミリーはあらためて辺りを見渡してみる。

いったいマレフィクスはどこにいるのだろう。

確か、こういった貴族の屋敷は地下と屋根裏が使用人のエリア、一階は応接間や広間がある接待エリアで、主人家族は二階や三階で暮らしているはずだ。

ならば、彼がいるのは二階だろうか。

「……団長～、どこにいらっしゃるんですかぁ？」

何もない空間に向かって問いかけると、ふわりと答えるように天井から光の玉が下りてきた。

「わっ、何か来た……！」

それはミリーの視線の高さでとまった後、階段に向かい、ユラユラと二階へと上がっていく。

ついてこいということだろうと追いかけて、階段を駆けのぼり、シンと静まり返った廊下を屋敷の奥へと進む。

やがて、光の玉は奥まった部屋の前へとミリーを導いて、フッと消えた。

――ここ、かな？

ノックをしようと手を上げて、その手を振り下ろそうとしたそのとき。

扉の向こうから微かな呻《うめ》き声が聞こえた気がして、ミリーは動きをとめた。

――え……何、今の。

そっと手を下ろし、扉に耳をつけるとやはり呻き声のようなものが聞こえてくる。

もしかしたら、この向こうにいるのはマレフィクスではないのだろうか。

――でも、何だか苦しそうだし……放ってはおけないよね。

ミリーは少しの間ためらった後、おそるおそるドアノブに手をかけ、ひねり、そうっと扉をひらいた。

細くひらいた隙間から見えたのは、家具ひとつない、ガランとした薄暗い部屋。

その真ん中、剝きだしの窓から差しこむ昇りたての月の光が照らす床の上に、もっさりとした何かがわだかまっていた。

一瞬、巨大な毛むくじゃらの犬が丸まっているのかと思った。

けれど、それが毛布の塊、いや、何かが毛布を被《かぶ》ってうずくまっているのだと気付くと同時に、小さな呻きがその中から聞こえてきて。

その声がマレフィクスのものだとわかった瞬間、ミリーは扉をあけ放っていた。

――嘘でしょう⁉　何でこんなところで、こんな寝方してるのよ⁉

無駄のない暮らしにも限度というものがあるだろう。それで体調を崩したら元も子もない。

心の中でツッコみながら、毛布の塊に駆け寄り、膝をつく。

毛布の端っこを探って引っぱり、ペロリとめくりあげて。

現れた見慣れた美貌を目にして、ミリーは「大丈夫ですか」とかけようとした言葉を呑みこみ、眉をひそめる。

静電気でふわふわと前髪が上がり、剝きだしになった彼の額には、ビッシリと汗の粒が浮かんでいた。

「……大丈夫、じゃないですよね」

熱を測ろうと手を伸ばし、指先が彼の額にふれる寸前で手首をつかまれる。

「……どうやって、入ってきたのです？　茨に、拒まれなかったのですか？」

首をもたげながら、かすれた声で問われて、ミリーは「え？」と目をみはる。

「声をかけたら通してもらえましたけれど……あの門、団長があけてくれたんじゃないんですか？」

尋ね返すと、マレフィクスは「え？」とミリーの真似をするように微かに目をみはり、それから、ゆるりと視線をそらした。

「……寝ぼけて、あけたかもしれませんね」

「この部屋にも案内してくださいましたよね？　ほら、あの光の玉みたいな何かで」

「……寝ぼけて、したかもしれません」

歯切れ悪く答えた後、マレフィクスは一瞬息を詰め、はあ、と深く吐きだすと、そのまま肩で息をしはじめた。平静を装おうとしているが装いきれないのだろう。

ミリーの手首をつかむ指からも、いつの間にか力が抜けていた。

その手を振りほどかぬまま、そっと彼の額に手を当ててみる。

まったくの平熱だ。ということは、この症状は――。

――団長でも、魔力酔いなんてするんだな。

心の中で呟いたのが伝わったのだろう。

マレフィクスの手に力がこもり、ミリーの手を毛布の上に引き下ろした。

「……笑いたければ、どうぞ」

「笑いませんよ、人が苦しんでいるときに。……よく、あるんですか？」

この二カ月と数日間、彼がこのような状態になったところを見たことなどなかったが……。

マレフィクスは眉間に深い皺《しわ》を寄せ、長い長い沈黙を挟んでから答えた。

「……ありません。仕事に戻れば、治ります」

ボソリと返ってきた呟きに、ミリーは一瞬考えこんで、ああ、そうかと気付く。

――団長は、天才だから。

ミリーのような凡庸な人間は暖炉に火を灯したり、洗面器に水を張ったりといった日常的に使う魔術で、充分に魔力酔いを防げる。

しかし、マレフィクスほどの強大、いや超大な魔力の持ち主の場合、それでは足りないのだ。

――そうだよね。あんなにすごい魔術を使っても、魔力切れにならないんだもの。

働くのが好きな人なのだと思っていた。

けれど、魔術師団の長として絶えず魔術を使い、魔力を消費しつづけなければならない、切実な事情があったのだ。

「……こうなるとわかってらしたなら、どうして休みなんて取ったんですか？」

静かに尋ねると、マレフィクスはチラリと上目遣いにミリーを見上げ、スッと視線をそらした。

「殿下が……『君が休まないのに彼は十日も休むのか』と、おっしゃるものですから……」

ボソボソと返ってきた「答え」の意味を考えて、ミリーは「そうですか」と微笑んだ。

つまり、マレフィクスはウォルターを休ませるために「では、私も休みます」とアデルバートに言ったのだ。

「……団長って、意外とおやさしいんですね」

ふふ、と笑いまじりに告げると、マレフィクスは眉間の皺を深めて言い返してくる。

「……凡庸な人間を助けるのは、才ある者の責務ですから」

可愛げのない言葉も、弱々しげに言われると腹も立たない。

むしろ、少し、可愛く思えてくる。

ミリーは笑みを深めつつ、母が昔してくれたように、コロンとマレフィクスの傍らに横たわった。

「……ミリー？」

「お手伝いしますよ、魔力循環」

ニコリと告げると、マレフィクスは菫色の目をパチリとみはり、すぐにキュッと細めて、訝《いぶか》しむように眉を寄せた。

「……どうして、あなたが？」

「凡庸な人間を代表しまして、いつも助けていただいている御礼をしようかと」

「……あなたの魔力では気休めにしかなりません」

「まあ、そうでしょうね。でも、ないよりはマシでしょう？　苦しい時間は、一秒でも短い方がいいじゃないですか！」

一秒短くなったところで意味がない。無駄なフォローはいらない――などと、また可愛げのないことを言い返されるかと思ったが、マレフィクスは唇を引き結び、考えこんだ後。

「……そうですね。お願いします」

答えながら、起こしていた頭をポスンと毛布に落として、深々と息をつく。

本当は、相当辛いのだろう。

――痛いのを隠す、猫ちゃんみたいね。

そう思いながら、ミリーは彼の手をそっと両手で握り、呟いた。

母と唱えた、あの呪文を。

「……ちょうちょ、ちょうちょ、きらきらきいろ、そらよりいでて、このゆびとまれ」

途端、目の前がポワリと明るくなり、光の蝶が一頭生まれる。

それは淡い金色の光を振りまきながら、ヒラヒラと二、三度羽ばたいて宙に溶けた。

「……何ですか、今の子供じみた魔術は」

長い睫毛をしばたかせ、マレフィクスが不思議そうに尋ねてくる。

ミリーは、ふふ、と頬をゆるめると「そう、子供向けの魔術ですよ」と答えた。

「小さい頃、母と魔力循環をするときに唱えていた、おまじないみたいなものです」

「……おまじない」

マレフィクスが知らないということは、やはりあれは母のオリジナルだったのだろう。

――団長が唱えたら、どんな蝶が生まれるのかな？

好奇心に駆られて「団長もやってみてくださいよ」とねだると、マレフィクスは、むう、と眉をひそめた後、ボソボソと呟いた。

「……ちょうちょ、ちょうちょ、きらきらきいろ、そらよりいでて、このゆびとまれ」

子供じみた呪文が恥ずかしいのか、耳をすませないと聞きとれないほどに小さな詠唱だった。

けれど、彼が最後の一文字を唱えおえた瞬間。

パッと花火がひらくように、無数の金色の光が生まれた。

「――わぁっ」

歓声を上げて思わず飛び起きると同時に、ミリーの中にマレフィクスの魔力が流れこんでくる。

ぶわりと温かい――いや、熱いほどの力を感じて、ドキドキと鼓動が速まっていく。

無数の蝶は儚《はかな》く宙に溶けることなく、力強い羽ばたきを繰り返しながら、光の鱗粉《りんぷん》を撒《ま》き散らし室内をまばゆく照らしている。

――すごい……ぜんぜん消えない！

これなら指に留められるかもしれない――と指を差しだすと、心得たように近寄ってきた。

ふわりと留まった一頭は、パパッと羽ばたき、ポンッと光の粒を撒き散らして消える。

「っ、わぁ、こうなるんだ、すごい！　ほら、団長も！　やってみてください！」

興奮のあまり遠慮を忘れて、マレフィクスの肩を叩いて促すと、彼はパチリと目をみひらいて、それから、呆れたように眉を下げた。

「実在しない蝶ですよ。虚構にふれて、楽しいですか？」

「楽しいですよ！　ほら早く！」

「……わかりました」

マレフィクスは「何が楽しいのかわからない」と言いたげに首を傾げながらも、素直に手を持ち上げる。

すんなりと伸びた長い指が空を掻き、とまって、吸い寄せられるように蝶が集まってくる。

一頭、また一頭、次から次へと、彼の指で翅《はね》を休めては光となって消えていく。

そのたびにキラキラと光の粒が飛び散って、二人の上に降ってくる。

まるで、流星群の中に飛びこんだようだった。

最後の一頭が消えて、静かな夜が戻ってくるが、まばゆい輝きの残滓《ざんし》はミリーの目蓋の裏にくっきりと残っていた。

「……きれいでしたねぇ！」

「……きれい、だったのでしょうか」

「きれいでしたよ！」

ミリーが力強く言いきると、マレフィクスはその勢いに押されたように黙りこみ、光の名残を探すように薄闇に向かって目を凝らし、それから、静かに頷いた。

「そうですね……価値観はそれぞれですから、あなたがきれいだと言うのならそうなのでしょう」

可愛げなく答えたマレフィクスの呼吸が、すっかり落ちついていることに気付いて、ミリーは、ふ、と頬をゆるめた。

蝶々に夢中になっている間に魔力循環が進んでいたようだ。

「よかった。ちょっと顔色良くなりましたね！」

「……はい、おかげさまで……それで、報酬は何がよろしいですか？」

一瞬の沈黙を挟んで返ってきた言葉に、ミリーは笑って首を横に振った。

「そんなの、いりませんよ。仕事じゃないですし、気にしないでください！」

「そのようなわけにいきません」

今度はマレフィクスが首を横に振る。

「気にしないというわけにはいきません。そうしてしまうと、今日のことはなかったことになるということですよね？　それでは、いけないと思うのです。ですから、何か……返させてください」

どう伝えればいいかわからないというように、もどかしげに眉をひそめながら乞われて、ミリーは首を傾げる。

よくわからないが、助けてもらって何も返さないのでは気がすまないということだろうか。

――団長は、こういう助けあいみたいなの、慣れてなさそうだものね。

きっと孤高の天才である彼は借りを――というほどでもないとはいえ――作りたくないのだろう。

「……わかりました。じゃあ、今度、何か美味しいものでもごちそうしてください！」

軽い気持ちでミリーが答えると、マレフィクスは「何か美味しいもの」とオウム返しに呟いた後、「わかりました。調べておきます」と神妙な表情で頷いた。

考えるように目をつむった彼の睫毛が下目蓋に落とす影をながめつつ、ミリーは苦笑を浮かべる。

——そんなに真剣に考えてくれなくても、何かいいお菓子でもいただければそれでいいのに。

そう思いながら、やさしく彼の手を握り直して、自分も目蓋を閉じる。

——それにしても、団長の魔力、すごいなぁ……。

身体中がポカポカと温かく、髪の毛一本一本、ふわふわと波打つ毛先まで、瑞々しい魔力がいきわたっている感じがする。

——もうちょっと、クセが強いかと思っていたけれど……。

まばゆいほどに力強いがクセがなく、澄みきった印象を受ける。

色でいうならば、クリスタルのような無色透明に少しの銀色が混ざっているような、まるで穢《けが》れを知らない子供の魔力のようだ。

魔力の質は魂の質を表すともいわれている。

——ということは、団長って意外と純粋というか、ピュアな人だったりして？

才能がありすぎて浮世離れしているだけで、案外不器用で可愛い人なのかもしれない。

そんなことを考えていたら、ついつい、笑いがこみあげてきてしまって。

——いやいや、ここで笑っちゃダメでしょう、変な人だって思われちゃう。

笑いを堪《こら》えるのに集中していたミリーは、気付かなかった。

いつの間にか目蓋をひらいたマレフィクスが、思案げに自分を見つめていることに。

ましてや翌日、彼から衝撃のお願いをされることになるなんて、まったく思いもしていなかった。

第三章　高鳴っていたって、団長の方がですか⁉

「……昨日は、ご協力ありがとうございました」

翌朝。執務室で顔を合わせるなり、軽く頭を下げてから、マレフィクスは続けた。

「協力ついでに、もうひとつ、あなたに頼みたいことがあるのですが」

「はい、何でしょうか？」

ミリーは特に気負うことなく頷き、問い返した。

自分に頼むくらいなのだ。大したことではないだろうと思って。

けれど、返ってきたのは――。

「求婚したい方がいるので、私に女性の口説き方を教えてください」

「ええっ⁉」

予想外にもほどがあるお願いに、ミリーは目をみひらき、反射のように尋ねてしまった。

「求婚⁉　どなたに⁉」

この天才魔術師様の心を射とめたのは、いったいどこの誰なのか。

驚き半分、好奇心半分で問いかける。

「魔術師の女性です。先日、魔力酔いを起こしたときに助けていただきまして。誰かに魔力循環を手伝っていただいたのは初めてだったのですが、とても有益な経験でした。ですので、その方に、今後もずっと私のそばにいていただきたいと思ったのです」

耳にした答えに、ミリーはパチリと目をまたたき、「うん？」と首を傾げた。

――え？　ん？　どういうこと？　今のって私のことよね？　私の話よね？

魔力酔いを起こしたマレフィクスの魔力循環を初めて手伝った女魔術師。

どう考えても、ミリーのことを言っているようにしか思えない。

黙りこんでいると、マレフィクスは説明が足りないと思ったのか、さらにつけたしてきた。

「なにぶんこういったことは初めてですので、失敗がないように確実に進めたいと思ったのです。どうすれば、そのお相手を確実に口説き落とすことができるのか考えた結果、あなたに尋ねるのが一番だと思い、こうしてお願いしている次第です」

まっすぐに目を見つめながら、整然と告げられて、ミリーはますます首を傾げる。

その「お相手」がミリーだとして、それを口説くための協力を、どうしてミリーに頼むのか。

パチパチパチパチとまばたき三回分の間考えて、ようやく、ハッと思い当たった。

――もしや、これは遠回しに告白されているのでは⁉

マレフィクスは貴族の生まれだ。

庶民と違って、こんな風に婉曲《えんきょく》的に、ふんわりと匂わせるように愛を伝えるのが、貴族流の作法なのかもしれない。

とはいえ、ミリーは田舎生まれ田舎育ちの生粋の庶民だ。

ふんわりではなくハッキリさせたい。そんな気持ちで率直に尋ねた。

「あの……これって、告白ですか？」

するとなぜかマレフィクスは驚いたように目をみはり、キョロリと瞳を泳がせて答えた。

「違います」

「えっ、違うんですか⁉」

重ねて問うと「はい、違います」と、あからさまに視線をそらしながら返してくる。

――いやいや、何、子供みたいなごまかし方しているんですか⁉

意味がわからない。

どう考えても告白しているも同然なのに、どうしてこの状況で否定するのか。

首を傾げに傾げて考えて、あ、とミリーは思い当たった。

――もしかして、「ハッキリ好きって言うまではノーカン」だと思ってらっしゃるとか？

魔術は呪文の最後の一文字を唱えおえるまで発動しない。

同様に「あなたが好きです」と伝えるまでは、告白という事象は成り立たず、好意を伝えたことにはならない――とでも思っているのかもしれない。この世界一の天才魔術師様は。

マレフィクスらしいといえば、らしい理屈ではある。

本人に口説き方を尋ねるのも、「完璧な正解に辿《たど》りつくために、これが最短で一番無駄がない」とでも思ったのかもしれない。

うん、と納得してから、でも、と尋ねる。

「……一応ご確認なのですが、団長はわた――その方を『魔力循環相手として便利だから』そばに置いておきたいんですか？」

「わかりません」

チラリとこちらを見てサラリと返され、ミリーは「ええっ」と眉をひそめる。

「わからないって、どういうことですか？」

「その方を口説きたいと思ったのは『そばにいてほしい』と思ったからです。どうしてそう思うのか考えた結果、『魔力循環をしてもらえると助かるから』という理由が一番合理的だと感じました。ですが、他の理由や原因がないとは言いきれません。ですから、わからないとお答えしました」

「……そうですか」

便利だから口説こうというのなら、即刻お断りしようと思っていた。

けれど、「そばにいてほしい」という気持ちの方が先だったなら――どうしよう。

マレフィクスを好きか嫌いかでいえば、嫌いではない。

意外とやさしいし、魔力は純粋だし、ちょっぴり可愛く見えるときもある。

かといって、恋人になってもいいくらい、ましてや結婚してもいいくらい好きかと聞かれたら、それこそ「わかりません」と言うしかない。

うーん、と首を傾げていると、マレフィクスがチラリとまたこちらを見てくる。

「……お嫌なら結構です。他の方にお願いします」

ぷいと視線をそらしながら告げられて、ミリーは「えっ⁉」と目をみはる。

――いや、それはそれで困るんですけれど⁉

誰に頼むつもりかわからないが、マレフィクスがミリーを口説こうとしているという噂が流れてしまったら、それこそ外堀を埋められて断れなくなるかもしれない。

それならば、ミリーとマレフィクスの間だけに留めておいた方が、まだいい。

自分のペースで彼と向きあって、考える時間が取れるはずだ。

ふう、とひとつ息をついて、ミリーはマレフィクスと物理的に向きあった。

「……わかりました」

一緒に過ごす時間が増えれば、もっと彼のことがわかってくるだろう。

彼がどんな人なのか、いったい、どんなつもりでミリーを望んでいるのかが。

それにマレフィクスの方も、ミリーのことをもっとよく知った結果、「やっぱり……ないな」と告白を取りやめる可能性だってありうる。

お互いのことを知りあって、それから答えを出しても遅くはないし、間違いもないはずだ。

——そうよね。そう考えたら、正式なおつきあいじゃなくて「練習」ってことにしておいた方が、気楽でいいかもしれない。

うん、とミリーは心の中で頷いて、マレフィクスに微笑みかける。

「私も恋愛には疎いので、どこまでお役に立てるかわかりませんが、ちょっとした練習台くらいにはなれると思いますし、私でよろしければ、団長の恋愛レッスンにおつきあいしますよ！」

ニコリと笑って告げると、マレフィクスはパチリとまたたきをひとつして、小さく息をついた。

上手くごまかせたとホッとしているのかもしれない。

「……ありがとうございます」

呟くように礼を言い、あらたまった表情で手を差しだしてくる。

「以後、ご指南よろしくお願いします」

「はい。こちらこそ、よろしくお願いいたします」

その手を握り返し、ミリーはマレフィクスの補佐官兼、彼が自分を口説くための恋愛指南役となって――。

わずか半日後、「引き受けなければよかった！」と大いに悔やむはめになるのだった。

＊　＊　＊

マレフィクスの恋愛指南役を引き受けた、その日の夜。

南通りからほど近い、宵闇に沈む時計広場。色とりどりのタイルを敷きつめた中心に、すっくと立ったモニュメントクロックの前で、ミリーは彼を待っていた。

――ああ、ドキドキする……！

時計広場は、フリーマーケットや小さな移動遊園地などがひらかれるイベントの場だが、昼間は人々の憩いの空間であり、夜には恋人たちの待ちあわせ場所になる。

周囲を見渡せば、そわそわと想い人を待つ老若男女の姿が見て取れた。

――私も、あんな風に見えていたりするのかなぁ。

何だかむず痒《がゆ》いような心地になって、着替えたてのブラウスの襟をちょっと指先で撫でる。

まさか、これほど早く最初の「練習」につきあうことになるとは思わなかった。

あの握手の後、マレフィクスが尋ねてきたのだ。

「早速ですが、今夜お時間ありますか？」

その問いに「ええ、まあ」と頷いたところ、誘われた。

「では、夕食をご一緒したいのですが」

「今夜ですか？」

展開の早さにミリーが戸惑いの声を上げると、彼は当然のように頷いた。

「始めるのなら早い方がいいですし、それに、美味しいものをごちそうするお約束でしょう？」

「それはまぁ、確かにそうですけれど」

「では、決まりですね」

満足そうに頷いて「八時に時計広場で待ちあわせでよろしいですか？」と念押ししてくる彼に、ついつい「はい、それで大丈夫です」と答えてしまって——今に至るというわけだ。

——それにしても……ここまでしなくてもよかったかなぁ。

終業時間を迎えてすぐに、ミリーはアパートメントに帰って、支度をした。

顔を洗い、髪を結って一粒真珠の髪留めを挿し、薄く化粧をして、ローブの下に着ていた簡素なブラウスと黒いスカートも、ささやかなフリルとリボンタイが付いた丸襟のブラウスとコバルトブルーのスカートに着替えて。

待ちあわせに遅れないように、アパートメントから広場まで駆けてきたのだ。

おかげでいまだに落ちつかない胸を押さえて、ミリーは言いわけのように心の中で呟く。

——でも、一応は練習でも「初めてのデート」だし……ちょっとくらい、おしゃれするのが礼儀かなって思うじゃない？

もっとも、マレフィクスはミリーが何を着ていようと気にしないだろう。

着替えたことにさえ気付かず、ただローブを脱いだだけと思われる可能性の方が高い気がする。

他人のおしゃれどころか、自分自身の衣食住全般にさえ興味がなさそうな人だから。

――なにせ、咀嚼を「手間」って言いきる人だものね。

そんな人が、いったいどんな店を初デートの場所に選んだのだろう。

首を傾げつつ、そもそも彼は店を決めているのかという根本的な疑念も浮かんでくる。

時計広場で待ちあわせをするのなら、この近くだろうと思っていたが、行き先は聞いていない。

――あ、もしかして……ここを待ちあわせ場所にしたのは、私に選んでほしいって意味だったりして……？

マレフィクスは無駄なくミリーを口説くために、ミリーを恋愛指南役に指名したのだ。

それならば、「あなたの行きたいところで」とお任せされる可能性もありうる。

――なら、決めておいた方がいいか。

王都に来て日は浅いが、幸い、近所の美味しい店はしっかりチェックずみだ。

時計広場を出てすぐ目の前にはサンドウィッチが美味しいカフェがあり、南通りを三分ほど北に歩けば、こぢんまりとしたパブがある。

――カフェはもう閉店だし、行くとしたらパブね！

天井から色とりどりのランプがつり下がったちょっとおしゃれな雰囲気のパブは、フィッシュ・アンド・チップスとバンガーズ・アンド・マッシュが人気で、ミリーも初めて食べた日、その美味しさに感動してしまった。

出てくるまで時間がかかるのがネックだがオーブン料理も評判で、皮はパリパリ、中はしっとりに焼き上げた鶏肉の香草焼きがとても美味しかった。

——団長は何が好きかしら？

咀嚼を「手間」と思う人なので、やはりスープ系だろうか。

——シチューはギリギリ許容範囲に入るかな……あ、マッシュポテトはいけそう。プディングとかスプーンで食べられるデザート系も好きかもしれないわね！

食べているところが想像つかないが、見てみたい。いったいどんな反応をするのだろう。

——飴玉のときみたいに「味がします」って驚くかなぁ。

頭の中でマレフィクスの前にメニューを並べてみて、ふふ、と思わず笑みをこぼしたところで、コツリと背後で足音が聞こえて。

「……お待たせしました」

聞き慣れた声に慌てて振り返ると、たった今、思いうかべていた人物が立っていた。

「あっ、い、いえ！　私が少し早めに着いただけで、時間通りです！」

ミリーは笑顔で答えながらも、マレフィクスがいつもと変わらぬ漆黒のローブをまとっているのを見て、途端に気恥ずかしくなった。

——ああっ、私もローブで来ればよかった！

きっと彼は「最初だし、まずは仕事帰りに軽く食事でも」くらいの心づもりだったのだろう。

それなのに、こんな風にバッチリ準備をしてきては、まるでミリーの方が今夜のデートを楽しみにしていたようではないか。

——気合い入りすぎだって思われたかな……。

チラリとマレフィクスの表情をうかがうが、特にいつもと変わった様子はない。

凪いだまなざしでミリーを見つめながら、スッと手を差しだしてくる。

「……では、行きましょうか」

「あ、はい！」

サラリと言われて、反射のようにその手を取った――次の瞬間。

ふわりと浮遊感を感じたと思うと、辺りの光景が一変し、ミリーは見知らぬ石造りの建物の前に立っていた。

「……え、ここって……」

ぐるりと辺りを見渡して、戸惑いの声をこぼす。

時計広場でも南通りでもない。王都の目抜き通りの一角、それも宝石店や香水店、額縁屋や金細工師の店など、そうそうたる高級店が並ぶ一等地の真ん中に立っていたのだ。

マレフィクスが転移魔術を使ったのだろう。

――ああ、そうか！　そうよね！　団長には、場所なんて関係ないわよね！

あの時計広場で待ちあわせをしたのは、ミリーに店を選ばせるためではなかったのだ。

単にミリーのアパートメントに近い、「待ちあわせに相応しい場所」として選んだだけだったのだろう。

つまり、目的地は――と目の前の建物に視線を移し、ミリーはコクリと喉を鳴らす。

――まさか……ここじゃないわよね？

華やかな外観の店が並ぶ中、表向きの装飾や看板が一切ない、石造りの小さなシャトーのようなその建物は、かえって人目を引く。

ミリーも前を通りかかるたび、ぶ厚いカーテンで閉ざされた窓をながめながら、「いったい何の店なのかしら」と気になって、以前、ウォルターに尋ねたことがあった。

「貴族向けのレストランらしいよ」と教わって、「私には縁がない店だわ」と思っていたが……。

おそるおそるマレフィクスに視線を向けると、彼は何のためらいもなく、ミリーの手をつかんだまま歩きだした。

目の前の建物、三段の階段を上がった、重厚な玄関扉に向かって。

――いやいや、無理！　この格好じゃ絶対無理！　完全にアウトでしょう！

階段の一段目に足をかけつつ、声をかけようとしたところで、扉が内側からひらかれた。

「――いらっしゃいませ、ワージーマイヤー様」

かけられた爽やかな声にミリーは天を仰ぐ。

さすがは貴族御用達《ごようたし》レストラン。客人に扉をあけさせるような無粋な真似はしないのだ。

「お待ちしておりました」

扉をくぐったところで、恭しく頭を垂れた男は給仕だろうか。

いや、貫禄《かんろく》からして支配人直々のお出迎えかもしれない。

顔を上げた支配人はにこやかな笑みを浮かべていたが、マレフィクスに向けるまなざしには畏怖が滲んでいた。

その視線がスッと横にそれてミリーを捉え、支配人の目がギョッとみひらかれる。

場違いな生き物を目にして、思わず驚いてしまったというように。

——あぁ、そうですよね！「何だ、この木綿ブラウス女は」って思いますよね！

帰ろう、今すぐ——そう思い、マレフィクスに本日の恋愛指南中止の旨を伝えようとしたところで、笑顔に戻った支配人から「さあ、どうぞこちらへ」と声をかけられた。

促す彼の視線はマレフィクスではなく、ミリーに向けられていた。

——あぁぁ、そうですよね！　レディファーストですよね！

どうにか笑顔を返して、案内に従い歩きだす。せめて人目のあるホールではなく個室であることを強く強く願いつつ、廊下を進むにつれて、ヴァイオリンやフルートの音色が聞こえてくる。

やがて、奥まった部屋の扉がお仕着せをまとった給仕の手でひらかれて、ミリーは自分の祈りが天に届かなかったことを知った。

王宮の広間を思わせる、豪奢《ごうしゃ》なホール。

高い天井では無数に枝分かれしたシャンデリアが輝き、白いテーブルクロスをかけ、花を飾ったテーブルが広々とした室内に散らばり、壁際では楽団が優雅なメロディーを奏でている。

そこに足を踏み入れた瞬間、演奏に混じっていた人々の話し声がピタリとやんだ。

——あぁぁぁ、見ますよね！　それは見ますよねっ！「何だ、この履き古しパンプス女は」って思いますよね〜！

レースやフリル、ビジューで飾られた、繊細で美しい絹のドレスをまとった淑女。

襟元を飾るクラヴァットにダイヤのピンを光らせ、艶やかな光沢を放つ、上等な生地で作られた上着とベスト、トラウザーズに、完璧に磨き上げられた革靴を身に着けた紳士。

ひと目で高貴な身分とわかる人々が、ある者は食事を続けながら横目や上目遣いで、またある者はカトラリーを動かす手をとめて、こちらを見ていた。

突き刺さる侮蔑と非難のまなざしに、ミリーは思わず一歩後ずさり、うっかりよろけて、その背をマレフィクスに支えられた。

「……どうしました?」

その声に人々の目がミリーの背後に移り、ギョッとみひらかれたかと思うと、一斉に畏怖に染まってそらされる。

「ね、ねぇ、あれって、ワージーマイヤー家の……」

「シッ、よせ、見るな。怒らせでもしたら、魔法でカエルにされるぞ……」

囁きかわす声が耳に入ってくるが、マレフィクスは特に気にした様子もなく、ミリーを促し店の奥へと進んでいく。

その間も、チラチラと盗み見る人々の視線が、まるで砂を投げられているようで落ちつかない。

——それなのに、団長は何でそんなに平気なんですか⁉

すぐ後ろを歩くマレフィクスに向かって、ミリーは心の中で叫ぶ。

こんなみすぼらしい格好の女を、こんな素晴らしい店に連れてきて恥ずかしくないのだろうか。

いや、ないのだろう。

恥ずかしいと思うのなら、時計広場でミリーを目にした時点で、「今日はやめておきましょうか」とでも言ったはずだ。

もしくはローブを着るように促しただろう。

宮廷魔術師のローブは、あらたまった式典でまとうことも許されるものだから。

——器が広いのか、鈍いのか……。

マレフィクスが不快な思いをしていないのなら、それはいいことのはずだ。

けれど、凡庸な人間の気持ちを少しでもくみとってくれたらいいのに——とも思ってしまった。

やがて支配人に案内されて辿りついたのは部屋の奥、額装された絵画と暖炉を背に据えられた、ホールをきれいに見渡せる最上客のための席、いわゆる華席だった。

——よりによって、どうして一番目立つ席なの⁉　ああ、でもわかりますよ！　侯爵家のご子息で、我が国が誇る魔術師団長様ですものね！　すみっこになんて通せませんよね～！

そう自分を納得させながら、ミリーは給仕が引いた椅子に腰を下ろし、テーブルに目を向けて、う、と眉をひそめる。

——な、何だか、ナイフとフォークがいっぱいある……！　使いこなせるかしら……？

ひとつひとつの形状から用途を推測していると、「失礼いたします」と声をかけられ、位置皿の右奥に置かれたクリスタルのグラスに水を注《つ》がれた。

——あれ？　さっきの人と違う？

いつ入れ替わったのか、水を注いでいる給仕は椅子を引いてくれた給仕とは別人だった。

きっと細かく役割が分かれているのだろう。

まるで王宮の晩餐《ばんさん》会のよう、いや、もはや別世界だ。

異世界に迷いこむお話は本の中ならば楽しいが、現実はそうでもないらしい。

——ああ、もう、早く自分の世界に帰りたい。

そんなことを思いつつ、そっと息をつくと、向かいの席からマレフィクスが声をかけてきた。

「どうかなさいましたか？」

「あっ、ええと……」

ミリーは口をひらきかけて、周囲の客人が聞き耳を立てていることに気付き、こっそり防音魔術を唱える。

防音といっても普通に声をひそめるのと同じくらいの効果だが、ないよりはマシだ。

「団長、お恥ずかしながら私、こういったあらたまった場所は初めてでして……」

「それがどうして恥ずかしいのですか？」

サラリと問われて、ミリーは思わずムッとなる。

むしろこの状況でミリーが恥ずかしく思わないと、どうして思えるのだろう。

「……場違いだからです」

「あなたが？　なぜです？」

「だって、私は貴族じゃありません」

「一般的な民よりも資産が多く家系図が整っているだけで、あなたも彼らも私から見れば同じ凡庸な人間です。気にする必要はありません」

この場にいる全員を巻きこんでの高慢な慰めの言葉に、ミリーは慌てて防音魔術を重ねがけしてから言い返す。

「でも、服装だって不相応ですよ」

「同じようなシルエットでしょう？」

確かにフィット&フレアのシルエットは似ているといえなくもないが……。

「素材が違います。木綿の服を着ている人なんて、一人もいないじゃないですか」

「素材をそろえたいということですか？」

首を傾げながら問われ、ミリーは黙りこむ。

そういうことではないのだが、どう言えばわかってもらえるだろう。

考えを巡らせようとしたところで、「わかりました」という声が聞こえたかと思うと、ミリーが何か言うより早く、マレフィクスはサッとミリーの身体に視線を走らせ、パチンと指を鳴らした。

ふわりと肌にふれる感触が変わり、ミリーが「えっ」と視線を落として目をみひらくと同時に、周囲からどよめきが上がる。

「……嘘」

視界に飛びこんできたのは、ひらいた胸元で輝くビジューのまばゆさと艶やかな赤色。

まさしく魔法にかけられたように、木綿のブラウスが絹のドレスに変わっていた。

「っ、どこから持ってきたんですか、このドレス⁉」

いくらマレフィクスといえど、無からドレスを錬成することはできまい。

慌てるミリーにマレフィクスはこともなげに答える。

「ある意味で懇意にしている仕立て屋から取り寄せました」

「取り寄せたって、つまり勝手に持ってきちゃったってことですよね⁉　泥棒では⁉」

「その月の掛かりはいつも翌月まとめて請求が来ますので、一着増えたところで誤差の範囲です。それに、オーダー品ではなく見本品の中の一着ですから問題ないでしょう」

もうどこからツッコんでいいのかわからない。

半ば呆れて黙りこんだのを、今度は納得したものと判断したのだろう。

マレフィクスはどこか満足そうに頷いて、傍らで唖然としている支配人に視線を向けた。

「っ、そ、それでは、ごゆっくりおくつろぎくださいませ！」

恭しく頭を垂れると、支配人は逃げるように去っていった。

私も一緒に去りたい――と思いつつ、その背を見送ったところで、最初の料理が運ばれてくる。

そして、目の前に置かれた一皿を見た瞬間、ミリーは気まずさも忘れて「わぁ」と瞳を輝かせていた。

「……季節の野菜とキュプラクラブのレムラード、シャルロット仕立てにございます」

給仕の言葉にミリーはパチリと目をみはる。

――これ、レムラードなんだ……おしゃれ……！

ミリーの知っているレムラードは、刻んだセロリを甘辛酸っぱいクリーミーなソースで和《あ》えたお手軽サラダだが、真っ白な皿の中心にちょこんと置かれたそれは、小さな芸術品のようだ。

ビスケットで囲まれたケーキのシャルロットのように、グリーンアスパラガスで丸く囲んだ上に、薄切りのラディッシュを花びらに見立てた精緻で豪奢なダリアの花が咲き、朝陽《あさひ》になぞらえてか、キラリと金箔《きんぱく》が散らされている。

花の下には、刻んだキュプラクラブと野菜をレムラードソースで和えたものがあるのだろう。

「キュプラクラブは今朝方、キュプラムの港から生きたまま届いたものにございますので、新鮮な味わいをお楽しみいただけるかと思います」

給仕の説明がどこか誇らしげに響く。

キュプラクラブは西のキュプラム王国の特産品の蟹《かに》だ。

内陸国であるゴルドレオン王国では海の幸は高級品だが、キュプラクラブは特に希少で、それを生きたまま遥々運んできたというのだから、レア度はかなりのものだろう。

そんな食材を前菜に使ってしまうとは、さすがは貴族御用達。

はああ、と感嘆の溜め息をついて、じっくりとながめる。

——食べるのがもったいないけれど……食べないと次の料理が見られないし。

仕方ないと顔を上げ、彼を手本に食べようと、マレフィクスに目を向ける。

さて、どのカトラリーが正解なのか——ジッと見つめるミリーの前で、マレフィクスはおもむろに皿の上に手をかざして。

まさか——とミリーが息を呑んだときには、お皿の上の芸術品は一瞬でギュギュッと圧縮され、小さな塊へと変わっていた。

「っ、な——」

何をやっているのかと叫びかけ、慌てて本日三回目の防音魔術をかけてから、ミリーは抗議の声を上げた。

「何をなさっているんですか⁉」

「何を？　見ての通り、効率的にいただこうとしているところですが？」

サラリと告げられ、ミリーはググッと眉間に皺を寄せて言い返した。

「こういうレストランの食事で効率を求めないでください！　素材だけ用意してもらうのとは違うんですよ？　しっかり味わって食べないと！」

「充分、目で味わったつもりですが……」

「舌でも味わってください！」

そう言いつけると、マレフィクスは一瞬の沈黙を挟んで、ボソリと返してきた。

「……私に味がわかるかわかりませんので、あなただけ味わってください」

「そんな……わからなくてもやってみてくださいよ。美味しいかもしれないじゃないですか！」

「……わかりました。試してみます」

気が進まない様子で頷くマレフィクスに、やれやれと息をついたところで、ふと辺りを見渡して、ミリーは、うっ、と顔をしかめる。

ホール中の客人が、好奇に畏怖、驚愕《きょうがく》、嘲笑、怒り、何ともバラエティ豊かな負の感情に満ちたまなざしでこちらを見ていた。

ミリーの魔術では完全には音を消せない。先ほどの会話も薄々聞こえてしまっていたのだろう。

――ああ、もう、やっぱり帰りたい！　指南役なんて引き受けるんじゃなかった！

生涯体験したくもなかった刺々《とげとげ》しい視線の集中砲火を浴びながら、ミリーは心の中で叫んだ。


そして、そこから苦行の時間が始まったわけだが――。

悔しいことに、あれほど常識外れの言動をしながらも、マレフィクスの所作は美しかった。

それを手本に見様見真似で食べ進めていったが、人々の視線がゆるむことはなく、むしろ粗探しをするようにジロジロと手元を見られるようになって。

――団長には「味わって食べて」って言ったけれど……もう、味なんてわからないわ！

ミリーは初めて知った。

どれほどのごちそうでも、その食事を楽しめなければ、美味しくは感じられないのだと。

一刻も早く食べおえて、帰りたい。

二度とここには来たくない、いや、もう来られない。

――まあ、来たいと思っても無理でしょうけれど！

高貴な客人たちとも、今後顔を合わせる機会はないだろう。平民でよかった。

そんな皮肉なことを考えつつ、ミリーは優雅にカトラリーを操るマレフィクスを、半ば涙目で睨《にら》みながら食べ進めていった。

＊　＊　＊

小一時間の後。

どうにか食後の紅茶を無事飲みおえ、支配人に見送られて玄関扉をくぐり、玄関ポーチの階段を下り、通りまで出て。

背後で扉が閉まる音が聞こえたところで、ミリーはホッと肩の力を抜き、傍らのマレフィクスに向き直った。

「……団長」

「はい、何でしょうか」

「お会計を教えていただけますか？」

そう尋ねると、マレフィクスは思ってもみないことを聞かれたというように「お会計？」と首を傾げた。

「あのようなお店で奢《おご》っていただくのは、さすがに『ごちそう』がすぎますから……心苦しいので半分払わせてください」

レストランに入ったときから決めていたのだ。

パブのカジュアルディナーならば「図々《ずうずう》しくごちそうになってもいいかな～」と思っていたが、さすがに、あのレベルを奢ってもらうわけにはいかない。

ミリーの言葉に、マレフィクスは「そうですか」と首を戻して頷くと、「ですが、結構です」と断ってきた。

「えっ、そういうわけには――」

「そもそも、会計の額は私も知りませんので、教えようがありません」

サラリと告げられて、ミリーは「え？」と目をみはる。

「知らないんですか？」

「はい。その月の掛かりは、いつも翌月まとめて請求が来ますので」

仕立て屋と同じく、ツケ払いのような仕組みなのだろう。

――そっか、貴族はその場で現金払いなんてしないんだ……って、あれ、「いつも」？

ということは、味は圧縮省略しつつも料理の見た目は気に入って、通っているのかもしれない。

それならば、お気に入りの店に連れてきてくれたのに、恥をかかせてしまったことになる。

――まあ、問答無用で連れてきたのは団長だけれど。

複雑な思いになりつつ、ミリーはあらためてマレフィクスに頼んだ。

「では、請求が来たときに教えていただけますか？」

「その必要はありません」

「でも――」

「元々御礼をするお約束でしたし、御礼の件がなかったとしても、あなたには練習につきあっていただいているわけですので、必要経費として私が掛かりを持つのは当然のことです。大したことのない端金《はしたがね》ですから、お気になさらないでください」

淡々と告げられた言葉に、ミリーは「さようでございますか」と視線を落とした。

――そっかぁ……団長にとっては端金なんだ。

ミリーの月の給金と、さほど変わらないくらいの価格設定だと思うのだが……。

「……そうですか、わかりました」

これ以上意地を張ったところで、かえって惨めになるだけだろう。

「では、ごちそうになります。貴重な体験をさせていただいて、ありがとうございました」

ありがたく甘えつつ、少しのトゲをこめて頭を下げると、マレフィクスは「いえ、楽しんでいただけたなら何よりです」と答えた。

「では、次の場所に行きましょうか」

言いながら手を取られ、「次の場所って……」と尋ねようとした次の瞬間。

「え？」

ふわりと吹きつける涼やかな夜風に目をつむり、ひらくと、ミリーは小高い丘に立っていた。

「……わぁ」

夜風に揺れる草の絨毯《じゅうたん》、その向こうに、ついさっきまで、その中心にいたはずの王都の町並みが見える。

ポツポツと家々の窓に灯る橙《だいだい》の明かりに目を凝らし、それから、天を見上げると白々とまばゆい月明かりが瞳に飛びこんでくる。

緑の匂いが鼻をくすぐり、深く息を吸いこむと澄んだ空気が胸に入りこんできて、ミリーは抗議を忘れて頬をゆるめていた。

「……ここが、次の場所ですか？」

「はい。星を見ようと思いまして。どれくらい見えていますか？」

夜空を仰いでマレフィクスが問う。

「あの辺りは、いかがでしょう？」

そう言って彼が指し示したのは、「春の六花」と呼ばれる星群だった。

「だいたいは見えます」

「ヴェレクは？　見えますか？」

六角形の頂点の位置にそれぞれ星があるのだが、右下のヴェレク――「恥ずかしがりやの星」と呼ばれる星は、他よりも光が弱いので、よほど目が良くないとハッキリとは見えない。

そのため、「ヴェレクが見えれば他の星も見える」というように、星座観察の指標となるのだ。

「うーん、一応は……」

ミリーが自信なさげに答えると、マレフィクスは「そうですか」と頷いて、つないでない方の手を持ち上げ、スッと指先でミリーの目蓋をかすめた。

「――っ」

流れこむ魔力に小さく息を呑んで目をつむり、次にひらいた瞬間。

「……わぁっ」

瞳に映る無数の輝きに、ミリーは思わず歓声を上げていた。ヴェレクはもちろん、ひっそりと夜空に隠れていた他の星たちまで、一斉に飛びだしてきたようだ。

――こんなこともできるんだ……！

六花どころか、満開の花畑、いや、星の海だ。

夜空中のすべての星が目覚めたようにキラキラと輝いて見える。

「すごい！　きれい！　ありがとうございます！」

声を弾ませて心からの感謝を告げるミリーの瞳は、きっと満天の星を映して、キラキラと輝いていたことだろう。

マレフィクスは微かに目をみはり、その映った星々の光を覗きこむようにジッと見つめて、身を乗りだして――。

え、とミリーが思ったときには、彼の唇が自分のそれに重なっていた。

「……ぁ」

一瞬の接触の後、離れていく美貌を、ミリーはポカンと目も口もひらいたまま見送る。

何が起こったのかわからなくて、まばたきを一回。

もう一回またたいたところで、ようやく理解が追いついた。

「……あ」

ポツリとこぼした言葉に、マレフィクスが「あ……？」と首を傾げる。

ミリーは「あ、あ」ともう二回繰り返して、そして、次に口をひらいた瞬間。

「アウトッ！」

叫びながら手を振りほどき、思いっきり、マレフィクスの頬に平手を叩きつけていた。

「っ、あ」

やってしまった、何だアウトって——すぐさま我に返ったミリーは叩いた自分の手を見て、それから、慌てて彼の顔に視線を戻して目をみひらいた。

マレフィクスは突然おでこを叩かれた子犬のような、ひどく呆然《ぼうぜん》とした表情で、こちらを見つめていたのだ。

「え、やっ、何で、そんな顔なさってるんですかっ、今のは、どう考えてもダメでしたからね⁉」

うろたえつつミリーが訴えると、マレフィクスはパチリと目をまたたかせ、困惑げに眉を下げた。

「……ダメでしたか？」

「ダメです、いきなりすぎます！」

「いきなりでしたか？」

「いきなりですよ！　少なくとも、私の中では突然の暴挙でした！」

はあ、と溜め息をついて、ミリーはキュッと眉間に皺を寄せ、マレフィクスと向きあった。

「こっちも、いきなり叩いたのはお詫《わ》びします。ですが、団長もいきなりすぎです！」

どう考えても、あんなことをする流れではなかっただろう。

そう、あんな風にキスを奪うなんてマナー違反、もう反則もいいところだ。しかもミリーにとっては初めてだったのに。

「恋愛指南役として言わせていただきますが、恋愛で大切なのは理解と合意です。ひとりよがりの暴走は嫌われてしまいますよ！」

「……ひとりよがり」

「そうです」

しっかりと頷いて、ミリーは続けた。

「あのですね。デートの行き先も、そのときにすることも、どちらか一人が勝手に決めて、進めていいものではないんです。だって二人で楽しめなかったら、デートの意味がありませんから」

ミリーの言葉に、マレフィクスは視線を落として考えこみ、やがて、ポツリと呟いた。

「つまり、今夜のデート……の練習は、私がひとりよがりで暴走していただけで、あなたは楽しくなかったということでしょうか？」

「え？」

「申しわけありません。凡庸な人間は、どのようなことに楽しさを感じるのかわからなかったものですから、本で学んだつもりでしたが……どうやら上手くいかなかったようですね」

謝りながらもサラリと見下しの言葉を混ぜこんでくるのに、ミリーはムッと眉をひそめる。

「……ええ、そのようですね」

「では、ミリー。私のどこがいけなかったのか教えていただけますか？」

静かに乞われ、余計に腹が立った。

「……わかりました！　では、お教えいたします。まず、あのレストランですが、ああいったお店ならば、先に行き先を教えてほしかったです。聞かなかった私もダメでしたけれど、結果として、団長まで恥をかくことになったでしょう？」

「恥？」

マレフィクスが不思議そうに首を傾げる。

「だって、あんな良いお店なのに、木綿のブラウスでマナーも知らない女を連れて入って、すごく嫌な目で見られちゃったじゃありませんか……せっかくのごちそうが台無しですよ」

ミリーが溜め息まじりに答えると、マレフィクスはサラリと返してきた。

「そうですか。すみません、貸し切りにすればよかったですね」

「そういうことじゃありません！」

ああ、もう――と頭を抱えようとして、上げかけた手をそっとつかまれる。

「団長、手……」

「では、どういうことなのですか？　教えてください。店のことだけでなく、今日の練習の何がいけなかったのか。どうしてあなたを不快にさせてしまったのか……本当にわからないのです」

真剣な声音で乞う表情は途方に暮れているようにも見えて、ミリーは寄せていた眉を戻す。

――わからないの？　バカにしているわけではなくて……本当に？

何でこんな当たり前のことがわからないのだろう。ちょっと考えればわかるはずなのに。

そう思ってから、でも、とミリーは思考を巡らせる。

マレフィクスは十二歳で魔術師団に入り、そこから休むことも遊ぶこともなく、ずっと魔術ひとすじで生きてきたのだ。

——孤高の天才魔術師団長様だものね……それならまぁ、仕方ないか……凡庸な人間の考えがわからなくても。

きっと、それを教えるのが、指南役であるミリーの務めでもあるのだろう。

「……わかりました」

溜め息をひとつこぼして、ミリーは告げた。

「まず、レストランですが、私は……凡庸な人間は周りとの調和を大切にするものなんです。自分だけでなく、他の人たちも楽しめるよう、雰囲気を壊さないように、その場に合う服装やマナーを心がけたいと思うんです。そして、他の人たちの中には店の従業員も含まれます。ですから、先にどこに行くか教えていただきたかったたし、『貸し切って他のお客を排除すれば、木綿のブラウスでマナー知らずでも恥ずかしくない』ともならないんですよ」

「……そういうものですか」

「はい。それと、先ほどのあれですが……」

予想外の接触を思い返し、ジワリと頬が熱くなるのを感じながら、ミリーはキリリと表情を引きしめて告げた。

「身体的な接触は、あんな風に突然してはダメです。とにかく驚きますし、怖いと思うこともありますから、絶対に、ダメです！」

「……そうなのですね」

マレフィクスは視線を落として考えこみ、それから、打たれた頬を押さえてポツリと言った。

「……驚かせて、怖がらせてしまって、申しわけありませんでした」

悄然《しょうぜん》とうなだれる様子からは、心から悔いているのが伝わってくる。

「……わかっていただけたのなら、何よりです」

それ以上は咎《とが》める気になれず、ミリーが表情をゆるめると、マレフィクスもつられたようにホッと表情をゆるめて、それから、言いにくそうに尋ねてきた。

「それで、ミリー……結論として、今夜のデートは『不合格』ということでしょうか？」

「……まあ、そうなりますかね」

「……そうですか」

マレフィクスが肩を落として、そっと溜め息をこぼす。

「……本を真似るだけではダメなのですね」

「本って、いったい何の本を参考になさったんですか？」

しょんぼりと呟く彼に、ミリーが苦笑まじりに尋ねると、返ってきたのは予想外の答えだった。

「今夜のプランを決める際、あなたの持っていた本を参考にさせていただいたのです」

「私の持っていた本？」

首を傾げかけて、ハッとミリーは目をみひらく。

「っ、もしかして、あの恋愛小説ですか⁉　いつ読んだんです⁉」

昨日買った一冊を昼休みに読もうかと、持ってきていたのだ。

けれど、マレフィクスからの衝撃の告白で、そんな心のゆとりはなくなってしまった。

だから、まだ自分でも読んでいないし、彼の前でひらいてもいない。

昼にカバンからサンドウィッチの包みを取りだすときに、うっかり机の上に転がしてしまったが、すぐさまカバンに戻した。

どう考えても、マレフィクスがそれを読むチャンスはなかったと思うのだが――。

「本の内容を魔術で写し取って、手元の紙に投影して読みました」

サラリとマレフィクスから告げられ、ミリーは一瞬の沈黙の後、叫んだ。

「いやいや、何しているんですか⁉　やめてください！　ダメですよ、人の本を勝手に読むのは！」

それも個人の嗜好《しこう》がだだもれの恋愛本を。ある意味、本日一番のやらかしではないか。

「そうなのですか？　……まあ、確かに、書かれた情報を対価も払わずに得るのは、ある意味窃盗ですね。以後自重します」

「反省すべき点はそこではないんですが⁉　っ、まあ、いいです！　二度としないでくださいね！」

強めに釘《くぎ》を刺した後、ミリーは深々と溜め息をついて、マレフィクスに尋ねた。

「それで……あの小説の中で、こういったデートコースが出てくるんですか？」

「はい」

あっさり頷かれ、ミリーは心の中で「とんだネタバレだわ！」とツッコミを入れてから、ふう、と息を整えて再び問うた。

「つまり、その小説に出てきたデートは、レストランでごはんを食べて、夜空を見てキスをするという流れだったわけですね？」

「はい、そうです」

答えた後、マレフィクスは微かに眉を寄せて、そっと溜め息をこぼした。

「小説の中では、胸が高鳴ったタイミングで口付けていたのでしてみたのですが……間違っていたのですね」

「そんな、高鳴っていたって、どうしてわかったんですか？」

魔術で脈でも読み取ったのだろうかと思いつつ尋ねると、マレフィクスはなぜか自分の胸を押さえて答えた。

「いつもよりも、だいぶ速く脈打っていましたので、高鳴っていると判断しました」

「高鳴っていたって、団長の方がですか⁉」

まさかの回答にミリーが目をみひらくと、マレフィクスはコクリと頷き、つけたした。

「……星を見て笑うあなたの顔を見ていたら、どうしてか、そうなっていました」

「あ……そ、そうなんですね」

神妙な表情で告げられ、ミリーは半笑いで答えてから視線を遠くに投げる。

――そうか、高鳴っていたのか……そうかぁ。

サラリと愛の告白じみた台詞をぶつけられ、嬉しいような気まずいような、咎めるのが気の毒なような複雑な気持ちになる。

けれど、指摘すべきことはきちんとしておいた方がいいだろうと思い直して、呼びかけた。

「あのですね、そういうシーンでは文字として書かれていなくても、片方だけじゃなくて、二人とも胸が高鳴っているものなんです。二人とも、じゃないとアウトになっちゃうんですよ」

「そうなのですね」

「はい。それと……現実の女性はですね、気持ちが高まるまで、お話の中の女性よりも、ちょっと時間がかかるんです」

「そうなのですか?」

「はい。なので、慎重に関係を進めていった方が、失敗がなくていいと思います」

なるべくキツい言葉にならないように気をつけながら、そう伝えると、マレフィクスは「そうですか」と頷き、俯いて考えこんだ後。

ゆっくりと顔を上げて、ミリーに告げた。

「……ありがとうございます、ミリー。おかげで凡庸な人間の心情について、理解が深まりました。感謝します」

相変わらずの上から目線でかけられた御礼の言葉に、ミリーは苦笑を浮かべて答えた。

「いいえ、少しでもお役に立てれば幸いですよ」

「ありがとうございます。それで……」

少しの間ためらってから、マレフィクスはそっと視線をそらして尋ねてくる。

「今回は残念な結果に終わりましたが……次もまた、練習につきあっていただけますか?」

ミリーは答えに迷う。正直、今日の一回で、もうおなかいっぱいだ。

――もう、お断りしてもいいくらいだけれど……でも……。

いまだにつかまれたままの手に視線を落とすと、キュッとすがるように握りしめられる。

「お願いします。二度と今夜のような失敗は……ひとりよがりな暴走などしませんから」

「………わかりました」

一呼吸の間を置いてから、ミリーは静かに頷き、ニコリと微笑んだ。

「次からは、どこに行くか一緒に話しあって決めましょうね」

「っ、はい」

ホッとしたように息をつき、マレフィクスがひとりごとのように呟く。

「……次が楽しみです」

はにかむように目を細め、微かに笑みを浮かべて彼が呟いた言葉に、ミリーはパチリと目をまたたいてから、フッと頬をゆるめた。

今夜は恥ずかしい思いをして、合意なくファーストキスを奪われて、ステキなデートだったとはいえない。

——でも……星はきれいだったし、ぜんぶがダメってわけじゃなかったわよね。

きちんと謝ってもらえたし、不満もしっかり伝えられた。

だから、きっと次のデートは、もうちょっとステキなものになるだろう。

「……そうですね、私も楽しみにしておきます」

ほんのりとした期待をこめて、ミリーは明るく答えたのだった。

第四章　『特別な日』用にしますね！

初めての「練習」から一夜が明けて。

いつものように出仕し、仕事をこなして迎えた昼休み。

カバンからサンドウィッチと水筒を取りだし机に置いて、パラリとサンドウィッチの包みをひらいたところで、ミリーはジッとこちらを見つめるまなざしに負けて顔を上げた。

「……何ですか、団長」

何を聞かれるのか薄々察しながら尋ねると、マレフィクスは執務机から若干身を乗りだすように尋ねてきた。

「いつもサンドウィッチですね。サンドウィッチがお好きなのですか？」

ああ、やっぱり来た――ミリーは苦笑を浮かべて答えた。

「好きですよ」

「どういったところが？」

「どういった？　それはまあ、手軽に作って食べられますし、具材の種類もその日の気分で自由に選べるので、毎日食べても飽きないところですかね？」

「……なるほど、気ままに気安く食べられることに魅力を感じているのですね」

ふむ、と頷くマレフィクスに、ミリーは微笑ましいような、呆れたような心地になる。

朝からずっとこうなのだ。

昨夜の「残念な結果」を挽回《ばんかい》したいのか、それとも「次もダメだったら、今度こそ指南役を辞退されてしまう」と考えたのか。

とにかく、次回の「練習」に向けて、情報を集めておきたいと思ったのだろう。

最初の質問は、服装についてだった。

出仕して顔を合わせるなり、サッと頭のてっぺんからつま先まで見られたと思うと「昨夜もブラウスとスカートでしたね。その組み合わせが好きなのですか？」と聞かれたのだ。

ミリーは一拍置いてから、何をされたのかを理解してボッと頬が熱くなった。

「勝手にローブの下を透視するのはやめてください！」

そう抗議し、二度としないと約束させた後、「特別好きなわけではありません。女性の仕事着はこれが普通です」と答えて、執務机に向かった。

席に着き、「さぁ、仕事！」と羽根ペンを取ったところで、新たな質問が飛んでくる。

「ガチョウが好きなのですか？」

「はい？　ガチョウ？」

意味がわからず首を傾げると、マレフィクスも首を傾げ返してくる。

「いつも使っていますよね？」

「使って？　……あ、ペンのことですか？　いえ、特に好きなわけでは……ただの支給品ですし」

手にした羽根ペンを横目で見てから、問い返す。

「団長だって、同じものを使ってらっしゃるでしょう？」

「いえ、私の使っているのはカラスの羽根ペンです。細い線が引けるので、呪文や紋様を描くのに適しています」

「へえ、そうなんですね」

なぜか、ミリーの方が新情報を得ることとなったりしつつ、その後も質問は続いた。

使っているインクの色や紙の材質など、「そんなこと好みで決めるわけないでしょう」といった事柄から、「ちょっと今日は暑いな」と取りだしたハンカチの素材や刺繍の模様、好みの気温や季節まで、微に入り細にわたって――。

――もはや、何かの嫌がらせですか!?

そう言いたくなるほどに、朝からずっと質問攻めにあっているというわけなのだ。

「……団長」

ミリーはサンドウィッチを手にして、深々と溜め息をつくとマレフィクスに言った。

「一気にぜんぶ知ろうとなさらなくていいんですよ」

「ですが、次回の『練習』で失敗しないためにも――」

「そんなに質問攻めにされたら、ちょっと疲れます。これ以上されたら、次の『練習』の前に嫌になっちゃうかもしれませんよ？」

ハッキリ言わなくては伝わらないだろうと思い、ちょっとばかり強めの口調で告げた途端。

マレフィクスはシュンと俯き、乗りだしていた身を椅子に戻した。

「……わかりました。疲れさせてしまって申しわけありません」

悄然とうなだれる様子は叱られた子犬のようで、ミリーは「う」と眉を下げる。

――そ、そんなにションボリしなくても……言いすぎたかな？　でも、あのままだと、私だって辛いし……！

質問攻めをやめてほしかっただけで、落ちこませたかったわけではない。

どうしたものかと視線を落とし、手にした本日のランチを目にして、あ、と思いつく。

「そ、そうだ！　食べてみますか？　サンドウィッチ！」

明るく誘いをかけると、マレフィクスがスッと顔を上げ、首を傾げてくる。

「食べる？　それを、あなたと一緒にですか？」

「はい。ええと、ほら、百聞は一見に如《し》かずといいますし、一方的に尋ねるんじゃなくて、一緒にやってみる方が、いっそう理解が深まるんじゃないかなと！」

「……なるほど、確かにそうかもしれませんね！」

菫色の瞳がパッと輝き、ミリーはホッと頬をゆるめる。

「でしょう？　今日の具は鴨《かも》のパテとクリームチーズです。苦手でなければ、半分こしましょう！」

「はい、ありがとうございます」

マレフィクスが立ち上がり、嬉しそうに微笑んで言う。

「では、私の昼食も半分お分けしますね」

それはいりません――ミリーは反射のように答えかけて、すんでのところで堪えた。

「……わぁ、ありがとうございます。ありがたくいただきますねぇ」

「はい、『半分こ』ですね」

覚えたての言葉を使って目を細めるマレフィクスに、ミリーもつられて微笑みながら立ち上がる。

「どうせなら、こっちで一緒に食べましょう？」

ミリーの机はともかく、マレフィクスの机は書類の山で埋まっている。

重要な書類の間にパン屑《くず》が紛れこんだり、紅茶の染みをつけてしまっては大変だ。

食べるのならばミリーの机で一緒に、の方がいいだろう。

とはいえ、マレフィクスの使っている椅子は、彼の地位に相応しい重厚感のあるもので、気軽に動かすのには向いていない。

——椅子は、と……あ、あれでいいか。

グルリと見回して、ミリーは壁際に並んだ書棚の間に置かれた、読書用の椅子に狙いを定める。

肘掛けはないが、その分軽いので運ぶのも楽なはずだ。

そう思ったところで、ミリーの視線を辿って、その意図に気付いたのだろう。

スッとマレフィクスの姿が掻き消えたかと思うと、本棚の前に立っていて、また次の瞬間には、椅子をつかんだ状態でミリーの傍らに現れていた。

「隣でよろしいですか？」

「は、はい」

驚きに胸を押さえながら椅子に腰かけ、ミリーは微笑む。

——本当に、息をするように魔術を使うんだなぁ……。

あらためて感心しつつサンドウィッチを千切ろうとして、ふと思い直し、傍らに腰を下ろしたマレフィクスに差しだした。

「あの、これを半分にって、できますか？」

「ええ、できますよ」

答えると同時に、マレフィクスの指が半月型の真ん中を縦に滑って、次の瞬間、サンドウィッチはパカンと半分に分かれていた。

「おお……さすがです！」

潰れても崩れてもいない、美しすぎる断面を覗きこみ、ミリーは感嘆の声を上げる。

大きさも完璧といっていいほどに「半分こ」だ。

「ありがとうございます！　では、どうぞ！」

「……いただきます」

右手に持った半分を差しだすと、マレフィクスはなぜか両手で受けとり、神妙な表情で口に運んで、そっと端っこに歯を立てた。

もぐ、もぐ、もぐ、とゆっくり味わうように噛みしめて、コクンと呑みこみ、それから、小さく呟く。

「……サンドウィッチというのは、これほど美味しいものなのですね」

その言葉にミリーはホッと息をつき、「よかった」と胸を撫で下ろす。

「団長のお口に合って幸いです」

「ええ、本当に美味しいです」

「ふふ、何よりです！」

頬をゆるめて、ミリーは自分の分に食らいつく。

しっとりしたパテとチーズは、すっかり冷めていても美味しい。

──うん、確かに良い味だわ！

モグモグと元気よく味わって、ゴクンと呑みこみ、ニコリとマレフィクスに笑いかける。

「このメニュー、いつも行くパン屋さんで教えてもらったんです。最初は鴨とクリームチーズってどうなんだろうって思ったんですが、意外と合いますよねぇ……本当は、焼きたてのパンに挟むか、ホットサンドにした方がおすすめらしいんですけれど」

熱でチーズが蕩《とろ》けて、それはそれは美味しいのだそうだ。

その味を想像して頬をゆるませたところで、「では、そうしましょう」というマレフィクスの声が傍らで響いた。

え、とまたたきをひとつした瞬間、ふわりと香ばしい匂いが鼻をくすぐり、指先に熱を感じて、ミリーは「わっ」と歓声を上げる。

「……すごい！　ホットサンドになった！」

うっすらと焼き色のついたパンの表面を撫でると、パリリとした感触が伝わってくる。

パンを持つミリーの指先を一切痛めることなく、パンだけを温め、表面を焼き上げたのだ。

精度の高さと便利さに感激しつつ、冷めないうちに食べようと「いただきます」とかじりつく。

──ぁあ、これは……美味しいぃ……！

常温でも充分に美味しかったが、温められたことでよりいっそう味わいが増している。

ライ麦の匂いはひときわ香ばしく立ち、噛むほどに鴨の脂の旨みがジワリと染みだし、トロリと蕩けた仄甘いクリームチーズと熱々同士で混ざりあって、舌をやさしく焦がす。

――中までキッチリあったかい……加熱ムラまでないなんて、団長すごすぎる……！

二重の感動を味わいつつ、ミリーは夢中で食べ進めていった。

「……はぁ、美味しかったです。ごちそうさまでした！」

最後の一口を食べおえて、水筒から蓋に注いだ紅茶をマレフィクスの前に置きながら、ミリーは深々と頭を下げた。

「いえ、ごちそうになっているのは私の方ですので……」

マレフィクスは、ゆるりとかぶりを振ってから、半分ほど食べ進めたサンドウィッチに視線を落とした。

「それにしても……確かに、美味しいですね」

「そうですよね！　温めた方がいいって、本当でしたよね！」

ググッと拳を握りしめて力説したところで、顔を上げたマレフィクスと目が合う。

そのまま見つめられて、ミリーは不意に気恥ずかしくなる。はしゃぎすぎてしまっただろうか。

「……え、えと、本当に、美味しかったので……」

ごまかすようにミリーが言いたすと、彼はサンドウィッチに再び目を向け、一口食《は》んで、ポツリと呟いた。

「……本当に、美味しいです。どうしてでしょうね」

「え、温めたからでは？」

「……そうかもしれませんね」

そっと目をつむって答えた後、マレフィクスは目をあけ微かに口元をほころばせた。

「あなたは、このような味がお好きなのですね」

「はい！」

元気よく頷いてから、サンドウィッチを包んでいた布に視線を落とし、ミリーはポロリと本音をこぼす。

「このような味も好きですし、こういうごはんが好きです」

「こういうごはん？」

「はい。昨日のようなレストランで、人目を気にして緊張して食べる『すごくいいごはん』よりも、こういう、のんびり並んで味わえる、『ちょっといいごはん』の方が好きです」

だから、マレフィクスと「練習」するならば、こういうごはんがいい。

そう素直な気持ちを告げたところで、あ、と我に返る。

「あのレストランのお料理がダメなわけではありませんよ？　すごくきれいで、感動しました！ただ、私が生まれも育ちも庶民なもので、こういうごはんの方が性に合うという話で……せっかくごちそうしてくださったのに、申しわけありません！」

慌てて謝ると、マレフィクスは「いえ」とかぶりを振った。

「本音を教えていただけて助かりました」

しみじみと呟いて、それから、微かに頰をゆるめる。

「では、次の『練習』はサンドウィッチを食べに行きましょうか？」

「いいですね！」

ニコリと答えてから、でも、とミリーは首を傾げる。

「サンドウィッチを食べるならカフェでしょうけれど……仕事が終わってからだと、もう閉まってますよね？」

「では、昼間に行きましょう。休みを取ります」

「えっ、サンドウィッチのために⁉」

「はい」

こともなげに頷くマレフィクスに、ミリーが「でも、何だか申しわけないです」と眉を下げると、彼は「では、練習内容を増やしましょう」と返してきた。

「あなたの言う『こういうごはん』を一緒に取ることを第一課題として、他に何か、デートらしい課題はありませんか？」

「そうですねぇ……あ、お買い物でもしましょうか！」

二人でブラリとお買い物。実にデートらしい行動ではないか。

マレフィクスも「いいですね」と即座に乗ってくれるかと思ったが、予想に反して、不思議そうに首を傾げて返してきた。

「買い物？　買い物は使いを出すか、商人を呼べばいいだけの話では？」

「……お買い物デートは、そういう買い物とは目的が違うんです」

彼らしい、無駄のない高貴な発想に、ミリーは苦笑いで言い返す。

「買うまでの過程を一緒に楽しむものといいますか……直接お店に行って、並べられた商品を二人でながめて、あれこれ話しあって、吟味しながら買うのが楽しいものなんですよ……たぶん」

母との買い物の思い出と、恋愛小説からの受け売りを交えてミリーが告げると、マレフィクスは納得したように頷いた。

「なるほど、そういうものなのですね。それで、何を買いに行くのですか?」

「そうですねぇ……」

ミリーは首を傾げる。

ブラブラ見て回るだけでも楽しいかと思ったが、何しろ初めてのお買い物デートだ。目的があった方がグダグダにならずにすむかもしれない。

「……ああ、そうだ! 私、新しい髪留めが欲しいと思っていまして、それを買うのでいいですか?」

「もちろんです」

マレフィクスが頷いて、こうして、次の「練習」の課題が決まったのだった。

＊＊＊

それから二回目の「練習」の機会が訪れたのは、昼食のサンドウィッチと完全栄養食のシェアを始めて、十日後のことだった。

午後の一時、時計広場で待ちあわせて。

おそろいのローブ姿で爽やかな夏風に吹かれながら、雑貨屋を目指して歩きはじめて、南通りに出たところで、ミリーは「そういえば……」と足をとめ、傍らのマレフィクスに尋ねた。

「お仕事休んじゃいましたけれど、大丈夫ですか? その、魔力酔いの方は……」

「大丈夫です」

マレフィクスは軽く頷くと、通りを行きかう人々をチラリと横目で見て続けた。

「私の顔を認識できないよう、周囲一帯の人間に認識阻害の魔術をかけているのです。人数が多いので、ほどよく魔力を消費できています」

「周囲一帯の人間って……」

目抜き通りほどではないにせよ、南通りを歩く人の数は十や二十ではきかない。

下手をすれば百人近くいるだろう。

——それをいっぺんに……はぁあ、すごい。

相変わらずの天才ぶりにミリーが感服していると、マレフィクスは微かに眉をひそめて言った。

「王都では私の顔や名前が知られていますので、どうしても目立ってしまいますでしょう?」

「え? ええ、そうですね」

ミリーが肯定すると、彼は「そうなのです」と静かに頷いてから、「ですので」とつなげる。

「周囲に私だと認識されない方が、あなたも人目を気にせずにデートを——いえ、『練習』を楽しんでいただけるのではないかと考えたのです。前回の『練習』を振り返りまして、もしかすると、あなたは注目を集めるのがお好きじゃないのかもしれない、と思ったものですから」

「……ああ、そうだったんですね」

神妙な表情で意図を告げられ、ミリーは頬をゆるめた。

「お気遣いありがとうございます」

自分が注目されたくないからではなく、ミリーのためを思ってのことだったのだ。

その気持ちが嬉しくて。

「じゃあ、今日はのんびり過ごせますね！　楽しみです！」

明るく言いながら、ミリーは感謝をこめてマレフィクスに笑いかけた。


それから五分ほど歩いたところで、目的の雑貨屋に着いた。

二階家の一階部分が店舗になっている、若草色と白のストライプ柄の庇が可愛らしいその店は、「森のコレクション」という名前で、動物や花など自然のものをテーマにした雑貨を扱っている。

先日、ミリーが買った足跡柄のマグカップも、犬だけでなく、猫やリス、アヒルなど色々な種類があった。

入り口の扉の脇のブロンズ製の傘立てには、色鮮やかなチューリップを模《かたど》った持ち手の傘が、見本として刺さっている。

「……傘の柄《え》が、花になっていますね」

それを見つけたマレフィクスが立ちどまり、背をかがめて傘を覗きこむ。

「これはどういった意味があるのですか？」

雑貨は良い意味で「無駄」の極致だ。

効率を重視するマレフィクスから見れば、どうしてわざわざこのような形にするのかと、不思議に思うのも無理はない。

彼らしい疑問にミリーは、頬をゆるめて答える。

「意味なんてありません。お花の形にしたら可愛いから、そうしているだけですよ。機能は同じでも、可愛いもの、自分の好きな色や形の方が愛着がわきますし、使っていて楽しいですから」

「機能は同じでも、楽しい……」

マレフィクスはミリーの言葉を繰り返してから、「なるほど」と神妙な顔つきで頷いた。

「そういうものなのですね。またひとつ勉強になりました」

「ふふ……はい、そういうものなんですよ。では、行きましょうか！」

ミリーは彼を促して店内に入ると、まっすぐに髪留めのコーナーへと向かった。

傘ひとつでこうならば、店内を見て回ったら、マレフィクスが色々と気になりすぎてしまうかもしれない——と思ったからだ。

——きっと団長から見たら、「何の意味が？」って思うものばかりだものね。

森の動物たちの——実物よりもだいぶ丸い——ぬいぐるみや、香り別に籐《とう》籠に盛られたポプリが飾られた円形のワゴンの間を縫って、方々から聞こえる「可愛い！」「か、可愛い」という女性の声を聞くとはなしに聞きながら、進む。

目的地に向かう間、案の定、マレフィクスは周囲が気になって仕方ないようで、「可愛い」が聞こえるたびに、そちらに目を向けては「あれも『可愛い』なのですか？」とミリーに尋ねてきた。

そのたびに、ミリーもチラッとそちらを見て「可愛いかジャッジ」をしては、「そうですよ」と返していた。

ただ、キノコによく似たベレー帽を被った女性が手にしていた、アミガサタケぬいぐるみにだけは「可愛いというよりは、美味しそうですかね」というジャッジを下してしまったが……。

そして、ようやく髪留めのコーナーに着いて、ミリーはキラリと瞳を輝かせる。

店の壁に沿って設《しつら》えた、デフォルメされたハチの巣型の展示棚。

たくさんの寄りあつまった六角形、そのひとつひとつに、小さな櫛《くし》型のコームに様々なモチーフの飾りがついた髪留めが置かれている。

——わぁ、可愛い……！

思わず心の中で叫んだところで、傍らから覗きこんできたマレフィクスが呟いた。

「……色々なものを模してあるのですね」

「ふふ、そうですね！」

赤地に白い水玉模様のキノコ、七つの星を背負ったテントウムシ、翅の青色が神秘的なモルフォチョウ、ウサギや猫などの顔、犬種別のシルエットを模ったもの、色違いのカエデの葉、イチョウの葉、ミモザの花束、薔薇《ばら》や百合、デイジーの花などなど。

どれもほどよくリアルすぎず、可愛らしいデザインに仕上がっている。

「……どれがいいかなぁ」

あまりマレフィクスを待たせてはいけない、と思いながらも、ついつい目移りしてしまう。

迷っていると、不意に彼が尋ねてきた。

「好ましく感じているのは、どの品ですか？」

「ええと……これか、これか、これか、これ、ですかねぇ」

ミリーは、テントウムシ、でっぷりとしたシルエットの犬、秋色のカエデの葉、デイジーの花を順繰りに指さして答える。

するとマレフィクスは「わかりました」と頷くなり、それらを次々と棚から取りだした。

そのまま踵を返して、会計台に向かおうとするのを目にして、ミリーは慌てて彼の袖を引っぱる。

「ちょ、違う、待ってください！」

「違うのですか？　これらを気に入ったのでしょう？」

「そうなんですけれど、そうじゃないんです！」

ぜんぶ買ってくれという意味ではないし、そもそも彼に買ってもらうつもりもない。

「そうだけれど、そうではない？　では、この場合の『正解』は何なのですか？」

不思議そうに首を傾げるマレフィクスに、ミリーも「うーん」と首を傾げてから、答えた。

「そうですね……この場合、一緒に選んでもらえたら嬉しいなって思います」

「一緒に選ぶ？　ですが、本人が好んで身に着けるものに、他人が口を出す必要はないでしょう？

あなたが好きだと思ったなら、それで充分ではありませんか？」

首を傾げたまま言われて、ミリーは頬をゆるめる。

「確かに、他人から『あれにしろ』『これにしろ』と押しつけられるのは嫌ですよ」

「それならば……」

「でも、こんな風に一緒にお買い物に来た場合は違います。その人に何が似合うか、その人と一緒にいる人の方がわかっていたりするものですし、参考意見をもらえた方が嬉しいものなんです」

「……そういうものなのですね」

ふむと頷くと、マレフィクスは両の手のひらを広げて、そこに載せた髪留めに目を向けた。

それから、スッと視線を上げて、菫色の瞳にミリーを捉えた。

顔から髪、髪から斜め上の虚空、それから髪留めへと視線を向けて、また顔に戻る。

きっと今、マレフィクスの頭の中では、次々とミリーの頭に犬や花が咲いていることだろう。

ジッと注がれる視線の強さに、ミリーは面映《おもは》ゆさを覚える。

――そ、そこまで真剣に悩まなくていいのに……！

そわそわと落ちつかなくなってきて、気付けば「早く決めてくれ」とミリーの方が願っていた。

「……決まりました。こちらをおすすめします」

吟味の末に、マレフィクスが差しだしてきたのは、白いデイジーの花を模した品だった。

「あなたの髪はミルクティーを彷彿《ほうふつ》とさせる色合いですし、瞳はマロウブルーです。どちらも砂糖を入れて飲むものだと聞きますので、この色が合うと思います」

「お砂糖の色だからですか？」

「はい」

「……そうですか」

もう少し、ロマンティックな理由がよかったな――と少し残念に思ったところで、マレフィクスは「それから」とつけたした。

「このまばゆく咲いた花は、あなたの笑顔を思い出させます。ですので、これがあなたに相応しいと判断しました」

サラリと告げられた言葉に、ミリーは小さく息を呑み、それから、ジワジワと頬が熱くなるのを感じた。

「……ありがとうございます。じゃ、じゃあ、それにします」

気恥ずかしさに俯きながら、手のひらを差しだす。

その手に髪留めが置かれ、「では、買ってきますね！」と踵を返そうとして、今度はミリーが袖を引かれることとなった。

「待ってください、あなたが買うのですか？」

「え？　そうですよ。だって、自分のものですし……」

「デートでは、男性が女性に贈り物をするものでは？」

「でも、これはあくまで『練習』ですから」

自分で買いますと宣言して会計台に向かおうとして、数歩進んだところでミリーは「あっ」と声を上げた。手の中にあったはずの髪留めが消えたのだ。

慌てて振り向くと、案の定、デイジーの花はマレフィクスの手の上に転移していた。

「……団長、返してください」

「お断りします。本番でスマートに会計をすませて、お相手に贈れるよう、これは必要な『練習』だと思います。以前にも言いましたが『練習』でかかる費用は私が払うべきです。ですから、これは私が購入します」

そんな理屈を口にしたかと思うと、マレフィクスはミリーの傍らをすり抜け、会計台に向かってしまった。

——もう、強引だなぁ……まあ、どうしても贈りたいと思ってくれたのは嬉しいけれど。

ふふ、と笑って、ミリーはグルリと店内を見渡した。

髪留めの御礼として、自分もマレフィクスに何か贈ろうと思ったのだ。

——あ、あれがいいかも！

目に留まったのは、小さなガラス瓶に入った七色のキャンディ。

果汁や花びらで色と味をつけたもので、ジンワリやさしい甘さが人気の商品だ。ミリーも何度か買ったことがある。

――キャンディなら咀嚼の手間も省けるものね！

いそいそと手に取って、ミリーは会計台に向かったのだった。


「――はい、どうぞ！」

雑貨屋を出て、入り口から少し横にずれたところで、ミリーはキャンディの瓶をマレフィクスに差しだした。

「……これは？」

「私からの贈り物です！」

「贈り物？」

彼のすぐ後に会計をしたのを隣で見ていたはずだが、きっと、ミリーが自分用に買っているのだと思っていたのだろう。

マレフィクスは思いもよらないことをされたように、パチリと目をみはっている。

ミリーは、ふふ、と笑って彼の手を取り、リボンの結ばれた小瓶をポンと手のひらに押しつけた。

「プレゼント交換です！」

「……交換？」

「はい。お互いに贈り物をしあうのも、おつきあいの楽しみのひとつですからね。これも『練習』

の一環ですよ！」

などと知ったかぶって断言すると、マレフィクスは神妙な顔で答えた。

「そうなのですね、ありがとうございます」

それから、おもむろに手にした小瓶を持ち上げ、空にかざした。

降りそそぐ陽ざしを透かして、色のあふれる小瓶が、小さなステンドグラスのようにきらめく。

「……美しいですね」

淡い虹色の光に、マレフィクスが目を細めて呟く。

「……そうですね」

ミリーは頷きながら、思った。美しいのは彼の方だと。

――美味しいと思ってくれたら嬉しいなって、思ったけれど……。

ただのキャンディを、こんな風にきれいに、目で味わってもらえるとは思わなかった。

――何だか、すごく良いものを贈った気分だわ。

つられて目を細めながら彼を見つめていると、その視線に気付いたのか、マレフィクスがハッと我に返ったように小瓶を下ろした。

そして、そそくさとローブの左ポケットにしまい、右ポケットから小さな紙袋を取りだした。

「……交換ですからね、どうぞ」

「ありがとうございます！」

差しだされた袋を受けとって、あれ、とミリーは首を傾げる。

――何だか、重くない？

ガサガサと袋を揺らして、「あっ！」と気付き、慌てて袋の口をガサリとひらいて覗きこむ。

「ええっ⁉　団長、結局ぜんぶ買っちゃったんですか⁉」

袋の中には、四つの髪留めが入っていたのだ。

テントウムシ、でっぷりとしたシルエットの犬、秋色のカエデの葉、デイジーの花。

先ほどミリーがあげた候補がすべて。

「はい。『おすすめを選べ』と言われましたが、『ひとつしか買ってはいけない』とは言われていませんので」

「……ああ、そうでしたね」

確かに言わなかった。でも、と言い返そうとして。

「すべてあなたが好きなものでしょう？　ならば、すべて贈りたいと思ったのです」

重ねて告げられ、ミリーは言いかけた言葉を呑みこみ、微笑んだ。

「……では、四つともいただきますね。どうもありがとうございます」

ミリーはペコリと頭を下げて、それから、デイジーの髪飾りを取りだし、ニコリとつけたした。

「団長に選んでいただいたこれは、『特別な日』用にしますね！」

せっかく時間をかけて選んでもらったのだ。

他の三つと同じ扱いにしてはいけないような気がして、そう宣言すると、マレフィクスは、一瞬動きをとめてから、ふわりと目元をほころばせた。

「……そうですか。では、そうしてください」

嬉しさを滲ませながら答えたと思うと、そっとミリーの手から髪飾りを取りあげる。

特別な日まで預かっておくつもりなのだろうか。

ミリーが首を傾げたところで、その傾いた頭にマレフィクスの手がふれた。

「今日は、私が着けますね」

囁く声が耳をくすぐると同時に、少し髪を引っぱられる気配がして、彼の手が離れる。

「……ああ、よく似合っています」

ミルクティー色の髪に咲いた砂糖色のデイジーの花を指先で撫でて、マレフィクスは満足そうに頷いた。

「次の練習でも着けてきてください」

サラリと乞われ、ミリーはパチリと目をみはってから、彼の言葉の意味を理解して、フッと頬をゆるめる。

つまり、マレフィクスにとって、この時間、ミリーとの「練習」は「特別な日」なのだ。

——本当に、無自覚なんでしょうけれど……。

これで「告白なんてしていない」つもりでいるのだと思うと、何とも微笑ましいような、もどかしいような心地になる。

「……はい、そうします！」

ニコリと答えれば、マレフィクスは「ぜひ」と頷いて、それからポツリと呟いた。

「……次が、あるのですよね」

ひとりごとめいた声には喜びと安堵《あんど》が滲んでいる。さっきは当然のように「次の練習でも着けてきてください」と言っていたくせに、本当のところは、ちょっぴり不安だったのかもしれない。

「今回は無事、及第点をいただけたようで何よりです。次の『練習』も頑張りますので、引き続きよろしくお願いします」

事務的でロマンの欠片《かけら》もない台詞。けれど、そこにこめられた彼の想いが伝わってくるようで、ミリーは「はい」と返しながら、胸がくすぐったく、甘く疼《うず》くのを感じた。

＊　＊　＊

翌日の昼下がり。

王宮の蔵書室に保管されているはずの魔術関連の資料が届かず、行って確認した方が早いだろうと、散歩がてら執務室を出た後。

「私もご一緒します。その方が確実ですので」

そんな台詞と共に傍らに転移してきたマレフィクスと廊下を並んで歩きながら、他愛のない会話を楽しんでいた。

「――それで、あなたが飴とサンドウィッチと犬と花が好きなのはわかりましたが、他にも好きなものはありますか？」

昨日の練習をとりとめなく振り返った後、マレフィクスに問われ、ミリーは答えた。

「そうですねぇ。飴以外のお菓子も好きですし、あとは遊園地とか動物園とか、動物だったらウサギも好きですし……ふふ、いっぱいありますよ！」

「では、今度の『練習』は、それらがまとめて楽しめるところがいいですね」

「ええ？　そんなところありますかねぇ？」

クスクスと笑っていると、廊下の奥から近付いてくる靴音が聞こえて、ミリーはハッと口をつぐんだ。

高窓からの陽ざしに照らされた大理石の廊下に、細いヒールの音が景気よく反響している。

王宮内であのように大きな音がする靴を履いているということは、きっと身分の高い女性だろう。

一歩下がり、廊下の端によけたところで、角を曲がって、靴音の主が姿を現した。

年の頃は四十半ばほどだろうか。

結い上げた白金の髪に羽根飾り付きの帽子を被り、豊満な身体に手間も費用も惜しみなくかけたであろう豪奢なドレスをまとった、その夫人は、ミリーたちをみとめて足をとめた。

かと思うと、すぐさまツンと顎を反らし、まっすぐにこちらに向かってくる。

眉が細く目尻のつり上がった顔はそれなりに整ってはいるものの、高慢さと神経質さが滲みでていて、あまり良い印象は受けない。

――何だか、嫌な感じ。

そう思いつつ、チラリとマレフィクスを見ると、よけることなく廊下の真ん中に陣取っていた。

彼の方が、あの夫人よりも身分が上ということなのだろうか。

ミリーからは、マレフィクスの表情はうかがえない。

けれど、気のせいかもしれないが、その広い背中が微かに緊張を帯びているように見えた。

どうしたんだろう――声をかけようかと口をひらいて。

「あの、団長――」

「マレフィクス！」

甲高い夫人の声に、ミリーの言葉は掻き消された。

――え、何、この人⁉

どうして彼のことを呼び捨てにするのかという疑問は、すぐに解けた。

「……お久しぶりですね、母上」

廊下に敷きつめられた大理石と変わらぬほど、冷たく硬い声音で、マレフィクスが発した言葉によって。

――母上⁉　嘘でしょう⁉

髪の色こそ同じだが、体型も顔立ちもまるで似ていない。

ならば魔力はと、こっそりと意識を向けて鑑定魔術で探ってみたが、魔力らしい魔力は感じられなかった。

本当に、この人がマレフィクスの母親なのだろうか。

訝しんでいるうちに、近付いてきた夫人はマレフィクスの目の前に着くと、豊かな胸をそらせてキッと彼を睨んだ。

「聞いたわよ？　生きる世界が違うお嬢さんと食事をしたそうね？」

咎めるような口調で問われ、マレフィクスは冷ややかな口調で返す。

「何のことでしょう？」

「とぼけても無駄よ！」

細い眉をつり上げ、夫人は詰《なじ》るように語気を強めた。

「店の予約を執事に取らせたら、『お連れ様がくつろげるよう、次回は個室になさってはいかがでしょうか』と言われたというから、どういうことかと支配人を問いつめたの。そうしたら、教えてくれたわ。あなたが貴族には見えない若い娘と一緒に来たとね！」

「……顧客の情報をもらすとは、あの店の品位も落ちたものですね」

マレフィクスは貴族めいた皮肉を口にすると、ふ、と小さく息をついて。

「……また、勝手に私の名前を使ったのですね」

うっすらとした怒りと侮蔑の滲む声で続けた。

「いいじゃない。それくらいの権利はあるはずよ。あなたは私の自慢の息子ですもの」

ふ、と鼻で笑うように答えた後。

「……まあ、お父様にとっては、どうかわからないけれど？」

皮肉げな口調で夫人が口にした瞬間。

マレフィクスの身体が強ばり、すぐさま何ごともなかったように戻った。

ジッと見ていなければ気付かないほど、一瞬で、微かな変化だったが、ミリーにはわかった。

今、夫人の――母親の言葉で、彼は傷付いたのだと。

あの山村で「化け物」と呼ばれたときと――あれも本当は傷付いていたのだろう――同じような反応だったから。

――どうして……？

図々しく、嫌みっぽい台詞だが、あのときの村人の言葉ほどひどいものではなかったはずだ。

ミリーは戸惑うが、当の夫人はマレフィクスの一瞬の変化になど気付かぬ様子で、ひょいと肩をすくめた。

「それに、あなたにとっては端金でしょう？　快く払ってちょうだい！」

悪びれることなく命じたかと思うと、身を乗りだすようにしてマレフィクスに尋ねる。

「それで、そのお嬢さんというのは、どこのどなたなの？」

「教える必要は感じませんが？」

アッサリと拒まれ、夫人は「あら、そう」と赤い唇の端を忌々しげに歪《ゆが》めた。

「親に隠れてのおつきあいだなんて、子供のようなことをするのねぇ、微笑ましいこと！」

台詞とは裏腹の嘲るような声音で言ってから、ホホホとわざとらしい笑い声を上げた後、夫人はグッと眉間に皺を寄せて「でも」と続けた。

「……節度を忘れてはいけないわ。子供の遊びなら結構、でも、すぎた遊びは身を滅ぼすものよ？あなたは好き勝手に生きていい凡庸な人間とは違うのです。その才能を活《い》かし、それにみあう才能と家柄を持つ相手との間に、その血を残す責務があるのですからね。くれぐれもそのことを忘れてはいけませんよ？」

そう説く口調は優雅だが、その言葉の端々からは泥のついた棘《とげ》のような、チクチクとした悪意が感じられる。

「……忘れたことなどありませんよ、母上」

マレフィクスは一呼吸の間を置いて冷ややかに返すと、スッと右手を持ち上げた。

「くだらぬ忠告も確認も不要ですので、これ以上の会話は時間の無駄です。お帰りください」

「……そう、忘れていないのなら結構よ」

自分の言葉が彼に響いたのを察して満足したのか、夫人は肩をそびやかしながら、ドレスの裾をひるがえす。そして。

「では、ごきげんよう。マレフィクス」

「ええ、さようなら。母上」

マレフィクスが別れの言葉を口にして、指を鳴らした瞬間、フッと夫人の姿が消え失せた。

転移魔術で強制的に「お帰り」させられたのだろう。

つまり、一秒でも早く、いなくなってほしかったということだ。

歩き去るのを待つことさえしたくないと思うほどに。

ミリーは夫人がいた場所に向けていた視線を、マレフィクスの背に向けて、そっと眉を下げた。

──実の親子なのに……いえ、親子だからかしら。

この短い時間でさえ、あれほどあからさまな悪意を撒き散らしていったのだ。

親子として、より近しく、長い時間を共に過ごしたであろうマレフィクスが、あのような気性の母親を厭《いと》うのも無理はないだろう。

小さく溜め息をこぼしたところで、ふとマレフィクスが振り返った。

「……実に不快な人間だったでしょう?」

初めて目にする張りつけたような薄い笑みを浮かべながら、心を読んだように問われ、ミリーは返す言葉に詰まる。

「あ……いえ」

「無理にフォローしてくださらなくても結構ですよ。あの人が身勝手で不快な人間であることは、紛れもない事実ですから」

淡々と言いながら、マレフィクスはらしくもない笑みを深めて続けた。

「ですが、縁などいつでも切れますから、あまり気にしないでいただければと思います」

サラリと告げられ、ミリーは眉を下げる。

彼の言葉は裏を返せば、「いつでも切れるが、まだ切っていない」ということだ。

——まだ、情が残っている、ってことでもあるわよね……あんな人なのに。

けれど、彼にとってはただ一人の母親だから、そう簡単には割りきれないのかもしれない。

「……そうなんですね」

答えにならない相槌を返しながら、ミリーは何だか歯がゆいような心地になる。

あのような母親なら関わらない方が、マレフィクスは傷付かなくてすむはずなのに。

でも、ミリーは他人だから。

マレフィクスの心や事情に踏みこんで、「あんな親なんて捨てちゃってください！」などと言う権利も関係性もないのだ。

——言えたらいいのに……でも、おせっかいよね。

夫人への不快感なのか、何もできないことへの不満なのか、胸の中でもやもやと渦巻く感情を、ミリーはグッと抑えると、ニコリと笑って、マレフィクスに告げた。

「団長がそう言ってくださるのなら、気にしないことにしますね！」

今の自分に許される、精一杯の慰めと励ましの気持ちをこめて。

ミリーの言葉に、マレフィクスは一瞬目をみはった後、「はい」と微笑み、頷いた。

それは先ほどの張りつけたような不自然な笑みではなく、心からのものに見えて、ミリーはホッと胸を撫で下ろしたのだった。

第五章　告白はしないのに、そんなおねだりはしちゃうんですね……！

それからも、ミリーはマレフィクスと「練習」を続けた。

三回目の練習は、二回目から三日後の夜、仕事帰りに南通りのパブで行われた。

「さぁ、団長！　何が食べたいですか？」

意気揚々とミリーが差しだしたメニューを受けとったマレフィクスは、じっくりとながめた後。

「……まるでわかりません」

そっと閉じて「あなたのおすすめを教えてください」とねだってきた。

「あなたの好きなものならば、きっと私も好きになるはずです」と。

また告白みたいなことを言って――とくすぐったいような心地になりながら、ミリーは答えた。

「それなら、フィッシュ・アンド・チップスとバンガーズ・アンド・マッシュにしましょうか！」

飲み物はエールと迷って、辛口のジンジャーエールをそろいで頼んだ。

十分ほどで品が届き、剝きだしの木目が艶やかなテーブルに、フィッシュ・アンド・チップスの皿とジンジャーエールのグラスが置かれて、軽く「乾杯」とグラスをぶつけあう。

まずは一口とグラスを呷ると、力強いショウガの風味が広がり、弾《はじ》ける炭酸が舌と喉を洗い流す爽快感に目を細めたところで、向かいの席で噎《む》せる気配がして、ミリーは「えっ⁉」と目をみひらいた。

「だ、団長⁉　大丈夫ですか⁉」

「っ、けほっ、っ、こ、これほど刺激の強いものなのですね」

慣れぬ炭酸で舌と喉をやられたのだろう。

喉を押さえてジワリと涙ぐむ様子に、ミリーは慌てて水のコップを差しだしながらも、ついつい微笑ましい心地になる。

「他のものを頼み直しましょうか？」

ふふ、と笑って尋ねるとマレフィクスは「いえ」と首を横に振った。

「結構です。あなたと同じものがいいので」

「え、そ、そうですか？　でも、無理はしないでくださいね」

真剣な表情で告げられ、少々面映ゆくなりながらミリーが返すと、彼はキリリと表情を引きしめて「大丈夫です。魔術で喉の粘膜を強化しておきます」と答えた。

そこまでしなくてもと思いつつ、そこまでするほど「同じものがいい」ということなのだろうと、ミリーはそれ以上ツッコむことなく、料理に目を向けて「じゃ、食べましょうか」と微笑んだ。

ずいぶんと大きい魚だったのだろう。

白身魚のフライは切り身の状態で揚げているのに、両手のひらと同じくらいのサイズがあった。

その傍らにクシ切りのフライドポテトを盛り、バジルをパラリと散らして。

ホースラディッシュが混ざったピリ辛ディップとタルタルソースが添えられている。

フライを半分に切り分け、ポテトやソースと共に取り皿に移し、フォークとナイフを手に取る。

「……いただきます！」

半分になってもなお存在感のあるフライにナイフを入れて、伝わってくるザクッとした手応えに、ミリーは頬をゆるめる。

この揚げたてザクザク感がたまらないのだ。

一口サイズに切り分けてパクリと食せば、サクサクの衣が砕けて、蕩けるようにやわらかな魚の身と混ざりあう。

魚にはほどよく塩気が効いていて、衣の方はエールを隠し味として混ぜてあるとかで、ふわりと鼻に抜ける香ばしさを感じた。

——うーん、何もつけなくても美味しい！

サクサク、もぐもぐと噛みしめながら、向かいのマレフィクスに目を向けてみたところ、彼も目を細めて味わっていた。どうやら、気に入ってもらえたようだ。

ミリーは笑みを深めると、次の一口はどちらのソースをつけてみようか、彼はどちらが気に入るだろうかなどと考えながら、食べ進めていった。

——ふふ、団長って、刺激の強いもの苦手なんだなぁ。

すっかり皿が空になり、店員に下げられたところで、ミリーは心の中で呟いた。

マレフィクスはホースラディッシュのディップを一口食べて、ツンときたのが堪《こた》えたらしい。

以降、もっぱらタルタルソースをつけていた。

きっとツンときたり、シュワッとしたりするものが苦手なのだろう。

子供みたいで、ちょっと可愛い――などと思っているうちに、バンガーズ・アンド・マッシュの皿が運ばれてきた。

むっちりとしたソーセージに、クリーミーなマッシュポテトと鮮やかなグリンピースを添えて、グレイビーソースをかけた定番料理だ。

この店のバンガーズ・アンド・マッシュは、ソーセージの添え物になりがちなマッシュポテトとグリンピースがどっさり盛られ、グレイビーソースもたっぷりとかけられているところが、ミリーは気に入っている。

――ソーセージもいいけれど、マッシュポテトにグレイビーソースがいいのよねぇ……！

またしても、半分半分に分けあって、「いただきます」と微笑みあう。

ミリーはまず、フォークでマッシュポテトの山をすくい、パクリと頬張った。

バターと生クリームをふんだんに使っているのだろう。

噛まずに舌で潰して、そのままゴクンと飲みこめそうなほどやわらかく滑らかで、仄かな甘みと豊かな風味、ほどよい塩気が何とも心地好い。

そこに肉の旨みがたっぷりと溶けこんだグレイビーソースが絡めば、もう最高だ。

マレフィクスはどうかとチラリと見ると、なぜか、口をつぐんで首を傾げている。

先ほどミリーの真似をしてマッシュポテトを食べていたのを見たのだが、どうやら口の中でもてあましているようだ。

「……どうしました、団長？」

口に合わなかっただろうか。

おそるおそる声をかけると、マレフィクスはハッと目をまたたかせ、それから思いきったように
ゴクンと口の中身を飲みこんで、戸惑ったような顔で答えた。

「……美味しいのですが、これは噛んで食すべきなのか、噛まずに飲みこんで喉ごしを楽しむものなのか、迷ってしまいまして」

眉を下げながら真剣な口調で告げられ、ミリーは思わず小さく噴きだしてから、頷いた。

「わかります！　マッシュポテトは半分飲み物ですよね！」

力強く同意を示してから、「半分なので、噛んでも飲んでもいいですよ」と答えると「なるほど」と彼が頷いて、いっそう二人の間の空気が和んだ。

その後、メインのソーセージに取りかかり、あふれでる肉汁に舌を焼かれたり、グリンピースを年の数だけ数えながら食べたりして、楽しい時間を過ごしたのだった。


四回目の練習は三回目の五日後。

休暇を取って、本屋に行って、それぞれ気になった本を買って、カフェに移動して紹介しあうというデートをした。

その日は少し肌寒くて、温かいものが飲みたいと思い、カフェではココアを頼んだ。

当然のようにマレフィクスも同じものを頼んで、数分後。

「お待たせいたしました」と置かれたカップの傍らには「ペアでご注文された方限定のサービス」として、ハート型の白いマシュマロが添えられていた。

「わぁ、やった！　ラッキーですね！」

小さく手を打ち鳴らしてミリーがはしゃぐと、向かいの席のマレフィクスが「これもあなたの好きなものなのですね」と、興味深そうにマシュマロを摘まみあげた。

「甘い香りで、不思議な弾力がありますね。この雪と粘土の中間のような物体は何ですか？」

真剣な顔で問われ、ミリーは思わず噴きだしてしまう。

「マシュマロですよ、メレンゲみたいに卵白に砂糖を入れてふわっと泡立てて、ゼラチンで固めたお菓子です」

「マシュマロ……聞いたことがあります。名前の響きから形状が想像つかなかったのですが、このような物体だったのですね」

「ふふ、そうですよ、それがマシュマロです！　ふわふわでむちっとしていて、可愛いでしょう？　そのままかじってもいいですし、ココアに入れても美味しいですよ！」

「なるほど、食感と味わいを二重で楽しめるのですね」

ふむふむと頷きながら、マシュマロを見つめ、むにむにむにと感触を楽しんでいる。

——ふふ、気に入ったのかしら？

しばらく微笑ましくながめてから、ミリーが自分の分のマシュマロをココアに放りこむと、マレフィクスも顔を上げ、すぐさま真似してきた。

クルクルとココアを混ぜて、ジワリとハートを溶かして、一口コクリ。

「ん、美味しい！　……それじゃあ、お披露目始めましょうか」

カップを置いて、ごそごそとミリーが取りだした本日の一品ならぬ一冊は『三百六十五日のサンドウィッチ』という料理本だった。

「ずっとお昼をご一緒していますけれど、そろそろレパートリーが尽きそうなので新規開拓したいなと……どうせなら、団長のお好みに合いそうなものがいいなと思いまして！　一緒に選んでいただけますか？」

「はい、喜んでご協力いたします」

嬉しそうに頷いたかと思うと、次の瞬間、マレフィクスは椅子ごとミリーの傍らに転移してきて。

それから、二人でページをめくり、二人で食べたいレシピを選んだ。

マレフィクスはデザートサンド系が気になったようで、「これは主食に入るのですか、それとも、おやつなのですか？」と子供のピクニックのような疑問を口にしていた。

大いに談義は盛り上がり、そこまではよかったのだ。

マレフィクスの番になったところで、ちょっとしたハプニング――いや、試練が起こった。

「一冊に絞れなかったのですが」

そんな前置きの後、テーブルの上に置かれたのは二冊の小説本。

「私も、あなたのお好みを知りたいと思いまして……どちらがお好きですか？」

真剣な表情で問われ、ミリーは答えられなかった。

彼が選んだ二冊は、初めての練習のときに読まれてしまったあの本、ミリーのひそかな愛読書と同じ系統の、タイトルからしてただ甘い恋愛小説だったのだ。

――どちらがお好みって、そんなの……言えるわけないじゃない！

答えたなら、絶対それを参考にされてしまう。

「お、お好みと言われましても、どちらも読んだことがないのでぇ……」

そんな風にごまかしたのがいけなかった。

「そうですか。では、軽く目を通したので、ご説明しますね」

変なところで生真面目なマレフィクスが語りだしてしまったのだ。

――ひえぇぇっ、結構ですぅぅぅ！

心で叫んでみたものの、彼がとまるはずもなく。

周囲に聞こえぬようバッチリ防音魔術をほどこした上で、細かくあらすじを説明されたあげく、告白シーンの朗読をされそうになったところで、ミリーは羞恥の限界に達してしまって――。

「どちらも結構です！　私はオリジナルの恋愛がしたいので！」

両手で彼の口を塞いで叫ぶはめになったのも、いい思い出――にいつかはなるといいな、と思いつつ、四回目の「練習」は終わったのだった。

そうこうしているうちに暦がまた一枚めくれ、季節はすっかり夏になった。

＊　＊　＊

マレフィクスと「練習」を始めて、ひと月が過ぎたある日の午後。

「――ミリーちゃん！」

王宮の外回廊を歩いていたミリーは、聞き覚えのある朗らかな声に呼びとめられた。

「……あ、ウォルターさん！」

小さく手を振りながら駆け寄ってきたウォルターは、ミリーの前で足をとめて微笑んだ。

「久しぶり！」

「はい、お久しぶりです！　ウォルターさんは今からお昼ですか？」

「うん。ミリーちゃんは、今日は外でランチだったの？」

「いえ、ちょっとした頼まれごとがあって、西の共同棟に行ってきたんです」

「西ってことは……あ、そっか！　大変だったねぇ」

ウォルターはそれ以上内容については尋ねてこなかった。

王宮に勤める者が住まう共同棟のうち、西の棟は女性用のものだ。マレフィクスではなくミリーが行ったということは、「男性には頼みにくい内容」だと察したのだろう。

実際、「魔術でコルセットの苦痛を軽減できないか」という相談だったので、当たっている。

「昼休みなのにおつかれさま」

「いえいえ、お昼を食べてから行きましたので、大丈夫です」

ニコリと笑い返して、ミリーは尋ねる。

「そういえば、お嬢さんたちの体調はいかがですか？」

「ああ、おかげさまで、だいぶ落ちついたよ！」

ホッと息をついてから、ウォルターはヘラリと笑みくずれた。

「それがさ、おはなしする練習をしていたら、呪文より俺の名前の方が気に入っちゃったみたいでさぁ～俺の名前より、呪文の練習しないといけないのにねぇ？」

デレデレとしまりのない顔で、遠回しに自慢してくる。娘が可愛くて仕方がないのだろう。微笑ましく思いながら、ミリーは答える。

「ふふ、よかったですね！」

「うん！　本当、ミリーちゃんのおかげだよ、ありがとう！」

「いいえ、お休みをくださったのは団長ですから」

ミリーの言葉にウォルターは「そうだね」と頷いて、それから、何かを思い出したように「あ」と目をみひらいた。

「そうだ、団長といえばさ……」

言いかけて、思わずといったように、ふふ、と笑みをこぼす。

ウォルターがマレフィクスの話をするときに、そのような楽しげな顔をするのは初めてだ。

何か良いことでもあったのだろうか。

「団長が、どうかしたんですか？」

「うん。この間、休暇明けに御礼を言いに行ったんだけれど……そのときに、聞かれちゃったんだよ」

「聞かれた？　何をです？」

「奥さんへのプロポーズのとき、何て言って、どうしたかって！」

予想外の暴露に、ミリーは「ええっ」と目をみひらく。

「そんなことを!?」

「うん！　あと、夫婦円満の秘訣《ひけつ》も聞かれちゃったよ」

くふふ、と笑って、ウォルターは続ける。

「ミリーちゃんがさ、俺のお休みお願いするとき、俺が愛妻家だってこと、団長に言ってくれたんでしょう?」

「え? あ、はい、軽くですが!」

「それで、愛妻家の意見を聞いて参考にしたいから、よければ教えてくれってさ!」

「……そうだったんですね」

突然の暴露に驚いたが、きっかけがミリーの発言だから、ミリーにも話していいと思ったということだろう。

――よかった。「練習」のことがバレたのかと思ったわ!

ミリーはホッと胸を撫で下ろす。

ウォルターに知られれば、「大丈夫? 無理してつきあっているわけじゃないよね?」と心配されるか、もしくは、よかれと思って後押ししてくれようとするかもしれない。

――どちらにしても、今はまだ、どうしたいのか上手く答えられそうにないもの。

そんなミリーの心情に気付く様子もなく、ウォルターは「うん、そうだったんだ」と頷く。

「初めて団長から頼みごとされちゃって……はは、すごく驚いたよ!」

そう言いながら、嬉しそうに楽しそうに笑っている。

「実はね、最初は適当にごまかそうかと思ったんだ。でも、何か、すごく真面目に聞いてくれて……気付いたら、俺も真面目に惚気《のろけ》ていたよ」

「いやいや、結局、惚気たんですか!」

「それが聞きたいってことだからね！」

ははっ、と笑って、ウォルターは「でもさ」と続ける。

「あくまで参考にしたいだけだって言っていたけれど、そういうお相手ができたってことだよね？　絶対、初恋だと思わない？」

からかうような笑みで聞かれて、ミリーは一瞬ドキリとしてから、ふふ、と笑顔で取り繕った。

まったく心当たりはありませんが、そうだったら微笑ましいことですね――というように。

「そうかもしれませんねぇ」

「いや、絶対そう！　間違いないって！」

ウォルターは力強く主張してから、フッと笑みを消して、真剣な表情になった。

「……何だかさ」

「ウォルターさん……？」

突然の変化に、ミリーもつられたように表情を引きしめる。

「俺、ずっと団長は天才だから、俺たちとは生きる世界も考え方も違うと思っていた。でも、団長も恋に悩む普通の男なんだなぁって思ったら、親近感覚えちゃってさ」

軽い台詞とは裏腹に、そう語るウォルターの表情は神妙なものだった。

「それで……そうなって初めて、俺、団長のことをきちんと見られたんだよね」

「きちんと？」

「うん。そうしたらさ、気付いたんだよ。俺……いや、他の皆も、かな？　結構、気を遣ってもらっていたんじゃないかって……ホント、突然で、今さらだけれど」

そう言って、ウォルターは苦笑いを浮かべた。

「前に愚痴ったよね？　皆、休みたいって言えなかったって。でも振り返ってみたら、意地とか見《み》栄《え》で休まなかったことはあったけれど、休ませてもらえなかったことはなかったなって……言えば休ませてくれるし、言わなくても体調悪いときには、黙って仕事取りあげてくれてた。無理をしたことはあっても、させられたことはなかったんだよね」

ミリーに伝えるというよりも、自身の考えを整理するようにポツリポツリと語っていく。

「……この休憩だってそうだよ」

「休憩？」

「王太子付きの護衛が、呑気にお昼休みなんて普通取らないだろう？　元々は激務で、それで体調崩したあげく、自己管理がなってないって評価下げられて辞めちゃうやつもいてさ。あの人が団長になってからだよ。休めるようになったのは」

「……そうだったんですね」

「うん。それこそ殿下は『護衛が呑気に休憩など聞いたことがない』って渋ったみたいだけれど、『凡庸な人間は適宜休憩を必要とするものです』って団長が押し通してくれたんだ……最初から、そうだったんだよね」

しみじみと呟くと、ウォルターは悔やむように眉をひそめた。

「休みのことだけじゃない。本当にヤバい仕事とかキツい仕事は、いつも団長が引き受けてくれて、『できないかもしれない』とか『死ぬかもしれない』って仕事押しつけられたこと、考えてみたら一度もなかった。あの人が魔術師団長になってから、殉職者どころか怪我して退団したやつさえ、一人も出てないんだよね……怪我をしても、あの人がきっちり治してくれるから」

ウォルター自身もそうだったのだろう。

右肩をさすりながら、そのときのことを思い出すように目を細めている。

「危険だったり、大変な仕事を代わってもらっても、『団長にとっては簡単な仕事だから』って、特に何とも思ってなかった。ずっと……守られていたのかもしれないのにさ」

悔いるように眉をひそめて、それから、ウォルターはフッと微笑んだ。

「まあ……それで、ようやく今！　遅い気付きを得てさ！　もっと感謝すべきだったんじゃないかなぁって、思いはじめているってわけ！」

カラリと明るく告げられ、ミリーもホッと息をつき、ニコリと笑顔を返す。

「そうなんですね！」

「うん！　それで、今さらだけれど……せめてもの恩返しに、俺のこの気付きを皆にも伝えて回る予定！　なんだけれど……どうかな？」

ウォルターの提案に、ミリーは、ふふ、と笑って頷いた。

「いいですね！　最高の恩返しだと思います！　ウォルターさんが言うならって、皆さん、きっと真剣に聞いてくれますよ！」

「あはは、そう思う？」

「はいっ」

「そっか。ミリーちゃんがそう言うなら、頑張っちゃおうかなぁ？」

「はい、頑張ってください！」

そう言ってクスクスと笑いあったところで、回廊の先から文官らしき青年が現れて、ウォルターは一歩離れた。

「そろそろ行くね、引きとめてごめん」

「いえ、お話しできてよかったです。今日のお昼は美味しいもの食べてくださいね！」

「うん、ありがとう！」

ウォルターは晴れ晴れとした顔で手を振ると、ミリーを追い抜いて走り去っていった。

その背を笑顔で見送って、ミリーは頬をゆるめる。

マレフィクスの持つ人間らしさ、ずっと持っていたやさしさに気付いてもらえたことが、自分のことのように喜ばしかった。

――他の皆も、わかってくれるといいなぁ。

もっと肩の力を抜いて、マレフィクスと接せるようになってくれたらいい。

そうすれば魔術師団の雰囲気は、今よりもずっと明るいものになるだろう。

マレフィクスをウォルターたちが囲み、和やかに語らう様子を思いうかべて、ミリーは頬をゆるめながらも、そっと胸を押さえる。

そうなってほしいはずなのに、チクリと胸が痛むのはなぜだろう。

喜びの中に一滴の苦い感情が交ざっているように感じてしまうのは。

自分だけが知っていたマレフィクスの美点に他の人が気付いて、彼を知り、近付きたいと思ってくれることが嬉しくて、けれど、ちょっとだけ――。

――嫉みたい……どうしてだろう。喜ばしいことなのに。

補佐官の重要な役割がなくなってしまうかもしれないから、だろうか。

うーんと首を傾げて考えて、それでも答えは上手く出ず、ミリーは「まぁ、いいか」と気を取り直して微笑んだ。

——そうなってもお役御免にならないよう、いっそうお仕事を頑張ればいいわよね！

今はひとまず、マレフィクスへの誤解——偏見だろうか——が解けたことを喜ぼう。

よし、と頷いて、ミリーは弾むような足取りで執務室へと向かった。

＊＊＊

「——ただいま戻りました！」

元気よく執務室に入ると、執務机からマレフィクスが立ち上がって迎えてくれた。

「お帰りなさい、ミリー。戻って早々に申しわけありませんが、少しよろしいですか？」

微笑を浮かべて手招かれ、ミリーは「はい！」と走り寄る。

机を挟んで彼と向きあう形になったところで、彼は書類の山を左右にどかして、空いたスペースに一枚の白い紙を広げた。

「……こちらを見てください」

そう言って、マレフィクスがまっさらな紙面を指先でトンと叩いた途端、スッとインクの文字が浮かび上がってくる。

どうやらそれは、今日の日付の新聞のようだった。

――すごい、これが転写魔術……！

元の印刷物の内容を魔術で読み取り、他の紙へと転写――投影といってもいいかもしれない――しているのだ。

このような魔術の使い方など、魔術書でも読んだことがない。

きっと彼のオリジナルなのだろう。

――私の買った本も、こんな風に読んだのね……。

初めての「練習」の記憶――こっそり楽しむつもりの恋愛小説を無断で読まれるという、大変な羞恥プレイ――を思い出し、ほんのり頬が熱くなったところで、マレフィクスが声をかけてくる。

「大丈夫ですよ、ミリー」

「え？　何がですか？」

「きちんと購入したものから転写していますので」

そう言って、マレフィクスは執務机の引き出しを目で示した。

どうやら、ミリーの沈黙を「また勝手にどこかから転写しているのかしら？」と怪しんでいるがゆえのものだと思ったようだ。

「二度としないでと言われましたからね。きちんと守っています」

どこか誇らしげに告げられて、ミリーはパチリと目をまたたいた後、ふっと口元をほころばせた。

「……そうですか。約束を守っていただけて嬉しいです！」

「はい、喜んでいただけて何よりです」

満足そうに答えるマレフィクスを微笑ましく思いつつ、ミリーは「でも、団長」と尋ねる。

「せっかく実物があるなら、そっちを見ればいいのでは？」

「めくる手間がかかりますし、あなたの手にインクがつくでしょう？」

「……そうですか、お気遣いありがとうございます」

細やかな思いやりに感激するべきなのか、「紙一枚めくる手間さえ省きたい」という効率思考に呆れるべきなのか。

何とも微妙な心境になりつつ、ミリーは紙面へと目を向ける。

「それで、何か気になる記事でも？」

今日の午後は、王宮の食にまつわる部署、大膳部に関する仕事が入っている。

時節柄、そろそろ食材の傷みが心配になってくる。

そのため、本格的に気温が上がる前に、現在使っている保冷庫を拡充しようと考えていて、その相談がしたいとのことだ。

それに関する記事だろうかと思ったのだが、どうやら、そうではなかったらしい。

「ええ、あなたがお気に召すかと思いまして」

微笑を浮かべて告げられ、ミリーは首を傾げる。

「私が？」

「はい。あなたが共同棟に向かった後に新聞が届きまして、その記事を見つけたのです。それで、すぐにでもお知らせしたくて……勤務時間中に、褒められたことではありませんが……」

後ろめたそうに眉を下げるマレフィクスに、ミリーは頬をゆるめる。

本当に少しでも早く伝えたいと思ってくれたのだろう。

「そうなんですね。まあ、ちょっとくらい許されますよ。ほら、私、お昼休みに働きましたし！　その分、休憩を延長して、団長もそれにつきあってくださっているってことで、問題ありません！」

「そうでしょうか……それならばいいのですが」

ホッとしたように頷いてから、マレフィクスは紙面に視線を戻した。

「それで、お見せしたいのは、こちらの記事です」

言いながら彼が紙面をタップすると、パッとページが変わる。

その瞬間、目に飛びこんできた見出しに、ミリーは思わず歓声を上げた。

「遊園地！　できたんですね！」

以前から噂は聞いていた。

時計広場でときたま催されていた移動遊園地、それが通年で楽しめる遊戯施設として、オープンするのだと。

「はい、ここを次の『練習』の場所にしましょう」

「次の？」

「ええ、ウサギもいますし、屋台で揚げ菓子も売っているそうです。あなたの好きなものばかりでしょう？」

にこやかに問われて、ミリーはパチリと目をまたたかせ、それから、ふわりと微笑んだ。

「……覚えていてくださったんですね」

二度目の「練習」の後、王宮の廊下を歩きながら交わした会話。

「他にも好きなものはありますか？」と彼に聞かれて、深くは考えず、思いつくまま答えた。

自分でも何と言ったか、あまり覚えていなかったくらいなのに。

――ぜんぶ、覚えていてくれたんだ……嬉しいな。

もう遊園地ではしゃぐような年頃ではないから、あまり大声では言えないが、ミリーは遊園地が大好きだ。

見慣れた広場が特別な空間に変わる、あの非日常の華やぎ、高揚感。

それが味わいたくて、故郷にいたときも、役場に置いてある新聞で移動遊園地の開催を知るたびに――時間とお金が許せば――遊びに来ていた。

移動遊園地は持ちこんだ機材や道具を組み立てて遊園地を作り、数日間の夢を見せた後、きれいに解体して他の場所に移るという営業形態のため、大規模な遊具は作れない。

それでも、その日を待ちわびて、いそいそと出かけていったものだ。

白い柵で囲まれた、ウサギや子ヤギとふれあえる小さな動物園。

芝生を模した細長い緑の布のレーンをアヒルたちが走るアヒルレースや、食べ物の屋台。

小さなメリーゴーラウンドやシンプルな木製のローラーコースター。

壁と床に風魔術がほどこされていて、ブワッと噴きだす突風に悲鳴を上げて楽しむ「風の妖精の悪戯ハウス」というアトラクションもあった。

――通年の施設ってことは……移動遊園地のときよりも、大掛かりなアトラクションがあったりするのかしら？

ミリーは期待に胸を高鳴らせつつ、記事に目を通していく。

どうやら「国民にもっと娯楽を」という福祉政策の一環で国が業者を支援し、国営の施設として造られることになったらしい。

——わ、観覧車がある！　大きい！

移動遊園地でも、観覧車を見たことはある。

ベルト付きの椅子に乗り、二階家ほどの高さまで上がって下りていく、一周一分ほどで終わってしまう小さなものだった。

けれど、施設型の遊園地にできた観覧車は、大聖堂の尖塔《せんとう》ほどの高さがあるらしい。

家でいうなら三階建ての町家をふたつ重ねたくらいの高さだろうか。

添えられているイメージ画を見る限り、ゴンドラも剝きだしの椅子やベンチ型ではなく、馬車の客車のように中に入れるタイプのようだ。

——こんなに大きなもの、どうやって動かすんだろう……。

移動遊園地の観覧車は、軸に巻きつけたロープを引っぱって回す人力式だった。

けれど、これだけの大きさがあっては人の力では回せまい。

答えを求めてさらに読み進め、ミリーは、え、と目をみはる。

国の支援のひとつとして、「この遊園地の象徴となる素晴らしい円環の美を動かすために、我が国が誇る宮廷魔術師団の団長が直々に考案した魔術が使われている」と書かれていたのだ。

「これ、本当ですか!?」

パッと顔を上げてマレフィクスに問うと「はい」とこともなげに頷かれる。

「……そんなことまでなさってたなんて、知りませんでした」

「あなたが補佐官になる前のことですので」

遊園地の建設計画自体は昨年から始まっており、そのための魔術を依頼されたのも、昨年の末頃だったのだそうだ。

「人を呼べる目玉となるような、巨大な遊具を造りたいとのことでしたので、観覧車を薦めました。ただ回すだけですので、そのために必要となる魔術も、単純なものですみますから」

「どんな魔術が使われているんですか？」

「それは……」

マレフィクスは答えを言いかけて、ふと口をつぐむと「気になりますか？」と誘うような口調で尋ねてきた。

問いの意図を察したミリーは、ふふ、と顔をほころばせて、お望みの答えを返した。

「はい、気になります！　ですので、団長のご提案通り、次の『練習』はここに行きましょう！」

「ええ、そうしましょう」

満足そうに頷いて、マレフィクスは「楽しみですね」と目を細めた。

「はい、楽しみですね！」

頷き返してから、ミリーは、ふにゃりと笑みくずれる。

――遊園地、楽しみだわ！

小さな移動遊園地ではなく、この国初めての施設型遊園地。

王道のデートスポットで、マレフィクスが造った――というのは言いすぎかもしれないが、動かしたとは言えるだろう――観覧車に一緒に乗れるのだ。

魔術師としても、恋愛指南役としても、楽しみに思うのが当然だろう。

しまりなくゆるむ頬を押さえて顔を上げたところで、ふと壁の振り子時計が視界に入り、ミリーは細めていた目をパチリとひらいた。

――え、嘘、もう十分も過ぎたの？

ちょっとだけのつもりが、いつの間にか話しこんでしまったようだ。

ミリーの視線を追って、マレフィクスも気付いたのだろう。

一瞬、名残惜しげに眉を寄せ、それを振りきるように紙面を叩いて白紙に戻した。

「……そろそろ、仕事に戻りましょうか」

「そうですね」

「それで……練習の日時については、終業後にあらためて話しあうということでよろしいですか？」

「はい！」

ミリーは元気よく答えて、それから、小さく笑って本音をこぼした。

「本当は早く決めちゃいたいですけれど……後でのお楽しみですね。そう思ったら、何だか今日はいつもより、午後のお仕事頑張れそうです！」

「そうですか……ならば、私もあなたを見習って頑張ることにします」

マレフィクスはやわらかく目を細めてそう答えた後、「予定の仕事が片付いたら、今日は早上がりにしましょうね」とサラリとつけたしたのだった。

＊　＊　＊

それから、五分後。

ミリーはマレフィクスと共に、王宮の廊下を並んで歩いていた。

保冷庫の拡充にあたって、どれほどの大きさが必要なのか、それを決めるために現在の保冷庫と食糧保管庫の使用状況を、実際に見てみようということになったのだ。

目的地に向かって進んでいると、まっすぐに延びた大理石の廊下の奥、角を曲がった先から複数の足音が近付いてくるのが聞こえた。

――あの大所帯感は……殿下かしら。

マレフィクスとチラリと顔を見合わせてから、ミリーは幅を取らないように一歩後ろに下がり、彼の背後に隠れるように廊下の片側に身を寄せる。

そうして待つことしばし、護衛と侍従を引きつれたアデルバートが姿を現した。

ミリーは深く頭を垂れ、マレフィクスは軽く目を伏せ、彼らが通りすぎるのを待つ。

けれど、アデルバートはミリーたちの前まで来たところで、ピタリと足をとめた。

「……やあ、マレフィクス。こんなところで会うなんて奇遇だね。元気そうで何よりだ！」

「お気遣い痛み入ります。では――」

「いやいや、待ってくれ。少しは話そう」

挨拶はすんだとばかりに視線を廊下の奥へと向けるマレフィクスを、アデルバートは爽やかな笑顔でたしなめると、にこやかに話しかけた。

「最近、人並みに休みを取っているようだね」

「職務に支障をきたしてはおりませんが」

「ああ、もちろんそうだろう。責めているわけではないんだ。誤解させたならすまない」

アデルバートは苦笑まじりに謝った後、「ただ」と前置きを挟んで続ける。

「どういった心境の変化なのかと少し不思議に思ってね。聞いてみたかったんだ」

そう言って、どこか探るようなまなざしをマレフィクスに向けた。

「私が休まねば部下も休みを取りにくいのではないかと、先日、殿下にご忠告いただきましたので、そのお教えに従い、定期的に休みを取ることにしたまでです」

淡々とマレフィクスが答えると、アデルバートは「ふうん、そう。それはいい心がけだね！」とニコリと笑って返して。

「……おや、ミリー」

そこで初めて、マレフィクスの背に隠れるようにして立っていた、ミリーの存在に気付いたようだった。

「君もいたんだね！　はは、小さくて気付かなかったよ！」

アデルバートは爽やかな笑い声を響かせながら、足早にミリーに近付いてくると、スッと右手を持ち上げる。

「今日も相変わらず、可愛い林檎ほっぺだね！」

いつものからかい文句と共に目を細めながら、ミリーの頰に手を伸ばして。

その指先がふれようとした刹那、ミリーは横から伸びてきた腕に肘をつかまれ、マレフィクスの方に引き寄せられていた。

「えっ」

トン、と彼の胸に肩がぶつかり、声を上げたのは、ミリー一人。

驚きに目をみはったのは、ミリーとアデルバートの二人だった。

けれど、アデルバートの方はすぐさま口元に笑みを取り戻すと、悪戯が露見した子供のように眉を下げた。

「ああ、すまない。レディをからかうのは良くないことだったかな？」

「褒められたことではないかと思います」

ミリーが口をひらくよりも先に、マレフィクスが答える。

その口調は淡々としたものだったが、その声には隠しきれない不快感が滲んでいるのを感じて、ミリーはドキリとする。

アデルバートも同様に感じとったのだろう。

口をつぐんで笑みを消し、「そうだね」と頷くと、スッと表情を引きしめてミリーと向きあった。

「……ミリー、すまなかったね」

「あ、いえ！　お気になさらず！　私の血色がいいのは、確かでございますから！」

頰を押さえて笑いながら――とはいえ、少しばかりぎこちないものになってしまったが――返すと、アデルバートは「そう」と頷き、微笑んだ。

「ありがとう。君はやさしいね」

スッと目を細めて囁くように言ってから、いつもの爽やかな笑顔に戻ると、マレフィクスに視線を移した。

「君も部下思いの良い上司になったね」

「お褒めにあずかり光栄です」

「はは、ぜんぜん嬉しそうじゃないなぁ。まあ、君らしいといえば君らしいけれど……」

クスクスとアデルバートが楽しげに笑う。

そこに頃合いを見計らった侍従が近付いてきて耳打ちし、「ああ、もう行かないと」といつものおひらきの流れになった。

「……それじゃあ、マレフィクス、ミリー。また機会があったら、今度はゆっくり話そう！」

そう言って、アデルバートはミリーの肩を叩く代わりに、ヒラヒラと手を振って去っていった。

――ああ……いつものことだけれど、今日の会話は一段と疲れたわ……。

ゾロゾロと遠ざかっていく人々を、ミリーが見るとはなしに見送っていると、最後の一人が角を曲がったところで、トン、と後ろから肩を叩かれた。

「何ですか、団ちょ――わっ」

振り向いた途端、頰に彼の指がめりこんで、ミリーは目を丸くする。

「え……ちょっ、ホントに何ですか⁉　子供の悪戯みたいなことしないでくださいよ！」

当然の抗議に、マレフィクスはミリーの頰を刺した指に目を向け、少しの間、首を傾げて。

それから、ゆっくりとミリーに向き直って答えた。

「申しわけありません。殿下が『林檎ほっぺ』とおっしゃっていたので、それほど硬いものなのかと、つい確かめたくなってしまったのだと思います」

「えぇぇ……そんな理由ですか？　林檎っぽいのは硬さじゃなくて色ですよ」

「そのようですね。硬度を元にたとえるならば、林檎よりもマシュマロの方が適切だと思います」

声音や表情とは正反対のふざけた理由と検証結果を告げられて、ミリーは怒っていいのか呆れたものかと複雑な心境になる。

——まあ、団長なら……本当に気になっちゃったとしても、おかしくはないか……。

仕方ない。気になってしまったのなら。

うん、と小さく頷いて、ふう、と溜め息をひとつつき、ミリーは微笑んだ。

「……次からは、行動に移す前に、一声かけてくださいね！」

その言葉に、マレフィクスはホッと表情をゆるめ、「わかりました」と頷いて、それから、神妙な表情で続けた。

「以後、気をつけます」

素直すぎる返事に、ミリーは思わず、ふふ、と頬をゆるめてしまう。

「はい、お願いします。……それじゃあ、行きましょうか！」

笑顔で告げると、マレフィクスがホッとしたように頷く。

「はい、行きましょう」

そうして、また二人、並んで歩きはじめたのだった。

＊　＊　＊

それから、七日後。

混雑を避けて少し遅めに待ちあわせての正午。

ミリーは遊園地「ゴルドレオンパーク」の入り口で、瞳を輝かせて入園ゲートを見上げていた。

アップルグリーンのとんがり屋根がついた白い柱、その間に「ゴルドレオンパーク」とポップな赤色で刻まれたアーチがかかっている。

二本の柱の上には金色の旗がはためいていて、夏の陽ざしにキラキラと輝いている。

その向こうには、青空を背にしてそびえ立つカラフルな観覧車が見えた。

――入る前からこのワクワク感……ああ、最高！　……って、あれ？　あのアーチのライオン、たてがみがない？

パーク名の隣には、ゴルドレオン王家の紋章である「星を抱く金色のライオン」が刻まれている。

けれど、よくよく見ると、それは紋章に描かれているような立派なたてがみ付きのものではなく、あどけない子ライオンだった。

「わぁ……団長、見てください！　ライオンが子供ですよ、可愛いですね！」

傍らのマレフィクスの袖を引っぱりながら、ついついはしゃいだ声を上げてしまう。

ちなみに今日も、すっかりデート、いや「練習」の定番服となった二人そろってのローブ姿だが、ミリーの髪にはあのデイジーの花が飾られている。

「そうですね。遊園地という場所柄に合わせたのでしょう。大人の姿では親しみやすさや可愛らしさに欠けるということでしょうね」

「……そうかもしれませんね」

また夢のないことを――とミリーが唇を尖《とが》らせたところで、マレフィクスはミリーの顔に視線を移し、あ、と何かに気付いたように言いたした。

「あなたも大人ですが、親しみやすいですし、可愛らしいですよ」

「は⁉　な、何ですか急に⁉」

唐突な口説き文句にミリーがうろたえると、マレフィクスは真剣な面持ちで続けた。

「本当です。ライオンとは違います」

どうやらミリーの不満顔を、自分もけなされたと思ったがゆえのものと勘違いしたらしい。

――それこそ大人なんだから、そんなことですねたりしないのになぁ……。

そう思いながらも、その気遣いが嬉しくて、ミリーは頬をゆるめる。

「……そうですか、ありがとうございます。嬉しいです！」

「わかっていただけたのなら幸いです」

ホッと小さく息をついてから、マレフィクスがスッと手を差しだしてくる。

「……では、行きましょうか」

その手に手を重ねて、ミリーは「はい！」と元気よく返した。


ゲートをくぐってパーク内に足を踏み入れ、グルリと辺りを見渡したところで、ミリーは小さく歓声を上げた。

「わぁ……！」

まっすぐに進んだ先に見えるのは、白い軸と土台にカラフルな丸いゴンドラがついた観覧車。

それより手前、ゲートからほど近い場所には、右手側に赤と白のストライプ柄の屋根がポップなメリーゴーラウンド、左手には星を抱える――というよりもじゃれつく子ライオンのオブジェ。

オブジェの奥には、お土産売り場なのか、小さな露店が並んだマーケットが見える。

パークの敷地は横長で、マーケットを左端にして、右に向かって長く延びる形になっている。

ここからは見えないが、新聞に載っていた地図によると、ローラーコースターやふれあい動物園、アヒルレースの会場に、風の妖精の悪戯ハウス、幼い子供たちでも遊べるブランコやすべり台などがあるスペース、ひと休みして食事が取れる屋台広場などもあるらしい。

どれもこれも楽しそうだ。

「それで、どこから行きますっ？」

弾んだ声で傍らのマレフィクスに問うと、彼は、おや、と首を傾げて聞き返してきた。

「観覧車に行くのでは？」

「それは最後です！」

「なるほど、後でのお楽しみというやつですね……では、時計回りに回っていきましょうか」

納得したように頷いて、マレフィクスが提案してくる。

時計回りに一周――観覧車がゴールになるよう、奥から右回りに進んでいって、屋台広場で食事を取り、メリーゴーラウンドに乗って、観覧車でフィニッシュ――という流れはどうかと。

「いいですね！　そうしましょう！」

「では、その方向で」

話をまとめると、マレフィクスはゆったりと歩きはじめた。ミリーの手を引いたまま。

もしや、このまま回るつもりなのだろうか。

――嫌ではないけれど……やっぱりちょっと、恥ずかしいかも。

心の中で呟きながら、つないだ手を横目で見る。

——意外と、男らしい手だよね……。

普段、書類をめくる指は優雅な所作もあいまって、すんなりと長く見えるのに。

こうしてつないでみると意外と骨ばっていて、ミリーの手よりも一回り、いや二回り、すっぽりと包みこまれてしまうほどに大きい。

ふれあう肌の感触は滑らかだが、しっかりとした手応えがあるというか、ミリーのふわふわした頼りない手とはまるで違う。

——父さんの手……とはまた違うけれど、「男の人の手」って感じだわ。

父の手は日に焼けていて、もっとザラザラゴツゴツとしていたが、大きさは同じくらいだった気がする。

気恥ずかしさと懐かしさに目を細めつつ、そっとマレフィクスの顔をうかがうと目が合って、途端、嬉しそうに微笑まれる。

——まあ……いいか、このままでも。どうせ乗り物に乗るときに離すだろうし……。

それまでは、もう少しこのままでもいいだろう。

そんな風に思い直して、つないだ手にそっと力をこめてみた。

そうして向かった、記念すべき最初のアトラクションは、ローラーコースター。

連なった小さな車両を滑車の力でゆっくりと引き上げ、頂点に達したら、一瞬の均衡を挟んで、一気に重力で落ちていく。

構造自体はシンプルで、移動遊園地にあったものも、おそらく同じ仕組みで動いていたはずだ。

けれど、規模はだいぶ違う。

移動遊園地のそれは上がる高さも落ちる距離も短かったため、少しグレードアップしたすべり台といった感じだったが、これはかなりの迫力だ。

三階建ての家、その三角屋根のてっぺんから庭へと落ちるくらいの高低差と考えると、なかなかのスリルがあるだろう。

車両も移動遊園地のものは一人乗りだったが、ここは二人乗りだ。

「……これならば並んで座れますね」

三十分の待ち時間の後。

「さあ、行きましょうか。ミリー」

そう言ったマレフィクスが、当然のように手をつないだまま車両に乗りこもうとしたところで、「お母さん、無理だから！　乗れないから！」という悲鳴じみた声が後ろから聞こえた。

――え、何？

ミリーが振り返ると、青い顔をした母親らしき女性と、その手をのけぞるようにして引っぱる、八歳ほどの少年の姿があった。

「やだ！　一緒がいい！」

「一人でも大丈夫って聞いたら大丈夫って言ったじゃない！　無理無理！　絶対無理だから！」

子供が乗りたいと言うので一緒に並んだものの、母親は乗るつもりはなかったのだろう。

涙目の母と息子が睨みあい、そこに、子ライオンのワンポイント付きの帽子を被った係員が声をかける。

「あの、申しわけありませんが、お子さん一人ではちょっと……」

「えっ、そうなんですか⁉　どうしよう……」

うろたえた母親はコースターと涙ぐむ息子を交互に見やって、それから、ふとすがるような視線をミリーに向けてきた。

「あ、あのっ、申しわけありませんが――」

声をかけようとしたところで、スッと彼女の視線が落ち、マレフィクスとつないだミリーの手に向けられる。

その顔に絶望じみた諦観が広がるのを見て、ミリーは慌てて声をかけた。

「よければ、私が一緒に乗りましょうか？」

「えっ、でも」

「大丈夫です！」

母親に答えてから、ミリーはマレフィクスを振り返って小声で頼んだ。

「ごめんなさい。でも、せっかく並んだのに乗れないのは可哀想《かわいそう》ですし、いいですよね？」

「……はい、もちろんです」

そう答えて手を離した彼の表情は眉が下がり、いかにも残念そうで、しょんぼりとして見えた。

――そんなに一緒に乗りたかったのかしら……。

何だか気の毒に思えて、ミリーは気付けば言っていた。

「次は一緒に乗りましょうね！」

「っ、……はい」

途端、パッと瞳を輝かせたマレフィクスが、控えめながらも嬉しさが滲む声で答えて。

それから、三十分後。

初回の乗車で、想像を遥かに超える風圧と速度におののき、悲鳴すら上げられなかったミリーは、「約束」をしたことを悔やみながら、ご機嫌なマレフィクスの手を涙目で握りしめ、コースターに乗りこむこととなった。


ふらつく足に力をこめて、次に向かったのは、ふれあい広場。

大人のヤギは高い柵の向こうのエリアに入れられ、そこと隣りあった、低い柵で囲まれたエリアがふれあい広場になっていて、子ヤギやウサギとふれあえるのだ。

ゆるい人数制限が設けられているらしく、一定以上の混み具合になると係員が「ちょっとお待ちくださいねー」と声をかけているようだった。

柵の外からそっと覗きこむと、大人の足ならば、一、二分で回ってしまえそうな、こぢんまりとしたスペースに、チラホラと歩き回る子ヤギやウサギの姿が見える。

左の奥にはウサギ小屋があり、その横に背もたれのない簡素な木のベンチが二脚、右の奥側には小人の家のような小さな作業小屋があった。

「……お待たせしました、どうぞー！」

係員の誘導に従って、「あけたらすぐに閉めてね！」と書かれた看板がぶら下がった木戸をマレフィクスが押しあけて入り、ミリーも彼に続いて素早く中に滑りこむ。

後ろ手に木戸を閉めたところで、一頭の小ヤギが近寄ってきた。

細い背骨に、ぽってりとしたおなか。

真っ白な毛並みは太陽の光に金色に輝き、やわらかそうな耳の内側は薔薇色に染まっている。

子ヤギは上向いた絵筆のようなしっぽをピルピルと振りながらやってくると、ミリーが手を差しだす前に、ふわりとふくらんだブラウスの袖にパクリと噛みつき、しゃぶりだした。

愛くるしい仕草にミリーは思わず目を細めるが、何だか可哀想にもなってしまう。

「……おなかが空いているんですかね？　それとも、お父さんとお母さんと離されちゃって寂しいんですかね？」

木戸の前を塞がぬよう、それとなく横にずれながら、傍らに立つマレフィクスに聞いてみると、彼は一呼吸の間子ヤギを見つめてから、静かに答えた。

「胃の中に内容物が残っているので、空腹は感じていないと思います」

今の一瞬で、子ヤギの身体を魔術で調べたのだろう。相変わらずの天才ぶりだ。

「あ、そうなんですね、よかった！　それじゃあ、お父さんとお母さんと離れ離れなのが、寂しいのかもしれませんねぇ」

かがんで子ヤギの背を撫でながらミリーが言うと、マレフィクスは一瞬の沈黙の後、頷いた。

「そうですね。子供ですから。凡庸な子供は親を恋しがるのが普通なのでしょう」

彼らしい物言いに、ミリーは思わず苦笑まじりに言い返す。

「そんな、凡庸じゃないヤギなんていませんよ！　人間と違って」

「……そうですね」

「そうですよ、ヤギは皆、平等に普通のヤギです！」

ふふ、と笑ったところで、奥から駆けてきた白黒のブチ模様の子ヤギが、白い子ヤギにトンッと額をぶつけたと思うと、白ヤギがやりかえして、じゃれあいはじめた。

そのまま、二頭で跳びはねるようにして仲良く離れていく。

「……お父さんとお母さんがいなくても、お友達がいれば寂しくないってことですかねぇ」

二頭を見送りつつ、微笑ましく、ちょっとだけ寂しいような気持ちでミリーが呟くと、マレフィクスは「そうですね」と頷いた。

「……寂しさを埋める方法は、ひとつではないということでしょう」

「ああ、そういうことですね！」

うん、と頷くと、ミリーは、あらためてエリア内を見渡してみる。

どうやらウサギの多くは小屋に隠れているようで、外を歩いているウサギはあまりいない。

――まあ、ウサギは臆病だからなぁ……。

小屋の屋根からは、何か文字が書かれたプレートが下がっているが、小屋の前でしゃがみこんで中を覗きこんでいる親子連れがいるため、半分隠れて見えなかった。

「……団長、あれ、何て書いてあるんですかね？」

マレフィクスならば魔術で読めるだろうかと思い尋ねると、一瞬の間を置いて、「……『ウサギさんがお昼寝中です。起こさないでね』と書いてあります」と教えてくれた。

「さすが、ありがとうございます！　……可愛いし、上手い注意書きですね」

クスリと笑って小屋に視線を戻すと、小屋の中に手を入れようとする子供を、母親がたしなめているようだった。

きっと「ウサギさん、お昼寝しているんだって。寝かせておいてあげようね」とでも声をかけているのだろう。

ただ、「さわっちゃダメ！」と叱るよりも、子供たちも納得しやすい言葉だ。

――ウサギ、だっこしたかったけれど……。

数少ない外にいるウサギは、小さな子供たちに取りかこまれて「可愛い！」「可愛い！」と撫で回されている。大人が割りこむ余地はなさそうだ。

いいなぁ――と羨ましくながめていたら、不意に、キイッと扉がひらく音が耳に届いた。

音の方を振り向くと、作業小屋から係員の女性が出てくるところだった。

その腕には他のウサギよりも一回り大きいウサギが、右と左に一匹ずつ抱えられている。

首周りに立派なマフマフがあるところを見ると、どちらも女の子――いや、貫禄から見てご婦人と呼んだ方が相応しいかもしれない――だろう。

「ウサギさんとのふれあいタイムでーす！　だっこしたい人は並んでくださーい！」

のんびりとした声が広場に響き、二十分に一回のチャンスをつかもうと、子供たちがワッと歓声を上げて走っていく。

ミリーも「したいです！」と元気よく叫んで後に続きたくなったが、大人のプライドが邪魔して迷っていると、スッとマレフィクスが動いた。

そのままスタスタと歩いていき、子供たちの後ろに並ぶのを見て、え、とミリーは目をみはり、慌てて駆け寄って小声でたしなめる。

「ダメですよ、大人が並んじゃ……！」

するとマレフィクスは「先ほどの声かけの内容からして、そのような規制はないと思いますが」と不思議そうに返してきた。

「それは、まあ、そうですが……でも、こういうことは子供たち優先ですし」

「ですが、『だっこ』したいのでしょう？」

「うっ、それは、確かにそうなんですけれど……」

ポソポソと言いあっているとウサギを抱いた係員の女性が声をかけてきた。

「ぜんぜん大丈夫ですよぉ！　今回は小さいお友達が少なめなので、人数的に余裕ですから！」

広場内の子供のうち、列に並んでいる子供は七人ほどで、あとの子供は外歩きのウサギに夢中か、興味がないかそれともさわるのが怖いのか、遠巻きに見ている子に二分されている。

「大人の方も大丈夫です～！　だっこしたい方がいたら、遠慮なくどうぞ～！」

のんびりとした声かけに、控えめな歓声がいくつも上がる。

「いいんですか？」

「大人でも？」

「いいですよ～！」

どうやら、ミリーと同じように痩せ我慢をしていた大人がそこそこいたらしい。

老若男女を問わずいそいそと集まってきて、ミリーたちの後ろに並んだ。

結果として前半分は子供たち、後ろ半分は子供と大人が半分半分というような列になる。

そして、もう一人の係員が新たに立派なマフ持ちの二匹を連れてきて、二脚のベンチに二人ずつ、座って膝に乗せてのだっこ体験が始まった。

一人三分という短い時間だが、子供たちはもちろん、大人たちも瞳を輝かせて、自分の番を今か今かと待っている。

ミリーもソワソワとそのときに備えていたが、不意に「あの」と後ろから声をかけられた。

振り向くと、品の良い婦人が目を細めて微笑んでいる。

「……最初にお二人が並んでくださって助かりました。ありがとうございます」

気恥ずかしそうに告げられて、ミリーはパチパチと目をまたたいてから、同じく気恥ずかしげな笑みを浮かべて。

「いえ、先に並んでくれたのは彼ですから……ですが、楽しみですね」

そう返してから、マレフィクスに向き直り、「ありがとうございます」と言い忘れていた御礼の言葉を伝えた。

マレフィクスは「いえ、喜んでいただけたのなら何よりです」と微笑んだ。

それから順調に列は進んでいって、ようやくミリーたちの番が来た。

「……ああ、私は結構です」

「え？　だっこしないんですか？」

サラリと断って離れようとするマレフィクスを、ミリーは「もったいない」と引きとめる。

「せっかくですし、一緒にだっこしましょうよ！」

言いながらベンチに座り、ポンと隣を叩いて促すと、彼は一瞬ためらった後、「わかりました」と腰を下ろした。

汚れ防止のためか、ランチョンマットほどの大きさのキルトを膝にかけられて、その上にウサギをそっと下ろされる。

「やさしくだっこしてあげてくださいね～」

声かけが終わると同時に係員の手が離れ、どっしりとした重みが膝にかかる。

布越しにも伝わってくる高い体温、そのやわらかさにミリーは目を細めた。

――あー、懐かしい。

故郷の村では猫や犬のいる家は多かったが、ペットとしてウサギを飼っている家は珍しかった。

よく遊びに行っては撫でさせてもらい、子供が産まれたときには譲ってくれると言ってもらえたのだが、ミリーの家には立派な先住犬がいたので、「喧嘩《けんか》したときに可哀想なのはウサギだから」と飼わせてもらえなかった。

仕方ないことだとわかっていても、残念に思ったものだ。

――はぁぁ、あったかくて、ふわふわ。

ずっしりとした命の重さと温もりに感動しながら、そうっと腕に抱きしめ、尊さを楽しむ。

目の前で揺れる白い耳に頬を近付けると、ピッピッと耳の先が頬をかすめ、くすぐったさに笑い声がこぼれた。

さて、マレフィクスはどうだろうかと横を向いて、ミリーはパチリと目をみはる。

彼は背すじをまっすぐに伸ばして姿勢よく腰かけたまま、膝の上に乗せたウサギの身体を両手で押さえている。

それは「ふれあい」というよりも、落とさないように保定しているというような状態に見えた。

「……あの、もしかして、団長、こういうの苦手でしたか？」

元々、ミリーの代わりに並んでくれただけだったのだろうし、無理につきあわせてしまって悪いことをしたかもしれない。

申しわけなさに眉を下げると、マレフィクスはハッとしたように首を横に振った。

「いえ、苦手ではありません。ただ、こういったふれあいは初めてで……どうしていいのかわからないだけです」

「ああ、そうなんですね」

ひとまずはよかったとホッと息をつき、それから、ミリーはベンチの上でにじりより、彼の傍らにピタリとくっつくと、そっと手を伸ばして彼の膝に乗ったウサギの背を撫でた。

「しっぽや手足や耳をさわると嫌がる子が多いので、毛並みに沿って、こうやってやさしく撫でてあげてください」

「……わかりました」

コクリと頷き、マレフィクスはウサギの背に手を滑らせる。

ぎこちない手つきで、そうっとそうっと何度か撫でて、それから、ポツリと呟いた。

「……肉付きがいいですね。毛の生えた温かなマシュマロのようです」

その感想はどうなのだろう――という疑問が一瞬ミリーの頭をよぎる。

けれど、こわごわと手を動かす彼の唇に、淡い笑みが浮かんでいるのを見て、頬をゆるめた。

「……そうですね、可愛いふわふわマシュマロですね！」

「はい」

ふふ、と笑みを交わして、それから、残りのふれあいタイムを満喫したのだった。

次に入った「風の妖精の悪戯ハウス」で突風に翻弄――ミリー一人が――された後。

屋台広場に向かったものの、ちょうど三時のお茶の時間で大混雑していたため、少し時間をずらそうと、先にメリーゴーラウンドに乗ってから遅めのランチを取ることになった。

「……一頭だけロバが交ざっていたのが、遊び心を感じましたねぇ、団長！」

「そうですね。馬も毛色は白に統一されていましたが、一頭だけ重種馬が交ざっていましたね」

「ああ、確かに……一頭だけ大きい子がいましたね！　ふふ、多様性というやつですね！」

「そうかもしれませんね」

とりとめのない感想をマレフィクスと交わしながら、ミリーは屋台広場を見渡す。

ストライプ柄のパラソルが付いたテーブルがパラパラと置かれていて、奥の方には同じくストライプ柄の庇が付いた食べ物の屋台が並んでいる。

――わぁ、どれも美味しそう……！

ポップコーン、甘い揚げ菓子、手持ちキャンディなどのお菓子系に瓶入りのドリンク。

オートケーキにミートパイ、キッシュなどの主食系もあるようだ。

オートケーキは、オート麦のパンケーキに具材を載せてクルッと包んだ、サンドウィッチの亜種のようなもので、主食としてもよく食べられている。

ライ麦のようなどっしりとした感じではなく、しっとりもっちりとした食感に、ほんのり広がる穀物の匂いが香ばしいのだ。

ここの屋台では載せる食材をハムとチーズ、またはソーセージから選べるようだった。

持ちこみも可能なので、自分たちで持ってきたらしきピクニックバスケットを広げている家族の姿も見える。

けれど、せっかくなので屋台で食べようと、あらかじめマレフィクスと話しあって決めてきた。

「あー、どれも美味しそうですけれど、どれにします？」

屋台に向かって歩きながら、傍らのマレフィクスに問いかける。

「どれも美味しそうだと思うのなら、どれも買ってしまえばいいのでは？」

「ええー、食べきれますかねぇ？」

「食べきれなかったならば、小さくまとめて呑みこんでしまいましょう」

ミリーが笑いまじりに言い返せば、実に彼らしい答えが返ってきて、もう、と思いつつ、ついつい頬がゆるんでしまった。

結局、ぜんぶお買い上げすることはなく、林檎の果汁のドリンクを二本、揚げ菓子を一袋、オートケーキをひとつずつ、いただくことにして。

広場の端のテーブルで向かいあい、遅いランチタイムが始まった。

カサカサ、ビリリと揚げ菓子の紙袋の折り目を破り、皿代わりに広げる。

「……確か、ベニエというのですよね？　初めて食べますが、美味しいものなのですか？」

興味深そうに黄金色のお菓子を覗きこむマレフィクスに、ミリーは元気よく答える。

「はい！　私は好きですよ、特に揚げたてが！」

たっぷりと綿を詰めたクッションのようにふくらんだ揚げ菓子に、砂糖をまぶした単純なレシピだが、だからこそ美味しい。

揚げたてとなれば格別だ。

「……そうですか。ならば熱いうちにいただくことにしましょう」

「そうですね！」

いただきます、と手を伸ばし、あちち、と指を焦がしそうになりながら口に運ぶ。

思いきって食らいつくと、カリッとした歯ごたえと舌を焼く熱さ、ザリリと上顎を撫でる砂糖に、小麦とバターの甘く香ばしい匂い。

シンプルだが「これぞ揚げ菓子！　熱い！　甘い！　美味しい！」といった味わいが口いっぱいに広がる。

熱さに目を白黒させながら、モグモグゴクンと呑みこんで、マレフィクスに目を向けると、一口食べおえたところで、手にした揚げ菓子をジッと見つめていた。

「……団長、どうしました？」

「いえ、美味しいことは美味しいのですが、口内を火傷したものですから……二口目は魔術で冷やしてから食べるべきか、火傷を治しながら食べるべきか迷っています」

至極真面目な口調で告げられて、ミリーは思わず小さく噴きだしてしまう。

それから、頰をゆるめて言葉を返した。

「確かに火傷しますよね。でも、魔術で冷やしちゃうのももったいないですし、ゆっくりお話ししながら食べましょう？　それなら、火傷もしませんし」

「それは名案ですね。では、そうしましょう」

「はい！」

ミリーが頷くと、マレフィクスは揚げ菓子を持った手を下ろして、フッと微笑んだ。

「それにしても、ミリー。あなたは何でも楽しむのが上手なのですね」

「え？　そうですかね？」

「はい」

「まあ、楽しい方が好きなのは確かですけれど……」

首を傾げつつ頷いて、「あ、でも！」と慌ててつけたす。

「無理して楽しくしているわけではありませんよ！　今日だって、ずっと本当に楽しいです！」

「そうですか……それは何よりです」

マレフィクスが微かに笑みを深めるのに、つられてミリーも笑顔になる。

本当に、今日はずっと楽しかった。

ゲートをくぐる前から、今現在までずうっと。

――まあ、コースターは少し、怖かったけれど……。

それさえも良い思い出になるだろうと思えるくらいに。

――団長も、楽しんでくれていた……よね？

ずっとご機嫌そうには見えたが、アトラクション自体を楽しめていたかどうかは、少し疑問だ。

冷静になって考えてみると、メリーゴーラウンドは同じところをゆっくりグルグル回るだけで、ローラーコースターも単なる巨大なすべり台のようなものだ。

ウサギとのふれあいも楽しんでいるというよりも、「未知との遭遇」的なドキドキ体験感が大きかったように思える。

「……あの、団長も、ちょっとは楽しかったりしますか?」

そうであってほしいと願望をこめて尋ねると、マレフィクスは迷わずに「はい」と頷いてくれた。

「ちょっとどころではなく、楽しんでいますよ」

「そうですか、よかったぁ!」

胸を撫で下ろしたところで彼が呟く。

「ただ、いくつか疑問を感じる点もありましたが……」

「え……た、たとえば?」

おそるおそるミリーが尋ねると、マレフィクスは広場の向こうに見えるメリーゴーラウンドに視線を向けて答えた。

「あの遊具ですが、実在の馬のように調教や世話の必要性がないので、管理が楽だという施設側の利点はわかります。ですが、利用者側としては……見た目の装飾は愛らしいものの、機能としては生身の馬には遠く及びません。同じところをグルグル回るだけの虚構の馬に乗る行為に、どうしてこれほど皆夢中になるのか、当初、理解しがたいものがありました」

「……まあ、確かにその通りですよね」

あまりにも彼らしい言葉に、呆れを通りこして笑いがこみあげてきたところで、ふと気付いた。

「あれ、当初ということは今は違うんですか?」

「はい」

小さく頷いて、マレフィクスは口元に笑みを浮かべた。

「楽しそうなあなたを見ていたら、楽しみ方がわかってきた気がします」

そう言って広場をグルリと見渡し、目を細める。

「自分自身が楽しむだけでなく、同行者が楽しんでいる姿を見ることで楽しさは増幅される。お互いがそうであれば、映し鏡のように、その楽しさは無限に増えていくのでしょう……」

ランチボックスを囲む親子連れや、寄りそってサンドウィッチにかぶりついて笑いあう恋人たち。

彼らは互いに互いの楽しみを、幸せを増やしているのだ。

そんな風なことを語り、マレフィクスはミリーに視線を戻した。

「一見意味がなくても、非効率でも、あなたと一緒にいるだけで楽しい。何かが満たされるような気がする……この食事もそうです」

言いながら、手元の揚げ菓子に視線を向ける。

「あなたと食事をするまで、知りませんでした。食事というものは一緒に取る人によって味が変わるものなのだと……母や父との食事とはこれほど違うのかと……」

含みを持った台詞に、ミリーは一瞬ためらう。

——聞いちゃっても、いいのかな……？

マレフィクスがあの母親——おそらく父親も——との間に、何か確執のようなものを抱えていることはわかっている。

けれど、ここで踏みこんでいいものだろうか。ただの他人のミリーが。

——でも……やっぱり、知っておきたい。

それに、こんな風に話題に出すということは、聞いてほしいという気持ちもあるはずだ。

そう思い、ミリーは少しだけ遠回しに尋ねてみることにした。

「……そういえば、団長のお母様は、あのレストランによく行かれるみたいですけれど、ご一緒なさったりしないんですか？」

彼は一瞬黙りこんだ後、ポツリと答えた。

「しません。食べても味がしませんから」

予想外の言葉に、え、とミリーが目をみひらくと、マレフィクスは視線を落として続けた。

「いつからか覚えていませんが、昔からそうなのです。家族で食事をするときは、いつも味が感じられなくて……」

いつしか食事というものに楽しみを見出《みいだ》せなくなったのだ。そう、彼は語る。

「ですから、あなたからあの飴をいただいたとき、驚きました」

味がします——そう、あのときマレフィクスは驚いたように言っていた。

ミリーは思わず噴きだしてしまったが、あの言葉には深い意味がこめられていたのだ。

「……その後も、あなたと何かを口にするたびに新鮮な感動を覚えました。食事を共にする相手によって、味の感じ方というのはこれほど変わるのかと……」

心に強く負担がかかったとき、耳が聞こえなくなったり、味がわからなくなったりすることがあると聞いたことがある。

幼い頃のマレフィクスにとって、家族との食事の時間はそれほど辛いものだったのだろう。

「あの……ご家族との食卓は、どんな感じだったんですか……テーブルマナーが厳しかったりとか、したんですかね……？」

まっすぐに踏みこむのが怖くて遠回しに尋ねると、マレフィクスは唇の端を微かにつり上げた。

「マナーについては問題なかったと思います。問題があったとすれば会話でしょうか」

「会話？　どんな会話だったんですか？」

ミリーは反射のように尋ねてしまう。

すると彼は一瞬唇を引き結び、そして、静かに答えた。

「……いつも、父が私を褒めるのです」

それはいいことなのでは――そう思ったが、ミリーは口には出さずに次の言葉を待つ。

そのときのことを思い出しているのだろう。

マレフィクスはテーブルを睨むように見つめ、強ばった表情で続ける。

「私の魔力が強まり、新しい魔術を覚えて目覚ましい成果を出すたびに、毎日のように、あの人は私を褒めました。……『本当に素晴らしい才能だ。私の子供とは、とても思えない』と」

淡々とマレフィクスが口にした言葉に、ミリーの頭に、彼と母親との会話がよぎった。

いいじゃない。それくらいの権利はあるはずよ。あなたは私の自慢の息子ですもの――そう鼻で笑うように答えた後、彼女は確かに言っていた。

「……まあ、お父様にとっては、どうかわからないけれど？」と、皮肉げな口調で。

父親は息子を自慢には思っていないという意味かと思っていた。

けれど、マレフィクスは毎日のように褒められていたという。

では、あの言葉にこめられた意味は何かと考えて、ミリーはみぞおちの辺りがひやりとする。

――「私の子供とは、とても思えない」って、まさか……。

きっとミリーの表情は彼以上に、ひどく強ばってしまっていたのだろう。

スッと目線を上げ、ミリーを目にしたマレフィクスは気まずそうに眉を寄せ、けれど、黙ることなく告白を続けた。

このまま聞いてほしいと願うように、ミリーを見つめながら。

「……父がその言葉を口にすると、決まって母はグラスを床に叩きつけ、立ち上がって叫びました。『この子はあなたの子よ！　何度言えばわかってくださるの⁉』と」

「っ、それは……」

「そこからは罵詈《ばり》雑言の応酬です。互いのすべてを否定して、言葉が尽きた方がその場を去って、それでも、次の食事では懲りずに同じ卓に着く。何度繰り返せば、いくつグラスを割れば飽きるのかと、それこそ何度呆れたかわかりません」

皮肉げに唇の端を歪めて、マレフィクスは言う。

「父も母も魔力に乏しい人間でしたから、産んだ母はまだしも、父は私のような才ある存在が自分の子供だと信じがたかったのでしょう……もっとも、私としても、敬うに値しない存在を親と慕う必要がないわけですから、ある意味幸いだったのかもしれませんがね」

そう嗤《わら》いながらも、菫色の瞳には深い、やるせないような悲しみが滲んでいた。

「……そうだったんですか……それは……」

大変でしたね、辛かったですね、お気の毒に――どの台詞も、しっくりこない気がして。

「確かに、美味しくごはんを食べるのには、向かなそうな感じですね……もったいないです」

ミリーは、そんな意味のわからない言葉を口にしてしまう。

けれど、それを聞いたマレフィクスは、パチリと目をみはった後、ふ、と頬をゆるめて頷いた。

「ええ、本当に……もったいなかったと思います。本当は美味しく食べられるものも、たくさんあったはずなのに……」

ひとりごとめいた口調で呟くと、彼は冷めつつある揚げ菓子を持ち上げ、微笑んだ。

「……これは、美味しいです」

そう言って一口かじり、味わうように噛みしめ、コクンと呑みこんで、また微笑む。

「本当に、美味しいです」

あなたと一緒だから――そう言葉に出さずに告げられたようで、ミリーは胸が締めつけられる。

「……そうですか、それは何よりです！」

笑いながら明るく答えたのに、目の奥がツンと熱くなってしまって。

ミリーは潤む瞳をごまかすように、キュッと目をつむってひらいて、ニコリと笑うと、「これ、本当に美味しいですよね！」と勢いよく揚げ菓子に食らいついた。

そのまま口いっぱいに頬張って、噛みしめると同時に、テーブルの向こうで「はい」とマレフィクスが頷くのが見えて。

――うん。本当に……美味しい。

仄かに温もりの残るそれは、どうしてか、先ほどよりも甘く、味わい深く感じられた。

それから、しばらくの間、お互い黙って食べ進めて。

ふと、ポツリと彼が呟いた。

「せっかくの楽しい時間なのに、無駄な思い出話を聞かせてしまいましたね……すみません」

どこかスッキリしたような、気恥ずかしそうな顔で謝られて、ミリーは首を横に振る。

「無駄なんかじゃありませんよ。お互いのことを……今のことも、昔のことも、きちんと知りあうのは大切なことだと思います」

「そうですか……」

ふわりと目を細めて頷いて、マレフィクスは言った。

「では、あなたのことも教えてください」

「……いいですよ！　田舎暮らしの楽しさと大変さを、たっぷり教えてさしあげます！」

ふふ、と笑って、ミリーは思い出と一緒に、心をも分かちあうように話しはじめた。


そうして、たっぷりと話しこんだ後。

ゴールの観覧車に向かう前に「もう一回楽しみたいアトラクションはありますか？」とミリーがマレフィクスに尋ねると「ふれあいタイム」を所望された。

「先ほどは、よくわからないまま終わってしまったので……」と言って。

ミリーは「なら、今度はしっかりふれあいましょう！」と答え、彼の手を引いて、ふれあい広場に戻った。

「ふわふわのマシュマロ」とのふれあいを楽しみおえたところで、ちょうどヤギの食事時間になり、大人のヤギへの餌やり体験をして、ミルクを飲む子ヤギの姿に目を細めたりして――。


やがて、空が茜色に変わりゆく頃。

心地好い疲労感に包まれて、ミリーは本日のゴールであり、元々の目的地でもある観覧車のゴンドラの中、マレフィクスと向きあっていた。

風車が回るような音を遠くに聞きながら、ゆっくりとゴンドラが上がっていく。

ミリーは室内を見渡してから、向かいの席に腰かけたマレフィクスに笑いかけた。

「思ったよりも広くて、立派な作りですね！」

ゴンドラの中は遠くから見た印象よりも、ゆったりとしていた。

向かいあわせに座席がある構造は、馬車の客車と似ている。

けれど、側面だけでなく、前面にも後面にも広々とした窓があり、カーテンがないため、透明なガラスを通して周りの風景がよく見えた。

天井の高さも、マレフィクスでは厳しいが、ミリーの背丈ならば、軽くかがむだけで立ったまま入れるほどのゆとりがある。

「……やっぱり不思議です。こんなに大きいものが動いてるなんて」

人力では、とてもこの大きさのものは回せないだろう。

「それで、こちらには、どういった魔術が使われているんですか？」

尋ねると、マレフィクスは観覧車の中心部分にチラリと視線を向けてから、サラリと答えた。

「解説するほどのものではありません。ただ、あの軸となる部分が回りつづけるような術式を組んでいるだけです」

「でも、ただ回しつづけるだけならともかく、とめたり動かしたりするからには、それなりに複雑な術式が必要になりますよね？」

ゴンドラが下りてきたタイミングで乗客が入れ替わるが、ミリーたちの何人か前に足が不自由な客がいたらしく、ゴンドラがいったんとまっていた。

だから、係員が任意で操作できるような仕組みになっているはずなのだ。

そう思い、ミリーが重ねて問うと、マレフィクスは「いえ」と首を横に振った。

「そこまで複雑なものではありません。魔力を流している間は動き、流すのをやめたら停止する。そういった単純な仕組みになっています」

「……ということは、ここの係員は魔術師が担当してるんですか？」

「いいえ。魔力がある者が担当していますが、魔術師ではありません」

返ってきた言葉に、ミリーは首を傾げる。

これだけの大きさのものを、それも一瞬ではなく、長時間にわたって動かしつづけるのならば、それなりの魔力が必要なはずだ。

魔術師ではない普通の人間に務まるものなのだろうか。

そんなミリーの疑問を察したのだろう。

「……操作パネルにふれると、その人間の魔力が増幅されるようになっています」

「えっ、増幅ですか⁉」

それはまた難易度の高い魔術を――とミリーが驚いていると、マレフィクスは別の意味に取ったのか「もちろん、悪用できないような制限はかけています」とフォローを入れてきた。

「それに、それほど強力なものではありません。元々、最小限の魔力で回すことができるよう術式を組んでいますし、何時間かごとに交替すれば、凡庸な市民であっても、無理なく動かせるようになっています」

「そうなんですね……って、いやいや、解説するほどのものじゃないですか！」

ミリーは、はあぁ、と呆れと感嘆まじりの溜め息をつく。

――本当に天才だなぁ……。

そう思ったところで、フッと一抹の憂いがミリーの胸をよぎる。

本当に素晴らしい才能だ。

けれど、その才能のせいで、マレフィクスは普通の――凡庸な子供のようには育つことができなかった。

彼は魔術師になるべくしてなった。なるほかなかったのだ。

そう思うと、手放しに彼の才能を褒めたたえていいものかと疑問を覚えてしまう。

「……あの、団長」

「はい、何でしょうか」

「団長は魔術、お好きですか？　魔術師になってよかったなって、思うことはありますか？」

感傷まじりにかけたミリーの問いに、マレフィクスはためらうことなく答えた。

「ええ、好きですし、毎日のように思っています」

「そ、そうなんですか？」

「はい。魔術は世界との対話です。どれほど学んでも飽きることのない、新鮮な驚きや喜びを日々もたらしてくれます。宮廷魔術師として働くことで研究と実践の機会に困りませんし、それに、外の世界と関わることもできますから……やりがいのある、良い仕事だと思っています」

「……そうなんですね……よかった！」

つまり、マレフィクスにとって魔術は外の世界――凡庸な人間たちとの交流手段にもなっているということなのだろう。

ふれあい広場で「寂しさを埋める方法は、ひとつではない」と言っていたが、魔術が彼の孤独を和らげてくれていたのなら何よりだ。

――才能に救われてもいた、ってことよね……。

本当によかったと頬をゆるめたところで、マレフィクスが「あなたはどうなのですか？」と問い返してきた。

「え、私ですか？」

「はい。ミリー、あなたは魔術が好きですか？　魔術師に……」

言いかけて、ふと口をつぐみ、一瞬の迷いを挟んでから、マレフィクスは少しだけひそめた声で尋ねる。

「……私の補佐官になって、よかったと思うことはありますか？」

ミリーはパチリと目をみはり、すぐに、くしゃりと細めて頷いた。

「はい！　魔術は好きですし、団長の補佐官になれて毎日充実しています！」

「……そうですか。それは、何よりです」

マレフィクスは噛みしめるように頷いて、それから、ちょっぴり眉を寄せて呟いた。

「魔術は、好き……ですか」

その声がいかにも残念そうな響きを帯びているのに、ついつい、クスリと笑ったところで、ゴンドラに伝わる振動が変わって、ミリーは窓の外へと顔を向ける。

どうやら頂上に着いたようだ。

右を見ても左を見ても空、遮るものはなく、いつもの暮らしの風景は遥か遠くに広がっている。

——ああ、いいなぁ。

夕映えの空の上、切りとられた二人だけの世界の中。

やわらかな茜色の光を浴び、ふんわりと胸にこみあげる温かな感情に目を細めながら、気付けば、ポツリとこぼしていた。

「早く、告白されたいな……」

それはゴンドラの揺れる軋《きし》みに紛れてしまうくらい、音になるかならないかという小さな小さな呟きで、え、と目をみはったのはマレフィクスではなく、ミリー自身だった。

「ミリー、すみません。今何か……？」

向かいの席までは聞こえなかったようで、怪訝《けげん》そうに——いや、聞きとれなかったことを惜しむように問われ、ミリーは慌てて首を横に振る。

「いえ……別に。夕陽、きれいだなって……！」

ごまかすように笑って答えて、それから、そっと息をつく。

そうして驚きが静まって、後に残ったのは穏やかで、けれど確かな気付き。

——ああ、そっか……私、団長のことが、好きなんだわ。

そっと押さえた胸の中、見つけたのは、いつの間にか芽吹き育っていたやわらかな気持ち。

それは同情よりも甘く、温度の高い感情だ。

胸を焦がすほどの熱さはまだないが、確かに根づき、じんわりと心を温めて揺れている。

——ちょっと早すぎるかなって気もするけれど……。

最初から魔術師としての敬意はあったとはいえ、出会ってから三カ月半、練習を打診されてから数えたら、たったの一カ月と半分しか経《た》っていない。それなのに。

——恋に落ちるときは落ちるものなのね。

とはいえ、思い返せば、短い時間だったが密度は濃かったようにも思う。

このひと月半の間で、マレフィクスの持つやさしさや純粋さ、意外と強がりなところや、可愛いところ、ちょっと不器用というのか融通がきかないところまで。

——たくさん知って、いつの間にか好きになっちゃったんだわ。

ああ、そうか、とミリーは先日のウォルターとのやりとりを思い出す。

あのとき、喜びと共に感じたのは嫉妬だったのだ。

——きっとそう。誰かに取られたくないくらい、私、団長のことが好きになっていたんだ。

好きになったのなら、幸せにしてあげたい。一生かけて、一番近くで。

彼との「練習」が終わって、愛の言葉を告げてもらったら、迷わずに頷こう。

——それで、家族になって……団長のこと幸せにする。

そう心を決めてマレフィクスに向き直り、ミリーはトクリと高鳴る鼓動を感じながら、そっと微笑み呼びかけた。囁きに近いけれど、きちんと彼の耳に届くような声で。

「……団長」

「はい、何でしょうか」

「私、告白されるなら、こういう雰囲気のときがいいです」

恥じらいで視線をそらしたくなるのを堪え、気付きたての想いを滲ませるように、誘いをかけるように、まっすぐに目を合わせて告げると、彼は菫色の瞳をみひらいて。

「ミリー、私は――っ」

伸ばした手でミリーの肩をつかみ、勢いこんで何かを言いかけ、グッと呑みこんだ。

「……私は、何ですか？　ねえ、団長？」

「いえ……」

「何か言いたいことがあるのなら、どうぞ」

どうか告げてほしい。期待をこめて促すが、マレフィクスは「いえ」と首を横に振る。

「言いたいことは別段ありません」

きっと「勢いで告白する」などという無計画な行動は、彼の信条に反するのだろう。

――この雰囲気で、断られるはずないのにね……。

早く想いを確かめあってしまいたいのに。もどかしいような気持ちで、ミリーは、ほんの少し身を乗りだす。

「そうですか、なら、したいことでもいいですよ」

「……したいこと？」

はい。告白とか、どうですか――とさらに促そうとしたところで、マレフィクスの手がミリーの肩から頬へと移った。

「……したいことの前に、確認したいことがあります」

「何ですか？」

「こういう雰囲気ならば、口付けてもいいものですか？」

両手でミリーの頬を包みこむようにして、瞳を覗きこみながらかけられた問い、いや、誘いに、ミリーはパチリと目をみはる。

それから、ジワジワと頬が熱くなるのを感じた。

——こ、告白はしないのに、そんなおねだりはしちゃうんですね……！

ハッキリ言って、もう告白しているも同然ではないか。

それなのに「好きです」の一言は、まだ言えないだなんて、本当に天才の考えることは凡人には理解しがたい。

——もう、仕方ないなぁ……そういうところも、好きだもの。

ふふ、とミリーは頬をゆるめ、「はい」と笑って頷いた。

「悪くないタイミングだと思います！」

恋愛指南ぶった言葉を返すと、マレフィクスが背をかがめ、二人の距離がいっそう近くなる。

互いの吐息が唇にかかるほどに。

「……では、してもかまいませんね？」

「……外から見えないように、してくださるなら」

そう囁いた途端。

マレフィクスの右手がスッと離れて窓にふれたかと思うと、すぐさまミリーの頬に戻り、左手はうなじに添えられた。

あ、とミリーが小さく息を呑んだところで、世にも麗しい顔が近付いてきて、彼が目を閉じる。閉じた目蓋の線の美しさ、煙《けぶ》るような睫毛の長さに見惚れていると、やがて、やさしい衝撃が唇に広がった。

——あ……目、閉じないと。

もう少し見ていたいと思いながらも、ミリーは彼にならって、そっと目蓋を閉じる。

不思議な感覚だった。

温かくて胸がじんわりと満たされるような。

最初のあの事故のような口付けとは、まるで違う。

これが本当のキスなんだ——そう、思った。

ただ唇を重ねたまま、どれくらいそうしていただろう。

互いの体温が溶けあい、二人の間の境界があいまいに感じられる頃。

ゆっくりとマレフィクスが身を離して、互いにソロソロと目蓋を上げる。

そうして見つめあい、面映ゆさに耐えかねたミリーはそっと視線をそらし、あ、と目をみひらく。

いつの間にかゴンドラは地面近くまで下りてきていた。

「……もう、着いちゃいますね」

少しの名残惜しさを滲ませて呟くと、マレフィクスは「そうですね」と静かに頷いて、チラリと窓の外を見やった後、ミリーの頬を撫で、ねだるように囁いた。

「……もう一周、乗りたいのですが、よろしいですか?」

ある意味、子供じみた誘い文句。

けれど、そこには秘めたような熱が滲んでいて、ミリーはじんわりと頬がほてるのを感じながら、「はい」と頷いた。

それから、二人きりの世界を延長し――結局、もう一周では終われずに、閉園時間まで、何度も口付けを交わすことになったのだった。


そうして、その日の別れ際。

月明かりの下、輝く星の瞳にミリーを映しながら、マレフィクスは言った。

「……これでもう大丈夫です。練習におつきあいいただき、ありがとうございました」と。

第六章　段階ぜんぶ、飛ばしちゃっていいです

愛の言葉よりも先に口付けを交わした、その翌日。

——いつ、告白してくれるんだろう。

今日か、明日か、明後日か。

ミリーは期待に胸を高鳴らせながら、いつものように出仕して。

いつものように仕事をこなし、そして迎えたランチタイム。

正午を告げる教会の鐘の音を背景音楽に、いそいそとサンドウィッチの包みと水筒を取りだす。

今日のサンドウィッチの具材は、スライスした苺とクリーム。

昨日は市場で苺が御奉仕大特価だったのだ。

マレフィクスとフルーツサンドを食べるのは、今日が初めて。

苺とクリームというスイートな組み合わせに、きっと彼は、あのレシピ本を読んだときのように、

「これは主食に入るのですか、それとも、おやつなのですか?」と首を傾げることだろう。

——今日こそは結論を！　なんて、徹底討論とか始まっちゃったりして！

そんなことを考えて頬をゆるめながら、ミリーは斜め向かいの席に呼びかける。

「団長、お昼にしましょう！」

その声にマレフィクスが書類から顔を上げ、目と目が合って微笑む。

それから、形のいい唇をゆっくりとひらいて彼は答えた。

「結構です。お一人で召し上がってください」

ミリーは一瞬、彼の言葉の意味がわからなかった。

サンドウィッチの包みの結び目に手をかけたまま固まって、すぐに、あ、そうかと思い当たって、また笑顔で声をかける。

「先にすませたいお仕事があるんですか？　なら、お待ちしますよ」

彼は微笑を浮かべたまま、ゆっくりと首を横に振り、「いえ、ありません」と答えた。

「本当に結構ですので、お一人で召し上がってください」

そこでようやくミリーは理解した。

一緒に食べたくない——と言われたのだと。

「え、ど、どうしてですか？」

うろたえながら尋ねると、マレフィクスは「どうしてと言われましても……」と、わずかに首を傾げてから答えた。

「そうする理由がありませんから」

世にも美しい微笑みを湛《たた》えながら、後ろめたさも迷いもない口調で告げられて、ミリーは言葉を失う。

——する理由がないって、どうして？　もう練習はいらないってこと？　でも、だからといって、こんな急にやめなくても……。

聞きたいことや言いたいことが心の中でワッとあふれて、感情が絡まり、言葉が出てこない。

そうしているうちに、マレフィクスは再び書類に視線を落としてしまって。

会話の途中で放りだされたミリーは、ただ、「そうですか、わかりました」と、どうにか笑みを作って返すことしかできなかった。

＊＊＊

以来、マレフィクスは変わってしまった。

いや、変わってしまったというよりも、元に戻ったという方が近いかもしれない。

この一カ月半の間の出来事など、すべてなかったかのように、適切な距離を保った関係に戻ってしまったのだ。

もう、ミリーがサンドウィッチを食べていても、興味深そうに覗きこんではこないし、当然一緒に食べたりもしない。

仕事の後に食事に行ったりもしないし、次はいつ休みを取ってどこに行こうかと相談することもない。

ただの上司と部下、ただの他人に戻ってしまった。

ただひとつ前と違うのは、彼の口元に浮かぶ微笑だけ。

それをよすがにどうにか笑顔を保ちながらも、「どうして?」という言葉が頭をよぎって仕方なかった。

そのまま、半月が経った頃。

終業時間を迎えて、ミリーが帰り支度をしていると、マレフィクスが声をかけてきた。

「ミリー、急なことで申しわけありませんが、明日は一日休暇を取らせていただきます」

「え……はい、わかりました。何か急なご用事なんですか？」

その問いに深い意味はなかった。

単に珍しいこともあるものだ、と思って尋ねただけ。

けれど、マレフィクスは浮かべていた微笑を消して、真剣な表情で答えてきた。

「あなたにはお話しできません」

突きはなすような一言に、ミリーは一瞬言葉に詰まる。

「あ、そ、そうですか……」

愛想笑いで返して目を伏せ、それから、腹の底からこみあげてくる焦燥めいた感情に突きうごかされるように、パッと顔を上げて問いかけた。

「あのっ、明日は一日、そのご予定が詰まっているんですか？」

「いえ、夕方までには終わるかと」

「それなら、明日の夜に、またあのパブにでも行きませんか？　練習の一環として！」

できるだけ明るく軽く誘ったつもりだが、もしかしたら必死さが滲んでしまっていたのかもしれない。

まばたきひとつ分の沈黙を挟んで、マレフィクスは淡い笑みを浮かべて答えた。

「ありがとうございます。ですが、練習はもう充分ですので、ご遠慮します」

穏やかに、ハッキリと拒まれたそのとき、ミリーは自分の中で何かがひび割れるのを感じた。

――どうして？

この半月、毎日のように頭をよぎった言葉。

その裏に潜んでいた疑念がブワリと浮かび上がって、その正体を現す。

――まさか、本当に練習台だったの？

そんなまさか、と思っていた。

けれど、この変わりようを見ると、そのまさかかもしれないと思わずにいられない。

――そんなことない、そんなわけない、団長はそんな人じゃない！

形を持ってしまった疑念を振りはらうように、ギュッと目をつぶって頭を振ると、マレフィクスが微かに眉をひそめて尋ねてくる。

「……どうしました、ミリー？　頭が痛むのですか？」

その労りの言葉が嬉しくて、胸に痛い。

「……いえ、大丈夫です」

ゆるゆると首を横に振り、ミリーは微笑んだ。

「今日は細かい数値の確認が多かったので、ちょっと頭と目が疲れちゃったんだと思います」

「そうですか、無理はしないでくださいね」

「はい、お気遣いありがとうございます！」

カラリと笑って答えながらも、ミリーの心の中は、どんよりとした不安と悲しみが雨雲のように広がっていた。


その夜、ミリーは寝つけず、考えていた。

マレフィクスと過ごした「練習」の日々、あの一カ月半のことを。

彼と交わした言葉、笑顔、まなざし、口付け、つないだ手。

すべて本当にあったことで、夢ではないし、あれがすべて、ただの「練習」にすぎなかったとも思えない。思いたくない。

「……単なる練習で、あんなに幸せなキスができるわけないもの」

けれど、ならばこの半月の変化は何なのだろう。

「……本当、天才の考えることはわからないわ」

苦笑いと溜め息がこぼれる。

練習が終わって準備は完璧、もういつでも告白できる状態になったはずなのに。

どうして急に、あんな風に距離を取ろうとするのだろう。

「……練習が終わったなら、すぐにでも告白してくれると思っていたのに」

ポツリとこぼした呟きは、何だかとても恨みがましく耳に響いて、ふと、ミリーは自分がひどく情けなくなった。

どうして、こんな風にウジウジと悩まなくてはいけないのだろう。

好きな人のことを想うなら、やさしくて甘くて温かな気持ちで想いたい。

彼の顔を思いうかべて、こんな惨めな気持ちになるのは嫌だ。

——ああ、もう……いっそ、私から言おうかしら。

そんな考えが頭に浮かぶ。

こんな中途半端な状態でいるよりも、もういっそ、ミリーの方から想いを伝えようかと。

——でも、その方がいいかもしれない。

本当に今までのことが「練習」にすぎなかったとしても、傷付くことにはなるかもしれないが、思い悩むこと自体は、その瞬間に終わらせられる。

ミリーの不安が杞憂《きゆう》にすぎず、マレフィクスが単に告白のタイミングを計っているだけならば、その計画を台無しにすることになってしまうが……。

——これ以上、ウジウジ悩むのは嫌だもの。

眠れない夜は今日だけで充分だ。待つのをやめて、伝えよう。

そう心を決めて、夜明けを待った。

＊　＊　＊

そして、迎えた朝。

王宮に向かい、勢いこんで執務室に入ったところで、ミリーは「あー」と天井を仰ぎ、額を押さえることとなった。

——そうだった。今日はお休みだって言っていたじゃない！

そのやりとりが原因で、この決意をすることになったというのに。

思ったより、だいぶ疲れているのかもしれない。

小さく溜め息をこぼして、本日使用者不在の執務机を見る。

——団長……今日は、どこで何をしているんだろう。

そして、誰と一緒にいるのだろう。

モヤモヤとした気持ちがこみあげてきて、胸を押さえて溜め息をこぼしたところで、ガチャリと背後で扉がひらいた。

「——団長!?」

マレフィクスが来たのかとパッと笑顔で振り向いて、ミリーは、え、と目をみはる。

「……殿下?」

そこに立っていたのは、爽やかな笑みを浮かべたアデルバートだったのだ。

後ろにはいつもの護衛陣、その中にはウォルターの姿もあった。

「やぁ、ミリー、マレフィクスでなくてすまないね」

「あ、いえ、そんな」

戸惑うミリーに、アデルバートは目を細めて言葉を続ける。

「彼は今日休みだろう？　だから、君も休んでいるものと思っていたんだけれど、先ほど偶然見かけてね。追いかけてきたんだ」

「追いかけてきた？　何かご用事でしょうか？」

「うん。用事というよりも、相談かな……」

はぐらかすように笑うと、アデルバートはチラリと後ろを振り向き、「君たちは外で待っていてくれ」と断って、室内に足を踏み入れた。

「……扉の近くだと聞かれてしまうかもしれないから、奥で話そう」

後ろ手に扉を閉め、ニコリと命じる。

「……はい」

いったい何の相談なのだろう。

そこはかとない不安を覚えながら、ミリーが小さく頷くと、アデルバートは笑みを深めて「さあ、行こう」とミリーの肩に手を回し、促すように歩きはじめた。

そのまま、マレフィクスの執務机に向かっていき、前に着いたところでスッと手を離す。

ホッとミリーは息をつき、次いで、え、と目をみはる。

アデルバートは執務机を回っていき、マレフィクスの椅子に腰を下ろし、優雅に脚を組んだのだ。

その瞬間、ミリーの胸に名状しがたい不快感がよぎる。

けれど、すぐに我に返って、ミリーはその不敬ともいえる反感を打ち消した。

アデルバートは王太子だ。

ミリーの使っている簡素な肘掛け椅子や、読書用の椅子には座らせられない。

この部屋で彼が座るとしたら、そこ以外ないのだ。

「……それで、殿下、ご相談とは何でしょうか？」

ざわめく心を抑えて、ミリーは笑顔で問う。

「うーん、その前にまずは確認かな？」

「確認、でございますか？」

首を傾げるミリーに、アデルバートは、うん、と頷き答えた。

「君が『顔のわからない不審な魔術師と、しばしば行動を共にしていた』という報告が入っているんだ。心当たりはあるかい？」

口元に浮かべた微笑を深めてかけられた問いに、ミリーは小さく息を呑む。

「どうして、そんな報告が……」

ミリーの故郷ならともかく、王都では魔術師の存在は珍しくない。

ローブ姿で歩いていても、さほど注目されたりはしないはずだ。

それなのに、どうして――と思い、ひとつの可能性に気付く。

「……殿下、その報告はどなたから、どのようにお受けになったのですか？」

「そうだなぁ……とある人物の依頼を受けた調べものが得意な者たちが、一カ月ほどかけて集めてくれた情報を、たまたま手にする機会があった……感じかな？」

ニコリと笑って告げられた言葉に、ミリーは「ああ、やっぱり……」と心の中で呟く。

たまたま、などではない。

わざわざ、アデルバートは密偵を使って、ミリーの行動を調べさせたのだ。

――どうして、そんなことを……。

アデルバートは自分に向けられる視線にこめられた、不審と不安の色を感じとったのか、苦笑を浮かべて「ごめん、今の言い方は意地悪だったね」と謝った。

「君の想像通り、私が調べさせたんだ。どうしても、確認しておかないといけないと思ったから」

「……何をでしょうか？」

「君たちの関係性についてだよ。君が交流していたのはマレフィクスだろう?」

サラリと問われ、ミリーは咄嗟《とっさ》に「いいえ」と首を横に振るが、アデルバートは「隠さなくていいよ」と目を細めた。

「目撃者は君のことはハッキリと覚えているのに、『一緒にいた魔術師の顔はどうしても思い出せない』と口をそろえて言っていたそうだ。魔術師のローブを着ていたのは確かだが、男だったのか女だったのか、それさえもわからないとね。きっと認識阻害魔術をかけられていたんだろう。一人や二人ならともかく、その場にいた何十人もの人間が同じ証言をしている。並の魔術師の仕業とは思えない」

きっと、どこかの天才魔術師の仕業だろう――とアデルバートは笑う。

「それとは別に、とあるレストランで、マレフィクスが『生きる世界が違うお嬢さん』と食事をしていたという報告も受けているんだ。時期は五月。君とその謎の魔術師が交流を始めたのも五月。ふたつを合わせたら、もう答えが出たも同然だろう?」

「それは……」

口ごもるミリーに、アデルバートは「ミリー、大切なことなんだ」と表情を引きしめて問うた。

「正直に答えてくれ。君は、マレフィクスと恋人関係にあるのかい?」

ミリーは唇を引き結び、そっと俯いて答えた。

正直に、「いいえ」と。

「……本当に? 嘘じゃないんだね?」

意外そうに目をみはり、アデルバートが念を押してくる。

ズキリと胸が痛むのを感じながら、ミリーはハッキリと答えた。

「はい。私と団長は、恋人ではありません」

「……愛人でも？」

「っ、ありません！」

ミリーが叫ぶように言い返すと、アデルバートは「そうか、すまない」と気まずげに眉を下げて、それから、ニコリと微笑んだ。

「ならば、部下以上、恋人未満といったところかな？」

「……わかりません」

ミリーは、ゆるゆるとかぶりを振る。

その表情から、本心を語っているとわかったのだろう。

アデルバートは「そうか」と頷き、ホッとしたように息をついて呟いた。

「まだ、その段階ならば……よかった」

それから、スッと立ち上がり、ミリーのそばにやってくるとミリーの手を取り、片膝をつく。

「っ、で、殿下？」

いったい何を、という疑問への答えはすぐにわかった。

「ミリー、私の寵姫《ちょうき》になってくれないか」

「え⁉」

ギョッと目をみひらくミリーに、アデルバートは苦笑を浮かべる。

「正妃ではなくてすまないが……」

「いえ、そういうことではなく、どうして突然そんな……」

アデルバートに寵姫として望まれる理由など思いうかばない。

からかわれたことはあるが、あんなものはただの挨拶代わりの戯れで、交流らしい交流さえしたことがないのに。

「……突然のことで驚くのも無理はないよ」

なだめるように微笑んで、それから、アデルバートは言った。

「でもね、ミリー。これは国家の安寧のためなんだ」

「……どういうことでしょうか」

一呼吸の間を置いてミリーが問うと、アデルバートは語りはじめた。

この申し出は、マレフィクスにミリーを諦めさせるためのものなのだ——と。

「……ミリー、補佐官として、誰よりも近くでマレフィクスを見ていた君ならば、彼の才能がどれほど並外れたものかわかるだろう。その才能は一代で絶えさせるには惜しいものだが、扱いは慎重にならなくてはいけない。ここまではわかるね？」

「……はい」

「うん。彼には血を残してもらうため、いずれ縁談を勧めるつもりではいるが、誰かに思い入れを持たれすぎては困るんだ……誰か一人を想えば、その人間のために国を滅ぼす厄災になりかねないからね」

「そんな、厄災だなんて」

ミリーが思わず眉をひそめると、アデルバートは苦笑を浮かべて答えた。

「なりうるんだよ。ミリー、彼が『星の魔術師の生まれ変わり』だと言われているのは知っているよね？」

「え？　は、はい」

どうして今その話になるのだろう。

首を傾げるミリーに、アデルバートは苦笑を深めて告げた。

「……星の魔術師、ほうき星のしっぽに乗ってやってきた、全属性の魔術師。彼は人々に多大なる恵みをもたらしたと言われているが、その恵みをもたらすためには多くの犠牲を伴ったはずだ」

言いながら、遠い過去に思いをはせるように目を細める。

「土地を拓き、農地を作るためには元ある森を焼き、山を消し去り、川の流れを捻《ね》じ曲げる必要がある。そのために滅んだ生き物もいただろう。たまたま彼が人間に思い入れを持ってくれたから、私たちは生き残っているだけで、もしも逆の立場だったなら……どうなっていたと思う？　きっと今頃、ここは人間のいない動物たちの楽園になっていただろう。巨大な力は恵みにも、脅威にもなりうるものなんだ」

重々しく語られる言葉に、ミリーはあの豪雨に見舞われた村のことを思い出した。

あのとき、その大いなる力で、マレフィクスは崩れた山を再生し、清らかな川の流れを甦《よみがえ》らせた。

けれど、逆の行いも彼には容易いことなのだ。

「それは……そうかもしれませんが、団長はそんなことしません」

「今は、まだね」

そっと溜め息をこぼして、アデルバートは言う。

「ほうき星は『不吉をもたらす凶兆』とも言われている。マレフィクスが恋に狂った厄災になるか、後世まで讃《たた》えられる伝説になるかは……ミリー、君の決断次第なんだ」

「そんな……」

「たとえ名目だけだとしても、君が私の寵姫となれば、彼も諦めがつくはずだ。今ならば間に合う。彼のそばから離れてほしい。どうかこれ以上、彼の心を乱す存在にならないでくれ……頼む」

この国で二番目に高貴な存在に深々と頭を下げられて、ミリーは、そっと睫毛を伏せる。

事の重大さを思い知らされたようで、ひどく胸が重い。

けれど、その中には少しの喜びが交ざってしまっていた。

――こんな風に別れさせようと思うくらい、殿下の……ううん、他の人の目にも、仲良くなっているように見えていたのね。

ただの「練習」だなんて思えないくらいに。

こんなときだというのに、そのことを嬉しいと思ってしまう自分が情けない。

――王太子直々に「結ばれちゃダメだ」って言われたのに、喜んでいる場合じゃないでしょう。

元々、結ばれていい相手なのか、身分の差は気になっていた。

生まれも育ちも平民の自分と、貴族の彼。

マレフィクスの母が口にした「生きる世界が違うお嬢さん」という言葉は、あの詰るような声音と共に、今でもはっきりと覚えている。

それでも、そこまで重く考えてはいなかった。

――だって、団長は天才だから。凡庸な人間とは考え方が違うもの。

求婚する気がある以上、マレフィクス自身は身分など気にしていないのだろうと思えたから。

けれど、今告げられた理由では、彼がミリーを想っていてくれたとしても、「団長が気にしていないのなら私も気にしません」と軽々しく流すことはできない。

好きな人に世界で一番好きになってほしい。その人の特別になりたい。

それは、きっと恋をしたなら、すべての人が抱く願いだ。

それなのに、「君がそれを望むことは間違いだ」と説かれて、胸が塞がれたような心地になる。

俯き黙りこむミリーの様子から、アデルバートは自分の言葉がしっかり伝わったことを察したのだろう。

フッと表情をゆるめると、慰めるようにミリーの肩を叩いて、微笑んだ。

「考える時間が必要だろうから、返事は一日待つよ」

「……ありがとうございます」

「うん。……ミリー、君が賢い決断を下してくれることを願っている」

俯くミリーに囁いて、アデルバートは踵を返し、扉に向かっていった。

遠ざかる足音をミリーは背中で聞いていたが、見送りをしないのは失礼だろうと思い直して追いかける。

そして、ひらかれた扉の向こうに消えていくアデルバートに向かって、深々と頭を垂れて、再び上げたとき。

護衛の一団から離れて、こちらに駆け寄ってくるウォルターの姿が見えた。

「ミリーちゃん」

「ウォルターさん、何か団長に伝言があるのなら、後で――」

他の護衛がチラリと咎めるような視線を向けてくるのを目にして、ミリーは戻るように促そうとしたが、ウォルターはミリーの言葉を遮って尋ねてきた。

「殿下に何か言われた？　顔色悪いよ？」

ミリーはパチリと目をみはり、それから、ニコリと微笑んだ。

「大丈夫ですよ、ありがとうございます！」

いつものように笑顔で答えたつもりだが、言葉通りには受けとれなかったのだろう。

「……そっか」

ウォルターは悲しそうに眉を下げて、それから、ニコリと笑ってつけたした。

「あのさ、俺じゃ役に立てないことなら、団長に相談してみなよ。あの人なら、きっと力になってくれると思うから」

その言葉に、ミリーは一瞬の間を置いて、小さく頷いた。

「……そうですね、明日、ちょっとお話ししてみます」

「うん、そうして！　じゃ、またね！」

ホッとしたように頷いて、踵を返して駆けていくウォルターの背を見送りながら、ミリーは自然と微笑んでいた。

このような状況でも、嬉しかったのだ。

ウォルターがマレフィクスのことを「力になってくれる人」だと思ってくれていることが。

以前のウォルターならば、あのような提案を口にしなかったに違いない。

――ううん、ウォルターさんだけじゃない。

以前、彼は「この気付きを皆にも伝えて回る予定」だと言っていたが、実際、そうしてくれたのだろう。

他の魔術師も、マレフィクスに対して、以前よりも親しみを覚えて――と言ったら言いすぎかもしれないが――少なくとも苦手意識は薄れてきているようで、ミリーを通さず、直接マレフィクスに個人的な要望を伝えに来る者も、この頃は増えつつある。

このままいけば、いずれ、伝言係としてのミリーは必要なくなるだろう。

――そうなったら、私が補佐官である必要も、なくなるわよね。

元々、宮廷魔術師になれるほどの才能はないのだから。

ミリーがマレフィクスのそばからいなくなっても、魔術師団としては問題なくなるということだ。

それは、アデルバートの申し出を受けても、彼らに迷惑をかけずにすむということでもある。

――いいこと……なんでしょうけれど。

寂しいと思ってしまうのは、きっと贅沢《ぜいたく》だ。

主《あるじ》のいない執務机に視線を向けて、ミリーは小さく溜め息をこぼす。

明日、話を聞いたマレフィクスは何と言うだろう。

たとえ、本当に今までのことがただの「練習」にすぎなかったとしても、補佐官としてのミリーの存在を惜しんでくれるだろうか。

――せめて、少しくらいは……そうだといいなぁ。

願いながら、またひとつ溜め息をつくと、いる必要のない場所から立ち去った。

＊＊＊

何と話そうかと悩み、まんじりともせずに朝を迎えて。

執務室で顔を合わせるなり、マレフィクスは微かに眉をひそめて尋ねてきた。

「……どうしました？」

その視線が自分の目の下に浮かぶ隈《くま》に向けられているのに気付いて、ミリーが咄嗟に隠すように手で押さえると、彼は眉間の皺をわずかに深めた。

「昨夜は夜更かしでもなさったのですか？」

問う声音は自己管理の不備を責めるものではなく、体調を案じているように聞こえて、ミリーは強ばっていた心が、ふとゆるむのを感じた。どう切りだすか迷っていたが……。

「……団長」

「はい、何でしょう」

「実は昨日、王太子殿下から寵姫になってほしいと申しこまれました」

素直に告げると、マレフィクスはピタリと動きをとめて、一呼吸の後、静かに尋ねてきた。

「……同意なさったのですか？」

「いえ……」

答えかけて、ミリーは言い直す。マレフィクスの気持ちを確かめたくて。

「もしも、そうだと言ったら、どうなさいますか？」

アデルバートの申し出を受けるしかないと思っていた。

けれど、もしも、もしもマレフィクスが反対してくれたなら、そのときは――。

――もう一度、殿下とお話しして、団長のそばにいられる道を探そう。

そう思い、ミリーは祈るように彼の答えを待った。

痛いほどの沈黙が広がり、やがて、ふ、と小さくマレフィクスが息をつく。

長い睫毛が震え、ゆっくりとまたたきをひとつして、彼は微笑んだ。

「……祝福したいと思います」

「え……？」

「正妃でないのは残念かと思いますが、寵姫、公妾《こうしょう》という立場であれ、王太子の寵愛を受けることは名誉なことでしょうから」

淡々と紡がれる言葉は耳に入っていても、頭が、いや心が理解するのを拒むようで。

ミリーは半ば呆然としながら、ポツリと返す。

「……よろしいんですか？」

「何がでしょう？」

「私が殿下の寵姫になっても、団長は、かまわないんですか？」

どうか否定してほしい――そんな願いは届かなかった。

「もちろんです。あなたがお決めになったのならば、私が口を出すことではありませんから」

凪いだまなざしで告げられた言葉が、まっすぐにミリーの胸を抉《えぐ》る。

――そっか……反対してては、くれないんだ。

ようやく理解が追いついて、ミリーは深い絶望と共に、ふと思いつく。

――もしかして、団長……殿下に何か言われていたのかしら？

アデルバートはミリーと話す前に、マレフィクスと話をして、釘を刺していたのかもしれない。

「最近の君の行動は目に余る。立場を考えて、彼女と距離を置きなさい」とでも。

もしくは、「ミリーを寵姫にするつもりだから、身を引いてくれ」とでも伝えていたのか。

そうだとしたら、この半月の変わりようにも納得がいく。

ミリーが悩んでいる間、とっくにマレフィクスは二人の関係に見切りをつけていたのだろう。

それを「不実だ」と責めることなどできない。

マレフィクスは貴族で、魔術師団長で、国に仕える身なのだ。

その責任を投げ捨てて、アデルバートから奪いとってほしいと思うのは、身勝手なわがままだ。

――逆に考えれば、そこまでするほど、すごく好きってわけじゃなかったってことよね。

そうとわかってよかったではないか。

これで、心置きなく、彼を諦められる――そう思ったら、ふふ、と乾いた笑いがこぼれた。

「そうですか。では、殿下の申し出をお受けします。次の補佐官の方に、急いで引き継ぎをしなくてはいけませんね」

ミリーが空虚な笑みを浮かべて言うと、マレフィクスは「いいえ」と首を横に振った。

「結構です。それは私の方で行います」

「そうですか。それならば、すぐにでも交代できますね」

「はい、問題ありません。何でしたら、今すぐに辞していただいてもかまいません」

「……そうですか」

もう、それしか言えなかった。

――補佐官としても、惜しんでもらえないんだ。

気遣いめいた提案に心をいっそう踏みにじられたようで、情けなくて悔しくて、悲しくて、ズキズキと胸が痛む。

いったい、この四カ月は何だったのだろう。

精一杯頑張ってきたつもりだったのに、補佐官としても女性としても、マレフィクスにとって、手放しがたい存在にはなれなかった。

――これで終わりね。

もうここにいたくない。これ以上ここにいたら何を口走るかわからない。

彼の提案通り、「今すぐに」去ろう。

「……では、お言葉に甘えさせていただきますね！」

目の奥が熱くなり、涙がこみあげそうになるのを堪えながら、ミリーは微笑んだ。

せめて、最後は笑って別れたい。

怒りや悲しみで歪んだ顔ではなく、笑顔の自分を覚えていてほしいと思って。

「短い間ではありましたが、団長のおそばで、たくさん勉強させていただけて嬉しかったです！本当にお世話になりました！」

一呼吸の間を置いて、マレフィクスは浮かべていた微笑を深めて答えた。

「私も、あなたのおかげで多くのことを学ばせていただきました。本当にありがとうございます。

……どうかお元気で」

「はい！　ありがとうございます！　団長もどうかお元気で！」

ミリーはニコリと明るく告げて、深々と頭を下げてから、クルリと踵を返す。

そうして、マレフィクスに背を向けて歩きだした。

背に視線を感じたが、引きとめる声は聞こえなかった。

未練がましく、一縷《いちる》の望みを抱きながら、歩きつづけて。

やがて執務室から一歩外に踏みだし、そっと扉を閉めるなり、ポロリとこぼれた滴が頬を伝う。

もうここに来ることはないだろう。

もしかしたら、二度と会うことさえないかもしれない。

――でも、それでいいのよね。終わったんだから。

ああ、と溜め息をついて、ミリーは呟く。

「……初恋は叶《かな》わないっていうけれど、本当なんだなぁ」

乾いた笑いをひとつこぼして、グッと奥歯を噛みしめると、ミリーはこみあげる嗚咽《おえつ》を堪えて、アデルバートのもとに向かった。

＊　＊　＊

「……そうか、よく決心してくれたね」

アデルバートの執務室に通され、彼の寵姫になることを伝えると、彼は執務机から立ち上がり、ミリーのそばに来て、そっと肩を叩いて慰めた。

「辛い決断だったと思う。今日はもう何も考えず、ゆっくり休むといい」

赤くなったミリーの目を痛ましげに見つめながら、アデルバートが言う。

「……ありがとうございます、殿下」

「うん。今、侍従に新しい羽根ペンを取りに行かせているところでね。戻ってきたら案内させるよ」

そう言われて、チラリと動いた彼の視線を追うと、執務机の上の真ん中に転がるものがミリーの目に入った。

――え、あれって……羽根ペン？

その羽根ペンだったらしき物体は、すっかり羽根が焼け焦げ、ほとんど軸だけになっていた。

すぐそばに封蠟《ふうろう》で閉じられた手紙があるところを見ると、封を捺《お》す際に、うっかり蠟燭《ろうそく》を倒してしまったのだろうか。

「……ちょっとね、流れ星のしっぽに焼かれてしまったみたいなんだ」

アデルバートは冗談めかした口ぶりで言うと、その羽根ペンの残骸を手に取り、目を細めた。

「珍しい水鳥の羽根で、気に入っていたんだけれど……でも、おかげで収穫もあったよ」

ひとりごとめいた口調で呟いてから、いつもの爽やかな笑顔をミリーに向ける。

「すぐ戻ってくると思うから、ちょっと待っていてくれるかい？」

言われて、ミリーは、そういえば、と首を傾げる。

「あの、案内するとはどちらへ？」

「もちろん、私の離宮にだよ」

サラリと告げられ、え、とミリーが目をみはると、アデルバートは安心させるように微笑んだ。

「マレフィクスの気が変わらないうちに、早く形を整えてしまった方がいいだろう？」

「それは……」

「荷物は後から運びこめばいい。それに……君も、今は彼と顔を合わせたくないはずだ」

君の気持ちはわかっているよ――と慰めるような笑みで告げられ、ミリーはそっと睫毛を伏せる。

確かに、そうしてしまえば、キッパリ諦めもつくだろう。

それに、アデルバートと一緒にいるところをマレフィクスに見られずにすむ。

そして、ミリーも見ないですむ。それを目にしたマレフィクスがどのような顔をするのかを。

「……そうですね、わかりました。では、このまま離宮に入らせていただきます」

「うん。今後の詳しいことについては執務が終わってから、今夜にでも話をしよう。それまでは、ゆっくりしていてくれ」

「はい、ありがとうございます」

答えたところでノックの音が響き、アデルバートの侍従が入ってくる。

「……では、また後でね、ミリー」

「はい、失礼いたします」

深々と頭を垂れて――そうして、ミリーはアデルバートの離宮に入ることとなった。

＊　＊　＊

その夜、豪奢な調度に囲まれ、金の天蓋を戴《いただ》く寝台に腰かけて、ミリーは涙を流していた。離宮の一室に通されて、一人になったところで、堪えていたものが堰《せき》を切ったようにあふれだしてしまって、それからはずっと泣き通しだった。

支度のために入ってきた侍女に何度もたしなめられ、先ほど出ていくときにも「化粧が落ちますので、これ以上は泣かないでください」と釘を刺されたが、どうしてもとめられなかった。

――お化粧なんていらないのに。

名目上だけとはいえ、寵姫として体裁を取り繕う必要はあるのだろう。

浴室で身体を清められ、肌にも爪にも髪にも薔薇の香油を塗られ、純白のリネンのシュミーズを着せられ、薄く化粧をほどこされて。

仕上げにアデルバートの目の色をイメージした、深い灰色の薔薇の髪留めをつけられた。

その支度の間中、栓がゆるんだ蛇口のようにジワジワと滲んだ涙がふくれあがっては、下睫毛を濡《ぬ》らして頬へと滑り落ちていた。

――本当に……思ったより、私、団長のこと好きだったんだなぁ。

試すようなことを言わなければよかった。

素直に「団長のことが好きなので、殿下のもとに行きたくありません」と泣いてすがれば――。

いや、そんなことをしなくてよかったのだ。マレフィクスのミリーへの想いは、王太子の命令と天秤《てんびん》にかけて、譲ってしまえるくらいのものでしかないのだから。

――あんな風に笑顔で送りだしてほしくなかったけれど……すがったあげく困った顔されちゃう方が、もっとキツいわよねぇ。

はは、と乾いた笑いがこぼれ、ついでに、またひとつ涙がこぼれでる。

「……ああ、もう……いつまで出るのかしら、もう終わったのに」

指先で払って、ミリーは溜め息をこぼす。

「そうよ。もう終わっちゃったんだから、この先のことを考えないと……」

しばらくの間は、この離宮でひっそりと過ごすことになるだろう。

そして、いつかマレフィクスがしかるべき妻を娶《めと》ったら、もうここにいる必要はなくなる。

そうなったら、暇乞《いとま》いをして、王都を離れようか。

「それで、村に帰って……『村の頼れる便利屋さん』になるのよ」

マレフィクスと「練習」を始める前に描いていた、当初の計画通りに。

彼のそばでたくさんのことを学ばせてもらった。

その経験を活かして、ショボい魔術師なりに、精一杯人の役に立って生きていくのだ。

「そうしたら……寂しくないわよね」

自分を励ますように呟いたところで、廊下の方から、こちらに近付いてくる足音が聞こえた。

一人ではなく、三人ほどいるようだ。アデルバートとその護衛だろうか。

慌てて立ち上がりながら、さすがに夜は護衛が少なくなるのだな、などと思っていると、足音が部屋の前まで来て、ノックの音が響いた。

「ミリー、入るよ」

夜でもなお爽やかな声が聞こえたと思うと、ミリーが答える前に扉がひらく。

そして、白いシャツに黒のトラウザーズという簡素な装いのアデルバートが入ってきた。

彼は外の護衛に向かって「邪魔はしないでくれよ」と笑顔で声をかけると、後ろ手に扉を閉めて、ミリーに微笑んだ。

「……よかった。泣きやんでくれたんだね」

にこやかな笑みを浮かべながら、アデルバートはミリーの前にやってくるとスッと両手を差しだして――。

え、と声を上げたときには、ミリーは彼に抱きしめられていた。

一呼吸の間を置いて我に返り、その手を振りほどこうとするが、いっそう強く腕の中に閉じこめられる。

「っ、殿下、お放しください！」

「どうして？」

「どうしてって――」

「君は私の寵姫になったのだから、君を抱くのは当然の権利だろう？」

アデルバートにサラリと笑顔で告げられて、ミリーは目をみひらく。

「……だ、抱く？　殿下が、私をですか？」

「そうだよ。寵姫とはそういうものだからね」

当然のように返されて、ミリーの瞳が揺れる。「そういうもの」だとはわかっているが――。

「でもっ、名目上だけだとおっしゃったじゃないですか！」

悲鳴じみた声でミリーが言い返すと、アデルバートは悪戯を明かす子供のような笑みで頷いた。

「そうだね。でも、名目上の前に『たとえ』とつけていただろう？　あれはたとえばの話だよ」

「そんな……！」

名目上だけだと思ったから承諾したのだ。

本当にアデルバートのものにならないといけない、とわかっていたなら、従ったりはしなかった。

マレフィクスと結ばれることが許されなかったとしても、ここにだけは来なかった。

これでは騙《だま》し討ちも同然ではないか。

「どうして、そんなことを……！」

アデルバートならば、ミリーよりもっと美しい女性をいくらでも得られるはずだ。

こんな卑怯《ひきょう》な真似をしてまで、どうして。

不信感と憤りもあらわにアデルバートを見据えると、彼は困ったように眉を下げて、「ミリー、聞いてくれ」と囁いた。

「騙すような真似をしたことは謝るよ。でも、初めて会った日から、私は君を憎からず思っていたんだ。たっぷりの陽ざしを浴びて実った、林檎の果実のような可愛らしい女性だと。その気持ちは今も変わらない。戯れでこうしているわけではないんだ……だから、どうか私の想いに応えてくれないか」

切々と告げられ、ミリーは睫毛を伏せる。

「そう思ってくださるのは光栄です。ですが……どうか、お許しください」

「……それほど、彼のことが好きなのかい？」

「はい、申しわけありません」

迷いなくミリーが頷くと、アデルバートは「そう」と頷き眉をひそめた。

「彼の何が君の心を射とめたのかな……まあ、少なくとも地位ではないだろうね。それなら、私が選ばれるはずだ。やはり才能かな？　魔術師として、尊敬せずにはいられないだろうからね」

ぶつぶつと呟いて、はあ、と溜め息をこぼす。

「確かに、私にはマレフィクスのような才能はない。彼と違って、私は凡庸な人間だ」

自嘲めいた笑みを浮かべながら、「それでも」とアデルバートは続ける。

「凡庸だからこそ、彼よりも君を幸せにできると思うんだ。彼のような天才には、私たちのような凡庸な人間の気持ちはわからないからね」

「っ、そんなことありません。団長にだって、人の心はわかります。やさしい人です！」

思わずミリーが言い返すと、アデルバートの笑顔が崩れた。

「そんなことはない。彼は天才だ。凡庸な人間の心も愛もわからないよ」

ゆるりと首を振って、彼は呟く。

「わかったとしても必要はないはずだ」

ミリーが「え？」と目をみはると、皮肉げに唇の端を持ち上げ、アデルバートは続けた。

「彼には才能がある。それで充分じゃないか。人並みの幸せなんて、いらないだろう」

そう語る口調は穏やかだが、灰色の瞳には激しい感情が浮かんでいた。

嫉妬のような、怒りのような、見ようによっては嫌悪のような。

それに気付いて、ミリーはアデルバートが騙してまで自分を手に入れようとした本当の理由が、うっすらとわかった気がした。

マレフィクスに「特別な存在を持たせたくなかった」という理由も嘘ではないのだろう。

けれど、その裏には、彼がマレフィクスに抱く劣等感のような憧れ、そして、その憧れの相手である「マレフィクスが欲しがっているものを奪ってやりたい」という気持ちがあったのではないか。

そう、感じてしまった。

「……お気持ちはわかりました。ですが、お許しください」

気付いてしまった以上は、素直にアデルバートの好意を受けとめることなどできない。

「……そう、残念だよ」

アデルバートは深い溜め息をこぼし、「でも」と続けた。

「君の気持ちはわかったけれど……やっぱり、名目だけでは足りないと思うんだ」

そう言うと、ミリーの背に回した腕に力をこめて引き寄せた。

二人の間にあったわずかな距離が埋まり、シュミーズとシャツ、二枚の布を挟んで二人の身体がふれあう。

布越しに感じるアデルバートの体温と身体の感触に、ミリーはゾワリと鳥肌が立つのを感じた。

――い、嫌、気持ち悪い……！

マレフィクスにふれられたときとは、まるで違う。

最初の不意打ちの口付けでさえ、こんな風な悍《おぞ》ましさは感じなかった。

――無理、無理だわ……！

この男を受け入れることはできない。

「殿下、放してください！」

「っ、ミリー、大人しく受け入れてくれ。これは、彼を諦めさせるためには必要なことなんだ」

「いやっ、無理です！」

ミリーはアデルバートの胸を押しのけようと手を突っぱり、身体に巻きつく腕に爪を立てて必死にもがくが、細く見えた彼の腕は枷《かせ》のようにミリーを捕らえて放さない。

力では無理だと、ミリーはもがくのをやめて目をつむり、呪文を唱える。

アデルバートを眠らせるために。

幼い子供にしか効いたことはないが、眠気で動けなくなってくれたらそれでいい。

目をつむったことで諦めたと思ったのか、満足そうにアデルバートが息をつく気配がして、背に回った彼の腕が、右手は上に左手は下に下がる。

シュミーズ越しに腰を、背を撫でられて、いっそう肌が粟立《あわだ》つ。

それでも、呪文を途切れさせまいと、ミリーは必死に頭の中で唱えつづける。

魔術は、最後の一言まで唱えきらなければ発動しない。

それは揺らぐことのない絶対的なルール、そのはずだったのに――。

突然、フッとアデルバートの手から力が抜けた。

ふらりとよろけた身体が倒れこむようにもたれかかってきて、ミリーはハッと目をひらく。

「っ、で、殿下⁉」

咄嗟に受けとめた後、床に横たえてその顔を覗きこむと、アデルバートは目をつむってすっかり眠りこんでいた。

――どうして？　まだ、発動してないはずなのに……。

訝しんだそのとき、不意に、窓から差しこむ月明かりが翳《かげ》った。

窓に視線を向けて、ミリーは目を疑う。

四方から現れた何かが窓を這《は》い、蛇のように蠢《うごめ》きながら覆っていくのが見えたのだ。

――何あれ……！

ゾッと背すじに冷たいものが走って、慌てて立ち上がり、身がまえたところで――。

――え、あれって、もしかして……。

こわごわと目を凝らし、それが茨のつるだと気付いた瞬間。

ミリーは窓に駆け寄り、茨に声をかけていた。

あの屋敷の門でしたように、茨を操るその人に向かって。

「団長、ミリーです！　私は――」

ここにいますと告げる前に茨がほどけ、ほどけたそれが窓の隙間から入りこみ、押しひらいた。

ぶわりと吹きこむ風に、ミリーは思わず目をつむり、よろめくように後ずさる。

そして、おそるおそる目をひらいて見えたのは、いつもと変わらぬ漆黒のローブをまとい、月光を背負って立つマレフィクスの姿だった。

彫像めいた美しい顔は降りそそぐ月光が作りだす影に沈んで、その表情は見えない。

それでも、彼がジッとこちらを見つめていることだけはわかった。

「っ、団長……っ」

安堵と歓喜と戸惑いと、こみあげる様々な想いに視界が滲む。

どうして来てくれたのだろう。わからない。

ウォルターがマレフィクスに何かを言ってくれて、ミリーを心配して来てくれたのか。

それとも、もしかしたら、取り戻しに来てくれたのだろうか。

——ううん、どっちでもいい。もう、どっちでも……だって、来てくれたんだもの！

想いを告げるならば今しかない。この先がどうなろうと、それだけは今、伝えなくては。

背後で倒れているアデルバートのことなど、もう目に入らなかった。

「団長、私——」

ふくれあがった涙が頬を伝い、ミリーが息せき切って心を打ち明けようとしたそのとき。

一歩前に出たマレフィクスが手を伸ばし、ミリーをそっと抱きしめた。

月明かりがずれて、彼の美しい相貌を照らしだす。

ミリーは愛《いと》しさをこめてその顔を見上げて、ハッと目をみひらいた。

彼は眉をひそめ、目元を歪めた、ひどく悲痛な表情でミリーを見つめていたのだ。

「団長……？」

こわごわと呼びかけて返ってきたのは、表情と同じく、ひどく苦しげな声だった。

「……あなたに嫌われに来ました」

「……え？」

いったい何を言っているのだろう。

困惑げに瞳を揺らすミリーに、マレフィクスは眉間の皺を深めて、呻くように告げた。

「やはり、無理でした」

「……無理？　何がですか？」

「あなたの意志を尊重することがです」

ギリリと奥歯を噛みしめて、ミリーを抱く腕に力をこめ、彼は叫んだ。

「たとえ理解してもらえなくても、合意を得られなくても、ひとりよがりの暴走の結果、あなたに嫌われることになったとしても！　私は、あなたを誰にも渡したくない！」

さらけだした想いの丈をぶつけられ、ミリーは息を呑む。

「……団長」

「……ミリー、以前、殿下にあなたがふれられかけたことがありましたよね」

「は、はい」

「ひどく不快で、気付けばあなたの頬にふれていました。あのときは、どうしてそうしたのかわからなかった」

だから、林檎の硬度がどうとか、それらしい理屈をつけたのだろう。

「ですが、今日、あなたを送りだした後、あなたに殿下がふれるのだと思ったら……あのときとは比較にならないほどの不快さ……いえ、殿下への憎悪を覚えました。それこそ、燃えるような」

その言葉に、ミリーの頭をよぎったのは、あの羽根ペンだった。あれはいつ燃えたのだろう。

――団長が……燃やしたの？

思わずミリーが、ふるりと身を震わせると、それに気付いたのか、ふ、とマレフィクスは唇の端をつり上げた。

「……どうやら、私は、あなたを誰にもふれさせたくないようです」

自嘲めいた笑みを浮かべながらそう言って、彼はミリーの右手を取ると、自らの頬にふれさせて
「叩きたければどうぞ」と囁いた。

「私のこの行動が、あなたに教わったことに反すると、間違っているとわかっています。ですが、あなたのおかげで……いえ、あなたのせいで私は生きる喜びを知ってしまいました。誰かと食事をする楽しさも、ただ一緒にいるだけで心が満たされる時間の尊さも……知らずとも生きてこられたのに、もう、知る前には戻れない。あなたでないと嫌なのです」

切々とマレフィクスは訴える。

「たとえ、あなたが殿下との未来を望んだとしても、私が生きているうちは選ばせない」

菫色の瞳に暗い光を湛えて、彼は再び茨に覆われつつある窓に視線を向けた。

「ここは茨で閉ざします。誰も入ってこないよう、誰も出ていけないように……ですが、安心してください。誰も殺しはしません。深く長い眠りにつくだけです。私の魔力、いえ、命が尽きるまで……ほんの百年ほどですよ。時期がくれば魔法が解けて、すべての者が目覚め、王子様と結ばれる日がきます……ですから、どうか。そのときまで、私と一緒にいてください」

頬に添えていたミリーの手に額を押しあて、深く頭を垂れるように、彼はそう願った。

ミリーは少しの間、何も言えなかった。

あまりにも、あまりにも彼の想いが強すぎて。

王子様をお城ごと茨で囲って、百年の眠りにつかせようとするなんて。

——本当に厄災……ううん、おとぎ話の悪い魔法使いみたい。

自分が考えていたよりも遥かに、マレフィクスはミリーのことを愛してくれていたのだ。

そのことを思い知って、心が震えた。

それは少しの恐怖も混ざっていたが、こみあげる愛しさと歓喜ゆえのことだった。

——私が間違っていたんだわ……。

先ほどの口ぶりからして、マレフィクスはアデルバートに何かを言われたわけではなく、ミリーの意志を尊重して諦めようとしたのだろう。

ならば、きっとこの半月の態度の変化にも、彼なりの理由があったはずだ。それなのに……。

ウジウジと悩まずに想いをぶつけて、さっさと問いただせばよかった。

確かめもせず諦めたりしないで、アデルバートの申し出を受けたくないと「団長が好きなので、そばにいたいです」と真っ向から伝えなくてはいけなかった。

そう、マレフィクスが思い詰めてしまわないように、腹をくくって愛を乞うべきだったのだ。

ミリーの決断次第だと言った、アデルバートの言葉はある意味正しかった。

——もう、逃げない。遠慮なんてしない。

マレフィクスの想いを受けとめて、二人で幸せになる道を探そう。一緒に。

「……ねぇ、団長」

ミリーはマレフィクスにつかまれていない方の手で、そっと彼の頬にふれた。

ビクリと強ばる気配に眉を下げ、微かに震える声で問う。

この期に及んで、それでもどうしても、肝心の一言が聞きたくて。

「これって、告白ですか？」

「違います」

すぐさま返ってきた言葉に、ミリーは苦笑を浮かべる。

「こんなことまでしておいて、何が違うんですか？　私のこと、お好きなんですよね？　だから、今のは告白ですよね？」

「違います」

ゆるゆると子供のようにかぶりを振って、マレフィクスは繰り返す。

「違います。告白はしません。……計画は完璧だったのに」

「計画なんてどうでもいいから、今、してください」

「嫌です！　失敗するとわかっているのに、したくありません！」

この期に及んで、それでもどうしても、肝心の一言が唱えられない彼に、どうしても言わせたい
ミリーはつかまれた手とつかまれていない手、両の手で彼の頬を挟んで。

そっと顔を近付け、目をつむり、唇を奪った。

「……ん」

ゆっくりと目蓋をひらくと、こぼれ落ちんばかりにひらいた菫色の目と目が合う。

星が散った夜空色の瞳に月の光が差しこみ、暗い影を拭い去り、美しい輝きを取り戻すのを見て、
ミリーは小さく安堵の息をつく。

「……ほら、成功保証、つけてさしあげましたから」

ニコリと笑って促すと、マレフィクスは長い睫毛をしばたかせ、え、とうろたえた声を上げる。

「で、ですが、あなたは殿下のことを――」

「好きじゃありません。勘違いさせて、ごめんなさい」

「え……では、どうして寵姫になど……もしや、脅されたのですか？」

菫色の瞳が剣呑な光を帯びる。

殺しはしないと言っていたが、あれはアデルバートがミリーの想い人だと思っていたからだ。

マレフィクスの視線が背後で転がる存在に向かいそうになったところで、ミリーは彼の頬を挟む手に力をこめて引きもどした。

「いえ、ちょっと勘違いするようなことは言われましたが……脅されたわけではありません」

騙し討ちめいたことをした上、手籠《てご》めにしようとしたことは許せない。

けれど、ここでマレフィクスにアデルバートを殺させるわけにはいかない。

それでは、アデルバートの言っていた通り、マレフィクスが厄災になってしまう。

だから、ミリーは半分本当の答えを口にした。

「寵姫の申し出を受けたのは、あなたから離れて、あなたを諦めるためです」

「……諦める？　どうしてですか？」

その問いへは、半分嘘の理由を返した。

「……つりあわないと思ったからです。私は生まれも育ちも平民だし、団長とは生きる世界が違いますから」

「そのようなことで？」

心底意外そうに呟いてから、マレフィクスはハッと何かに気付いたように目をまたたかせ、眉を下げた。

「ああ、すみません。母の言葉が気にかかっていたのですね。どうして、あのときすぐにフォローしなかったのでしょう」

溜め息をひとつこぼし、彼は「どうか気にしないでください」と微笑んだ。

「母は『あなたの才能にみあう才能と家柄を持つ相手』などと言っていましたが、私ほどの才能を持つ者はいませんから、誰を選ぼうと誤差の範囲です。家柄も買おうと思えば買えます。つまりは、好きな相手を選んでもかまわないということです」

迷いのない口調で告げられ、ミリーは一瞬の間を置いて、ふふ、と笑ってしまう。

——めちゃくちゃだけれど、団長らしい。

どうしてこんなに可愛らしく愛しい人の想いを試そうなどと、この恋を諦めようなどと、思ってしまったのだろう。

「……私こそ、悩んでいること、ぜんぶ言えばよかったですね。二人の未来のことなんですから。勝手に諦めないで、きちんと団長と話せばよかった。本当に、ごめんなさい」

深々とミリーが頭を垂れると、マレフィクスはゆるりとかぶりを振った。

「いえ、あなたが謝る必要はありません。私の方こそ、『あなたが決めたなら』などと物わかりのいいふりをしないで、『行かないでほしい』と、なりふりかまわずすがるべきでした」

深々と溜め息をひとつこぼして、それから、彼は覚悟を決めたように表情をあらため、ミリーと向きあった。

そして、星を湛えた瞳にミリーだけを映して、最後の一言を唱えた。

「……あなたが好きです」と。

ミリーもマレフィクスがマロウブルーにたとえた瞳に、彼だけを映して答えた。

「私も、あなたが好きです」と。

そして、互いに目蓋の裏側に今この瞬間を刻みこむように目をつむり、そっと唇を重ねた。

温かくて心地好くて胸がじんわりと満たされるような不思議な感覚、「本当のキス」がもたらす喜びにミリーは泣きたいような幸福感を覚える。

——うん、幸せ……団長がいい。団長にだけ、ふれられていたい。

考えるべきことはたくさんあるかもしれないが、今、考えたいことはそれだけだった。

ゆっくりと互いに目蓋をひらいて微笑みあい、ふとマレフィクスの視線がミリーの髪にずれて、その瞳を暗い翳りがよぎる。

きっと、ミルクティー色の髪に飾られた灰色の薔薇に気付いたのだろう。

アデルバートの目の色をした、所有の証に。

「……あなたには、あまりに相応しくない色ですね」

呟く声には、ドロリとした感情が滲んでいる。

「……そうかもしれませんね」

マレフィクスがアデルバートのことで、心をくもらせる必要なんて、少しもないのに。

けれど、それも、ミリーのせいともいえるかもしれない。

ミリーがここに来なければ、アデルバートの色を身につけることも、その姿をマレフィクスが目にすることもなかったのだから。

「外してもよろしいですか？」

コクリと頷き、ミリーは答えた。

「いいですよ……髪留めだけでなく、ぜんぶ、いいです」

今、ミリーがまとっているものはすべて、アデルバートのために用意されたものだから。

「ぜんぶ、脱がせちゃってもかまいません」

告げた途端、わずかにみひらいた彼の目が、髪留めからミリーの顔へと向けられる。

「……そうですか」

星空色の瞳に熱が生まれ、ジワリと高まり、ふと星のまたたきのように揺らぐ。

「……あの、ミリー。念のため、ご確認したいのですが」

「はい」

ミリーを見つめるまなざしに焦がれるような恋情と、わずかなためらいを浮かべて彼は問う。

「それは、お誘いと思ってかまわないのでしょうか？」

「お誘い？」

「はい、婚前交しょ――」

皆まで言われる前に、ミリーは彼の唇を自分の唇で塞ぎにかかった。

――もう、そんなこと聞かなくていいのに！　でも……聞いちゃうのが、団長なのよね。

恋愛指南役は卒業したはずなのに、どうやら彼にはまだ、覚えてもらわなくてはならないことがたくさんありそうだ。

そっと目蓋をひらいて、ミリーは、ふふ、と微笑み、答えを囁いた。

「……この先のことをしてもかまいませんよ、という意味です」

「……そうですか、では、喜んでお誘いに乗らせていただきます」

彼の瞳にまたたく熱が弾けるように高まり、ミリーの背を撫で上げた手がうなじをつかむ。

目をつむると同時に、食らいつくような口付けを返され、ググッと体重をかけられて。

グラリと身体が後ろに傾き、あ、と思ったときには倒れこんでいた。

「――っ、ぇ」

背に感じたのは硬い床ではなく、ふんわりとしたやわらかな毛皮――いや、毛布の感触。

目をあけると、ミリーは離宮ではなく、茨屋敷のあの部屋にいた。

＊＊＊

マレフィクスがミリーの顔の横に手をついて、夢のように美しい顔が近付いてくる。

「……ん」

そっと目を閉じたところで唇が重なり、離れて、また重なって、少しだけ強く押しつけられる。

角度が変わった拍子に薄い皮膚がすりりとこすれ、得も言われぬ、淡く甘い心地好さを覚えた。

はぁ、と思わずこぼした吐息で、互いの唇がジワリと熱を帯びる。

「……ん、不思議です」

マレフィクスが呟くのに、ミリーが薄く目をあけて「何がですか？」と尋ねると、彼は確かめるように軽くミリーの唇を食んでから答えた。

「観覧車でも思ったのですが、ただ薄皮一枚、表皮と表皮をふれあわせているだけだというのに、どうしてこれほど心地好いのでしょうね」

トロリと目を細めて問われ、ロマンの欠片もない言い方だというのに、ミリーは胸が甘く疼くのを感じた。

――そっか……団長も、キス、気持ちいいんだ。

嬉しいような面映ゆいような心地で、ふふ、と微笑む。

「……本当、不思議ですね」

「ええ、未知の魔術のようです」

微笑を浮かべて頷くと、マレフィクスは「ぜひ、探求させてください」と囁いて、再びミリーの唇に食らいついた。

「んっ、……ぁ」

マレフィクスの濡れた舌が唇をなぞり、そのあわいからミリーの中に潜りこんでくる。

舌先が軽くふれあった瞬間、ゾクリと頭の後ろに走った甘い痺《しび》れにミリーが小さく肩を揺らすと、いっそう深く入りこんできた舌に舌を搦《から》めとられた。

「……ん、っ、……ふ」

ぴちゃくちゅと湿った音を立てて舌がこすれあうたびに、頭の芯がじんわりと蕩けていくような幸福感を覚える。

――これ……気持ちいい。

いつの間にか閉じていた目蓋をうっすらとひらいて目が合った彼の瞳も、心地好さそうに潤んでいて、トクリとミリーの鼓動が跳ねる。

彼も同じように感じてくれているのだろうか。

こんな風な深い口付けは、マレフィクスも初めてのはずだ。

軽い口付けだって、きっとミリーとが初めてだった。

この先の行為もぜんぶ、ずっと二人で初めてを重ねていくのだと思うと、ふつふつと胸の奥から期待めいた喜びがこみあげてくる。

――もっと、一緒に気持ちよくなれたらいいな。

そう思ったのは、きっと二人一緒。

いや、探求心の強い彼のことだ。ミリーよりも、もっと強くそう思ったかもしれない。

どんな風にすれば、目の前の愛しい人を喜ばせられるか、一緒に悦《よろこ》びをわかちあえるか。

互いに探り探り、ときおり瞳を覗きこみあいながら、口付けを重ね、深めていく。

段々と二人の息が乱れ、気付けばミリーはマレフィクスの首に腕を回してすがりつき、顔の横に置かれていた彼の手は、ミリーの頭と背を抱えこむようになっていた。

強く抱かれ、身体にかかる彼の重みに、ミリーの鼓動が高鳴る。

ローブとその下に着ているであろうシャツ、そして、自分のまとうリネンのシュミーズ、三枚の布越しに感じる彼の身体は、しなやかに引きしまり、意外なほどに逞《たくま》しい。

――運動とかしていないはずなのにね……不思議。

やはりこれも魔術で管理しているのだろうか。

好奇心から、ミリーが筋肉のつき具合を確かめるようにマレフィクスの腕に手を這わせ、そっと撫で上げると、ふ、と彼の息が乱れ、口付けがほどけた。

濡れた音を立てて舌が離れる。

つ、と二人の間に伸びた銀糸を――おそらくは無意識にだろう――舐《な》めとると、マレフィクスはトロリと目を細めてミリーを見下ろしてきた。

「ミリー、口付けの効能の検証は、もう充分だと思いますので……もう少し、先に進んでもかまいませんか？」

問うまなざしには、無垢《むく》な少年めいたひたむきな恋情と、餓《う》え焦がれるような熱が灯っている。

「っ、……はい」

ミリーがコクンと喉を鳴らして頷いたところで、ミリーの頭にふれていた彼の指が、ふわふわと波打つミルクティー色の髪に潜りこむ。

そのまま手櫛で梳《と》かすように撫でられたかと思うと、一瞬何かに引っかかり、けれど、その抵抗はすぐになくなった。

——あ、もしかして……。

ミリーは手を上げて髪にふれ、確かめる。やはり、髪留めが消えていた。

「……外してもよかったのですよね、ミリー？」

囁く声とまなざしにジワリと嫉妬を滲ませて問われ、ミリーはゾクリとした恐れまじりの喜びが背すじを走るのを感じた。

「っ、はい。もちろんです」

頷きながら視線を動かしてみるが、辺りの床には見当たらない。

——どこやっちゃったんだろう。まあ、返せと言われることはないだろうけれど……。

そんなことを考えている間に、マレフィクスの指がシュミーズの肩にかかって、ミリーは、あ、と我に返った。

「待ってください、団長」

「なぜですか？」

「あの、それ消されちゃったら、着る服がなくなっちゃいます。だから――」

普通に脱がせてほしい――と続けようとして「嫌です」と遮られる。

「着るものならば後でいくらでも取り寄せますから、これだけは二度と着ないでください」

脅しつけるように乞われ、唇を塞がれて――。

キュッと目をつむってひらいたときには、ミリーは生まれたままの姿をマレフィクスの前にさらけだしていた。

「――っ」

剝きだしの腕を腰を夜気になぞられ、ふるりと身を震わせると背に回った彼の腕に力がこもる。

自らの身体で温めようとするように。

毛布とマレフィクスの身体で挟まれ、かかる重みと体温に鼓動が跳ね、頰が熱くなる。

気恥ずかしさと心地好さが胸の中で交差して、ミリーは思った。

自分だけなんて不公平だ。どうせ温めるのなら、直《じか》にしてみてほしい。

もう少し、彼を感じてみたいと。

「あ、あの……団長も、脱いでください」

そっとローブの袖を引っぱってねだれば、すぐさま願いは叶えられた。

マレフィクスがわずかに身を起こし、スッと溶けるように彼の身体から衣服が消え去る。

窓から差しこむ白い月明かりが彼の肩と横顔を照らし、輪郭を浮かび上がらせた。

――やっぱり、結構着痩せするタイプなんだ……。

トクトクと鼓動が速まるのを感じながら、ミリーは心の中で呟く。

ローブ越しに抱きしめられて感じた印象と変わらず、あらわになったマレフィクスの身体は、インドア派とは思えぬほど凛々《りり》しいものだった。

――身体まで……無駄がないのね。

ミリーのように、二の腕や腰回りの肉付きに、ちょっぴり自分への甘さが滲みでている身体とはまるで違う。

骨格も筋肉のつき方も模範的というのか、理想的というのか、余分なものがなく整っている。

――すごく、きれい。

これほど美しい存在の前に、こんな凡庸な身体をお出ししていいものかと、ついつい恥ずかしくなるくらいに。

けれど、同じようにミリーの身体を視線でなぞっていたマレフィクスは、うっとりと目を細めて呟いた。

「……美しいですね」

「え？　そ、そうですか？」

「ええ。やわらかな曲線と色彩で形づくられた、見ていて愛おしくなるような身体です」

それこそ愛おしそうに囁きながら、彼はミリーの頬に右手を添えて、するりと撫でて、それから首すじへと指を滑らせ、口元をほころばせる。

「感触も素晴らしいです。ウサギのように温かくて、けれど滑らかで……」

言いながら、遊園地のウサギを思い出したのだろう。

「まるで、毛のないマシュマロのようですね」

いや、マシュマロに毛なんてないでしょう――ウサギの背を撫でるようにミリーの肩を手のひらでなぞりつつ囁かれた言葉に、反射のように言い返そうとしたところで、唇を食まれて。

「……ぜひ、もっと、ふれあいタイムを堪能したいです」

そんな望みを口にすると、マレフィクスは予告のように視線を走らせた。

ミリーの首よりも下、彼が初めて目にする場所へと。

「ウサギは『しっぽや手足や耳をさわると嫌がる子が多い』から、背を撫でると良いのですよね？ミリー、あなたはどうでしょう？　どこならば、ふれてもよろしいですか？」

熱を滲ませた声で問われ、ミリーは、う、と眉を下げる。

――そんなこと、わざわざ聞かなくてもいいのに……！

想いを伝えあった今ならば、どこだって好きにふれてかまわない。

それでも、マレフィクスがミリーの許可を求めるのは、ミリーを愛しているから。

恋愛で大切なのは理解と合意。ひとりよがりの暴走は嫌われる。

そう、ミリーが教えたからだ。

「……どこでもいいですよ」

だから、ミリーは気恥ずかしさを堪えつつ、許可を出した。

律儀で少し臆病で、愛しいこの人に思いのままにふれてほしくて。

「あなたならどこだって……好きなところに、好きなだけふれていいですから」

囁きおわった瞬間、覆いかぶさってきたマレフィクスに唇を奪われる。

真っ先にそこなのは、今のところ、そこが一番マレフィクスの「好きなところ」ということなのだろうか。

そんなことを考えている間に、首すじから鎖骨へと辿り、くぼみをなぞった指が脇にずれ、腰の曲線を確かめるように脇腹を一気になぞりおりる。

くすぐったさに身をよじったところで、ふるりと揺れた右胸に彼の左手がふれ、すくいあげた。

「……ぁ」

大きくも小さくもない、凡庸なふくらみに骨ばった長い指が沈んでは戻り、ゆるゆると揉《も》みしだかれ、ミリーは小さく吐息をこぼす。

——くすぐったいような、もどかしいような……変な感じ。

そんなことを思ったとき、不意に淡く色づいた胸の先を彼の指がかすめ、チリリとした甘い痺れが走った。

「んっ」

思わず息を吞み、反射のように目をつむってひらくと、嬉しそうに微笑む彼と目が合った。

「……周りよりも、こちらの方がお好きなのですね」

そう囁いて、確かめるように白いふくらみを指でなぞり、クルクルと弧を描きながら、中心へと近付いていく。

段々と、くすぐったさが心地好さへと振れていって。

やがて、色づく境目で彼がピタリと手をとめ、あ、来るかも、とミリーが期待に身がまえた瞬間。

「んんっ」

ぷくりとふくれた薔薇色の頂きを指の腹でキュッと挟まれて、先ほどよりも強く甘い痺れが胸の奥、そしてなぜか下腹部にまでジィンと響いた。

「ああ、よかった……正解ですね」

目を細めて言いながら、マレフィクスは、いまだに淡い痺れが残るミリーの胸の先をすりすりと指の腹でくすぐりはじめる。

「……どうせなら、両方共にの方がよろしいですよね？」

腰の辺りを撫でていた右手が左胸にふれ、同じように可愛がりはじめる。

次々ともたらされる淡い快感に、ミリーは、ん、ん、と喉の奥からむずかるような声をこぼしてしまう。

それが恥ずかしくて目をつむった途端、不意打ちのようにきゅむっと摘まみあげられる。

「ぁあっ」

またしても強い痺れが下腹部に走り、キュッと身をすくめると、今度は指の腹で挟んだまま、やさしく左右にひねられた。

「ん、……ふっ、ん、んんっ、はぁ」

指の先で、腹で、爪で、どこを使ってどんな風にさわれれば、一番ミリーを悦ばせられるのか。

それを探るように、マレフィクスは熱の灯ったまなざしでミリーを見つめながら、いっそ執拗《しつよう》なほどに胸への愛撫《あいぶ》を繰り返す。

胸の奥と下腹部に溜まっていった甘い痺れは、いつしか熱を持った疼きへと変わっていって。

ミリーは知らず知らず、その疼きを散らすように膝をすりあわせていた。

不自然な——ある意味自然な——その動きに気付いたマレフィクスは一瞬首を傾げてから、ああ、と何かに気付いたように嬉しそうに微笑んだ。

「……あなたのお好きな小説にありましたね」

トロリと目を細めて、彼はミリーの胸から腹へと右手を滑らせ、へそをかすめてピタリととめる。もうあと少し、小指一本分下がれば、足の付け根に潜れる位置で。

「女性がここに疼きを覚えたら、もどかしさに膝をすりあわせて……それが次の段階への合図なのですよね？」

きちんと学びましたからというように、どこか得意そうに問われて、ミリーは「知りません」と羞恥に震える声で返した。

そんなシーンのある本は——数冊ほど持ってはいるが、職場に持ってきたことなどない。

アパートメントの本棚の他の本の裏側に秘蔵しているというのに、いったいいつ読んだのか。

——まさか、「タイトルだけ読み取るならセーフ」なんて思ってないわよね……!?

「練習」の後、部屋に送ってもらった際にチラッと本棚を見られたことはあった気がする。そのときに本棚をスキャンされたのかもしれない。

勝手に人の本を読むのはアウトだと言ったが、同じものを買ってはいけないとは言わなかった。

タイトルだけ確認して本屋でそろえた可能性に思い至り、ミリーが震えおののいているうちに、マレフィクスは意気揚々と次の段階に移るべく、指に続いて唇でミリーの身体を辿っていった。

「っ、あ、あの……」

みぞおちからへそを過ぎ、下腹部に口付けられたところで、ミリーはもぞりと身じろぎ、待ってというように声をかけた。

「どうしました?」

問いながら、すでにマレフィクスの手はミリーの膝にかかり、今にも左右に押しひらこうとしている。

「そこは、あんまり見られたくないんですが……」

「なぜです？」

「なぜって、恥ずかしいので……」

「そうですか。では、どうしたらその恥ずかしさを払拭できますか？」

サラリと聞かれて、ミリーは「えっ」と目をみひらく。

「できれば、私は見たいです。あなたのすべてを見て、余すところなく知り尽くしたい。ですので、ミリー」

微かに眉を寄せながら、マレフィクスはミリーの膝に口付けて、上目遣いに問うた。

「……どうすれば見せてくださいますか？」

甘い熱の滲む声で問われ、いや、乞われて、拒むことなどできなかった。

ミリーはそっと両手で顔を覆うと、彼の望む答えを返した。

「ちょっとだけなら……見ていいです」

「ありがとうございます！」

弾むような声が返ってきたかと思うと、膝裏をすくわれ、左右に脚をひらかれる。

乗馬どころか、赤ん坊のおむつがえのときの角度まで、豪快にパカリと。

——ちょっとって言ったのにぃ……！

チラ見せどころかすべてをさらけだすような体勢にされ、ミリーはいっそう強く手のひらを押しつけ、真っ赤になっているであろう顔を隠した。

「……っ」

彼の手が膝裏を離れ、腿《もも》の内側を辿って脚の付け根へと向かっていくのに、くすぐったさと共に強まる羞恥に身を震わせる。

やがて、あらぬところに彼の指がふれ、くちゅりと花弁《はなびら》がひらく音が響いた。

「……愛らしい薔薇色ですね。それに、思ったよりも奥深い構造をしているようです」

じっくりと覗きこまれる気配の後、彼が嬉しそうにこぼした所見に、ミリーは声にならない悲鳴を上げる。

「っ、そこの感想はいいです！　心の中にしまっておいてくださいっ！」

上擦る声で訴えると、マレフィクスは「そうですか？」と首を傾げてから、「わかりました」と頷いた。

「あなたがそれを望むのなら、この目と心に刻みこんで、大切にしまっておきます」

——やっぱり、しまわないで捨ててください！

ミリーは、世にも美しい微笑を湛えて自分の股間を見つめる想い人を、指の隙間から覗きつつ、心の中で叫ぶ。

けれど、彼がそっと脚の間に顔を伏せるのを見て、慌ててまた目を覆い直した。

ギュッと手のひらを目蓋に押しつけたところで、マレフィクスの長い指があらためて花弁の縁にかかる。

くちりと広げられる気配がして、小さく息を呑んだところで、その中心に彼の舌がふれた。

「ぁ……っ」

その熱を感じた瞬間、ぴちゃりと響いた水音は、やけに大きく重く感じられて。

自分のそこがいつの間にかすっかりと濡れそぼっていたことに気付かされ、ミリーは、ふるりと身を震わせる。

そのあふれる蜜を舌先ですくいとるようにして蜜口をくすぐられ、つぷりと抉られ、ゾワゾワともどかしいような感覚を覚えた。

——う……そこはあんまり、気持ちいい感じではないのね……。

水音に羞恥を煽《あお》られはするものの、「快感」というよりも、まさに「その入り口」というべきか、胸を弄《いじ》られたときのような、甘く乱されそうな刺激は感じない。

これなら、あまり乱れて醜態をさらさずにすみそうだ。

ホッと息をつき気を抜いていられたのも束《つか》の間。

マレフィクスの舌が蜜口から上へと辿り、割れ目をなぞりあげるまでのことだった。

舌先が割れ目の上でひっそりと息づく快楽の芽、花芯にふれた瞬間。

「——ぅんっ」

ズキンと刺さるような鋭い快感が走って、ビクンとミリーの腰が揺れた。

その反応と思わずこぼした声から、マレフィクスは察したのだろう。

きっとここを愛《め》でればミリーをもっと啼《な》かせられる、悦ばせることができると。

一瞬動きをとめた後、彼は菫色の瞳をキラリと輝かせると、かぷりとそこに食らいついた。

「――っ、んんっ、ぁ、っ」

先ほど胸をなぶったように、指の代わりに歯で軽く挟み、舌先で先端をくすぐるように可愛がる。

けれど、胸の先よりも小さく、半ば包皮に隠れた花芯ではやりにくいようで、より根元から刺激を与えようと考えたのだろう。

マレフィクスは舌先で包皮をぐりゅんとめくったかと思うと、ぢゅっと強く花芯を吸い上げた。

「〰〰っ」

身体の芯から強制的に快楽を引きずりだされるような鮮烈な刺激に、ミリーは声にならない悲鳴を上げる。

「ぁっ、ぁあっ、ふっ、ちょ、ぁあ、まっ、〰〰っ」

剝きだしになった快楽の芽、その根元にやんわりと歯を食いこませて、二度と引っこませないというように固定しながら、舌先で舐《ねぶ》られ、小突かれ、押し潰されて。

次々と叩きこまれる快感に、ミリーは、ただ翻弄されることしかできない。

情けない喘《あえ》ぎをこぼし、ビクビクと身悶えながら、ミリーは思った。

絶対にこれは初心者向けのやり方ではない。

こんな強すぎる快感に初めてで耐えられるわけがない。

――絶対、もっとやさしいのが、普通のはずなのに……！

けれど、それを口に出しはしなかった。

出せなかったというのもあるが、以前、彼に告げた言葉を思い出したのだ。

私はオリジナルの恋愛がしたいので――そう言ったことを。

ならば、普通でなくても、マレフィクスの愛で方を受けとめたいとも思ったから。

「ふっ、ぅっ、んん、くぅっ、ふ、ぅうっ」

ミリーはグッと奥歯を噛みしめて、与えられる悦びを受けとめる。

ビクビクと身を震わせるたび、ふれられてもいない蜜口がひくつき、新たな蜜を滲ませ、あふれていくのがわかった。

そのうちに、花芯からもたらされる鮮烈な快楽が下腹部に溜まり、渦巻き、その渦の中心、腹の奥底から何かがせり上がってくるような感覚を覚える。

――あ、何か……くる。

つま先が丸まり、閉じないようにと彼に押さえられた脚に力がこもる。

やがて、ついに迎えたその瞬間。

「〰〰っ、ぁ、っ、ぁあっ」

渦巻く熱が中心に向かって一気に収縮し、せり上がってきた何かとぶつかり、弾けた。

下腹部に溜まっていた甘い熱が星のように砕けて飛び散り、身体の隅々まで流れていく。

ミリーは背を反らして身を震わせ、初めての絶頂に怯えながらも、愛しい人が与えてくれた悦びを甘受したのだった。

「……ぁ、……ふ、はぁ」

ようやく余韻が鎮まり、息が整いかけたところで、ゆっくりとマレフィクスが身を起こす。

「……ミリー」

「っ、はい」

いったい次は何をされるのだろう。したいと言われるのだろう。

ドキドキと騒ぐ鼓動をなだめながら、次の言葉を待つ。

「参考にした書物を鑑みるなら、もっと色々と段階があるのでしょうし、もっとじっくりとあなたを知りたいとも思うのですが……」

「……はい？」

思っていたのとは違う台詞にミリーはそっと手を下ろし、彼と視線を合わせて、あ、と息を呑む。

「……次回に持ちこしても、よろしいですか？」

そう問うマレフィクスの瞳には、滾《たぎ》るような熱と焦燥が揺れていた。

チラリと視線を上にずらし、秀麗な額にびっしりと浮かんだ汗の粒を目にして、ミリーはコクンと喉を鳴らす。

——ああ、もう……限界なんだ。

もうこれ以上は待てないから、間を飛ばして結ばれたいということなのだろう。

自分だけが翻弄されていると思っていたが、ミリーを乱しながら、彼も高まっていたのだ。

そう気付いた瞬間、きゅうう、と下腹部が締めつけられるような疼きが走る。

「……いいですよ。段階ぜんぶ、飛ばしちゃっていいです」

返すミリーの声にも、焦《じ》れたような響きが交ざっていた。

「……ありがとうございます」

ジワリと歓喜と熱を滲ませた声で囁いて、マレフィクスはミリーの膝に手をかけた。

「……ぁ」

膝裏をすくわれ、ミリーは小さく吐息をこぼす。

そのまま脚を持ち上げ、広げられ、くちゅりと濡れた花弁がひらく気配に頬が熱くなる。

次いで花弁を彼の切先がかきわけ、蜜をこぼす入り口にあてがわれ、その熱と質量に息を呑んだ。

――これが、団長の……。

わずかに押しあてられただけでも、みちりと蜜口が広がっているのがわかる。

――大丈夫、入る、入る……たぶん、入る。

ふう、と深く息を吐き、すくみそうになる身体から力を抜いて、そっと彼を見上げると、マレフィクスは眉をひそめて「すみません」と謝ってきた。

「サイズが合っていませんよね」

「え？」

「たぶん、痛むと思います。もっと、時間をかけるべきなのでしょう。ですが――」

「いいですよ」

切々とした訴えを遮り、ミリーは促すように微笑みかける。

「大丈夫。痛いのが普通だって聞きますし、その、ひと思いにどうぞ。私も……早く、あなたと結ばれたいので」

そう囁くと、彼はキュッと唇を引き結び、次いで、食らいつかんばかりの勢いで口付けてきて。

次の瞬間、身体ごとぶつかるようにして、ミリーは愛しい人の熱に貫かれていた。

「――っ」

どんっ、と身体の芯を叩かれるような鈍い衝撃。

一拍遅れて、何かが裂けたような鋭い痛みが広がり、身体を内側から押しひろげられる圧迫感に、息が苦しくなる。

――痛い。

頭の中で呟いたそのときだった。

ジワリと滲んだ涙がミリーの目からこぼれるより早く、その痛みは一瞬で消え失せた。

「……あれ」

パチリと目をみはり、あ、とすぐに気付く。

「……治してくださったんですね、団長」

「はい」

小さく頷きながら、マレフィクスは興奮を逃すように、ふう、と深く息をつき、微笑んだ。

「……少し不安でしたが、無事に効いて何よりです」

その言葉の意味を考えて、理解した瞬間、ミリーは胸が高鳴るのを感じた。

息をするように魔術を使う彼が、魔術が発動しないかもしれないと案ずるほど、今、心が乱れ、高まっているのだとわかって。

結ばれた喜びとあいまって、彼への愛おしさがあふれてくる。

気持ちの昂《たか》ぶりに合わせ、ミリーの身体も彼への愛を伝えるように、自分の中に迎え入れた存在に、きゅうと絡みつく。

「っ、……ミリー、歓迎してくださるのは嬉しいのですが、我慢がきかなくなりますので」

眉間に皺を寄せて苦しげに告げられ、ミリーは、ふふ、と笑って答えた。

「いりませんよ、我慢なんて」

「……ですが」

「大丈夫、もしちょっと愛がすぎて壊しちゃっても、治してくださるでしょう？」

だから、遠慮なく愛してほしい。

そう伝えるように手を伸ばし、彼の首に腕を回して引き寄せる。

「ですよね、団長？」

「……ええ、もちろん。いくらでも、治してさしあげます」

菫色の瞳に怖いほどの熱を湛えて囁くと、マレフィクスはミリーの唇を塞ぎ、思いの丈をぶつけはじめた。

「っ、ん、ふ、……っ、んんっ、ぁあっ」

奥を突き上げられ、激しい律動に揺らされながら、ミリーは懸命に彼の衝動を受けとめる。

痛みはないもののただひたすら苦しくて、息を喘がせ、彼の背に手を回してすがりつくと、強く抱きしめ返された。

硬い胸板で潰れた胸の先に、チリリとした甘い痺れが走る。

そのまま揺らされれば、律動に合わせてこすれ、ふたつの刺激があいまって、下腹部でも甘い熱が生まれ、ジワジワと広がりはじめた。

――一緒だと気持ちいい、かも……。

自覚した途端、ぶわりと快感が高まる。

その変化は、ふれあう身体、いや、ミリーの奥深くに埋まった彼自身を通して、マレフィクスにも伝わったのだろう。

重ねた彼の唇が、嬉しげに弧を描くのがわかった。

いっそう強く掻き抱かれ、ミリーも精一杯の力で抱きしめ返す。

「ぁ、っ、……ふっ、ん、はぁ、ぁっ、ふぁっ」

快感を覚えるようになった分、苦しいだけだったときよりもいっそう息が乱れ、頭の芯が甘くぼやけていく。

心地好い息苦しさに喘ぎながら、懸命に彼の衝動を受けとめていると、不意に律動が荒々しさを増した。

——あ、もう、終わるのかしら……？

甘い責め苦の終焉《しゅうえん》の予感に、安堵と共に少しの名残惜しさを覚えたところで、「ミリー」と微かにかすれた心地好い低音が耳をくすぐった。

「ん、……は、はいっ」

重たい目蓋を持ち上げて答えると、そっと唇を食まれ、囁かれる。

「ミリー、あなたが好きです」

「っ、私も、団長が……」

好きですと返そうとして、また唇を食まれた。

「……マレフィクス」

「え？」

「名前を、呼んでいただけますか？」

切なげに眉をひそめながら乞われ、ミリーは小さく息を呑み、キュッと目を細めると「はい」と頷き、それを叶えた。

「私も、あなたが好きです……マレフィクス」

想いをこめてその名を囁けば、ミリーを映す星空色の瞳が歓喜に染まって、その言葉ごと食らうように口付けられる。

そして、次の瞬間、身体の芯を強く強く突き上げられて。

ミリーは誰もふれたことのないほど奥深く、弾けた愛しい人の熱を受けとめた。


互いの息が鎮まり、静かな夜が戻ってきたところで、ポツリとミリーは呟いた。

「……それで、これから、どうしましょうか」

王太子と、あのようなことになってしまったのだ。

何らかの罪には問われるだろう。もう、この国にはいられないかもしれない。

——ああ、身寄りがなくてよかったわ。

そんなことを考えながらも、ミリーの口元には笑みが浮かんでいた。

この先、どうなるかはわからない。

それでも、たったひとつだけ、マレフィクスがミリーのそばにいてくれることだけは変わらないとわかっているから。

「そうですね、一度殿下とお話をしてから決めることになるかと思いますが……」

マレフィクスはわずかに首を傾げて答え、「ですが」と微笑んだ。

「どのような結果になるにせよ、あなたは私が守ります。この世界のあらゆるものから、未来永劫《えいごう》、永遠に」

揺るぎない確信と誓いをこめて宣言し、それから、彼は菫色の瞳に願いをこめて乞うた。

「ですから、ミリー。どうかずっと一緒に……妻として、私のそばにいてください」

ミリーは迷わず「はい」と頷き、想いをこめて見つめ返した。

「もう二度と勝手に離れたりしません。ずっとそばにいますから、あなたの妻にしてください」

告げると同時に、彼の腕の中に引き寄せられ、骨が軋むほどの強さで抱きしめられる。

「……します。この身が朽ちて消えるそのときまで、あなたは私の、私だけの妻です。もう二度と誰にも渡しません」

ミリーの耳元で囁くその声に滲む、呪いめいた強い想いに、ミリーは少しの恐怖と胸の高鳴りを覚えつつ、もう一度「はい！」と頷き、微笑んだ。

それから、そっと辺りを見渡して、これだけは言っておかなくてはということを思い出し、口をひらいた。

「でも、団長……いえ、マレフィクス」

「はい、ミリー」

「もしも、このままここで暮らせることになったなら、ひとつ、お願いがあります」

「……何でしょう」

いったい何を言われるのかと、不安げに眉をひそめるマレフィクスに、ミリーはニコリと笑って答えた。

「ベッド、買ってください」

彼は一瞬目をみはり、それから、キュッと細めて頷いた。

「はい、明日にでも！」

弾んだ声で答えると、マレフィクスは今しかできないことをしておこうというように、毛布ごとミリーを手繰りよせ、ふわりと抱きしめたのだった。

第七章　世界最大のエンゲージリングを前にして

窓から差しこむ朝の光で目を覚まし、じゃれあうように口付けてから、マレフィクスがアパートメントから取り寄せてくれた服をまとい、手をつないでウォルターの店に行った。焼きたてのクレセントロールと会計台のそばにあった小さな瓶入りの紅茶を買って、屋敷に戻り、二人で初めての朝ごはんをのんびりと味わった後。

「……では、ミリー。殿下と話をつけに行きましょうか」

サラリと告げながら、マレフィクスがミリーの手を取って――次の瞬間には、ミリーは王太子の執務室の中に立っていた。

「……ノックくらいしたらどうなんだい」

執務机の向こうで侍従と話をしていたアデルバートは、侍従と一緒にギョッと目をみはった後、取り繕うような笑みを浮かべて言った。

「お目通りの許可をいただく時間が惜しかったものですから」

淡々とマレフィクスが答えると、アデルバートの瞳に不快げな色がよぎる。

「そう、それで。ミリーの忘れ物を取りに来たのかな?」

作り笑いのまま、膝に載せていた布の塊のようなものを持ち上げると、コロリと何かが執務机の上に落ちた。

「いえ、それは不要なものですので。お返ししました」

マレフィクスの言葉に、ミリーは執務机に目を向けて、そこに転がっているものが灰色の薔薇の髪飾りだと気付いてハッとなる。

——どこにやったのか、気になってはいたけれど……。

消してしまうことだってできただろうに、あえて贈り主本人に送りつけることで抗議と「絶対にあなたには渡さない」という意志を示したのだろう。

嬉しいが、同時に、アデルバートはミリーがシュミーズを脱ぐような状態になったことを知っているということで、気恥ずかしさと気まずさもこみあげてくる。

そんなミリーの戸惑いに気付いているのかいないのか、マレフィクスはミリーの腰に手を回し、涼しげな顔で続けた。

「いかようにでも殿下が処分なさってください」

「そう、処分ね……」

眉間に微かに皺を寄せて唇の端をつり上げると、アデルバートは再び問うた。

「忘れ物を取りに来たわけではないなら、許しを乞いに来たのかな？」

口調は朗らかだったが、深い灰色の目には敵意にも似た怒りが灯っている。

ミリーが思わずビクリと身を強ばらせると、マレフィクスにそっと腰を抱きよせられた。

「……許しを乞う？　何の許しです？」

淡々とマレフィクスが問い返す。

「もちろん、王太子である私を傷付けようとしたことへのだよ」

「あれは正当な抵抗です」

「正当？」

「ええ」

皮肉げに首を傾げるアデルバートに、マレフィクスはスッと目を細めて告げた。

「許しを乞うとしたらあなたの方でしょう？」

凪いだ口調はいつもと変わらない。

けれど、その声はミリーが聞いたことがない、ゾクリとするほど冷ややかなものだった。

普段から愛想がある方だとはいえないどころか、ともすれば人間味がないと誤解を受けるほどに淡々とした話し方をする方だが……。

――あれでも、マレフィクスなりに、やさしく接していたということなのね。

すべての凡庸な人間に向けられる、才ある者の慈悲。

それが、今の彼からは感じられなかった。

その変化をアデルバートも感じとったのだろう。

ビクリと肩を揺らし、大きく目をみひらいて動きをとめた後、はぐらかすように笑みを浮かべる。

「……それは、どういう意味かな？」

「罪はあなたにあるということです、殿下。私の想いに気付いておきながら、ミリーに寵姫となるよう誘いをかけたことはまだかまいません。ですが、あなたは彼女を騙して自分のものにしようとした。それは許しがたい大罪です」

アデルバートからチラリと抗議めいた視線を向けられ、ミリーはそっと目をそらす。

昨夜、マレフィクスに「ちょっと勘違いするようなこととは何ですか？」と聞かれ、言い淀《よど》むと、「教えてくださらないなら、殿下の記憶を直接探ることにします」と言われたのだ。

そこはミリー本人ではないのかと思ったが、「記憶を探る魔術は、被術者の精神を損ねるおそれがあるので、あなたには使えません」と告げられて、アデルバートの身を守るためにも素直に話すほかなかった。

「……彼女が何と説明したかは知らないけれど」

ふう、とわざとらしく溜め息をついて、アデルバートはマレフィクスに向き直り、微笑んだ。

「すべては、この国のためを思ってしたことだよ」

「そうですか」

マレフィクスは小さく頷くと、睥睨《へいげい》するようにアデルバートを見下ろし、告げた。

「では、私にこの国は必要ありません」

「……は？」

「この国で彼女と幸せになることを許さないと言うのならば、あなたが治めるこの国に留まる意味も価値もありませんから」

「まさか……国を捨てると言うのかい？」

冷ややかな宣告に、アデルバートは思わずといったように立ち上がり、声を荒らげた。

「君は曲がりなりにも貴族だろう？　それに名誉ある魔術師団の長なんだよ？　そんな子供じみた理屈ですべてを投げだすつもりなのかい⁉」

「地位も名誉も私にとっては些末なものです。この才能さえあれば、どこでも生きていけます。私に必要なのは、ミリーだけです」

ふ、と口元をほころばせ、マレフィクスは言う。

「彼女さえいてくれれば、私は自分がいる場所が、どこの国だろうとかまいません。どこだろうとミリーの生きる場所が私の祖国です。祖国での幸せな暮らしを守るためならば、私はそれに仇《あだ》なす、すべてのものを排しましょう」

語る口調は淡々としていたが、だからこそ、その言葉に潜む深く強い想いと、揺るぎない決意が伝わってくる。

「……ハッタリで言っているわけでは、ないんだろうね」

薄笑いを浮かべながらも、アデルバートの瞳は忙《せわ》しなく動いていた。

マレフィクスを他国に取られることの危険性は、彼も理解しているはずだ。

「巨大な力は恵みにも、脅威にもなりうる」とミリーを諭し、「星の魔術師に選ばれなかった存在が辿った末路」を語ったのは、他でもないアデルバート自身なのだから。

けれど、プライドが邪魔をして、すんなりとは許しを乞えないらしい。

「……ミリー、君は？　君はそれでいいのか？」

ミリーにマレフィクスを諫《いさ》めさせようと思ったのだろう。

「生まれ育ったこの国を捨ててまで、彼についていくつもりはあるのかい？」

焦りを滲ませ問われたミリーは、チラリとマレフィクスを見てから、アデルバートと向きあった。

「もちろん、あります。私には身寄りもありませんし、新しい場所で、新しい家族と新しい暮らしを始めるのに、何も支障はないと思っております」

少しの恐れや不安を抑えこみ、覚悟を伝えるように、まっすぐに彼の目を見据えて答える。

「そうか……」

アデルバートはポツリと呟き、唇を噛みしめて黙りこんだ。

シンと沈黙が落ちる。

張り詰めたような空気が広がったところで――不意にノックの音が響いた。

「あ、ど、どなたかいらっしゃいましたね！」

アデルバートの傍らで青褪《あおざ》めた顔で息を殺していた侍従が、わざとらしく声を上げると、助けを求めるように扉に駆け寄り、誰何《すいか》もせずにあけ放つ。

そこに立っていたのは、意外な人物だった。

「……どうしたんですか、ウォルターさん」

真っ先に声をかけたのはミリーだった。

「今日はお休みですよね？」

「うん、そうなんだけれど……」

よほど急いで来たのだろう。

大きく肩で息をしながら、額の汗を拭うと、ウォルターは答えた。

「今朝、団長と二人で来てくれたでしょう？　奥さんから聞いて、すごいビックリしてさ。それで、『ついに団長の恋が実ったんだ』って喜んだんだけれど、すぐに『あれ？　でも、ミリーちゃん、昨日離宮に入ったはずじゃ？』って思って……」

急いで昨日の夜番の護衛に確認し、マレフィクスがしでかしたことを知ったのだそうだ。

「そうだったんですね」

「……それで、君は何をしに来たのかな？」

頷くミリーの背後から、アデルバートがウォルターに問う。

いったいどちらの味方をするつもりかと警戒と期待を灰色の瞳に滲ませて。

ウォルターは胸を押さえて息を整えると、軽くマレフィクスに頭を垂れてから、アデルバートの前に進み出て、一枚の書状を差しだした。

「……これを殿下にお渡ししに参りました」

アデルバートは無言で受けとり、ひらりと広げて、え、と目をまたたかせた。

「これは……」

書面をサッと視線でなぞってから、眉間に皺を寄せてウォルターを見据え、薄く笑う。

「意外だな。君たちがこんなものを用意するほど、マレフィクスを慕っているとは思わなかった」

その言葉に、ミリーがマレフィクスにそっと視線を向けると、彼は心得たようにアデルバートが手にした書状を裏側から一瞥《いちべつ》し、魔術で読み取って――微かに目をみはった。

「……嘆願書？」

マレフィクスの呟きに、アデルバートが唇の端を歪めて答える。

「そうだよ。驚いたかい？　自分たち、魔術師団には君が必要だから、どうか君を罪に問わないでほしいというお願いだ。それも、ほとんど団員全員の署名が入っている」

「えっ、全員の⁉」

ミリーが思わず声を上げてウォルターを見ると、ウォルターは小さく、けれど、どこか得意げに頷いた。

きっとミリーたちがのんびりと朝食を食べている間に、大急ぎで団員たちに会いに行き、集めてきたに違いない。

――ああ、ありがとうございます……！

感謝をこめて見つめていると、はあ、とアデルバートが溜め息をつく気配がした。

「……本当に意外だよ、マレフィクス。君がここまで慕われているとは思わなかった」

呟く声には不満げな戸惑いが滲んでいた。

おそらく、アデルバートはウォルターが自分の側につくと思っていたのだろう。

同じ凡庸な人間として、マレフィクスに反感を抱いているはずだと。

「……そうですね、私も驚いています」

ポツリとマレフィクスが呟く。

こちらも戸惑い気味ではあったが、その声音には嬉しげな色がまじっていた。

それを感じとったのか、ウォルターが頬をゆるめる。

そして、キリリと表情を引きしめると、アデルバートに向かって深々と頭を下げた。

「お願いいたします。我々魔術師団には――いえ、殿下の治められる国には、団長のような優れた魔術師が必要なのです。どうか寛大なるご判断を！」

嘆願を受けたアデルバートは眉間に皺を寄せてウォルターを見据えながらも、どこかホッとしたような目をしていた。

「そうだね。ここで意地を張って、かつての上司と部下が殺しあうような悲劇を招くことになれば、私としても不本意だ。ここは私が折れるとしよう」

もっともらしく言うと、アデルバートはマレフィクスに視線を移し、軽く頭を垂れた。

「すまなかったね、マレフィクス。今回のことは私の落ち度として、君の罪は不問にする。どうかこれからもこの国を支えてくれ」

その言葉に、マレフィクスは答えを委ねるようにミリーに視線を送る。

ミリーが「そうしてください」という思いをこめて頷くと、マレフィクスはアデルバートと向きあい、答えた。

「……わかりました。ミリーが生きるこの国を、これからもお守りいたします」

その言葉に、その場にいたマレフィクスを除く全員が、ホッと安堵の息をついたのだった。

＊＊＊

それから、元の通りの宮廷勤めに、引っ越しやら何やらの手続きが加わって、慌ただしく過ごすうちに、またたく間に一週間が過ぎた。

「……すっかり日が延びたわねぇ」

七月も半ばに差しかかり、季節は夏真っ盛り。

午後七時を回った今も、太陽が西の空で輝いている。

それをぼんやりとながめつつ、マレフィクスよりひと足先に本日の業務を終えたミリーは、茜色に照らされた茨屋敷の前庭で佇《たたず》んでいた。

その髪には、いったん部屋に帰って着けてきた、デイジーの髪留めが輝いている。

今日は特別な日だから、これがなくてはと思ったのだ。

――そろそろ時間かしら？

マレフィクスが「その時間に帰るので、庭で待っていてください」と指定したのは、七時十分という微妙に半端な時間だった。

その上、どうして家の中ではなく庭なのだろう。

一面の緑を見渡して、ミリーは首を傾げる。

――う～ん、外で告白したいってことなのかなぁ？

今日は、マレフィクスと暮らしはじめて七日の記念日。

同時に、彼の告白リベンジ・デーでもある。

勢いで告白したことに、やはりマレフィクスは納得がいっていなかったらしい。

「最終的な結果は満足なのですが」と前置きをしてから、あらためて計画通りに告白を行いたいと頼まれたのだ。

そして本日、「ようやく告白の準備が整いました」とのことで、こうして彼を待っているというわけだった。

――それにしても……ずっと、何を準備していたのかしら。

実は、遊園地デート翌日から、マレフィクスはせっせと告白の準備をしていたのだ。

突然冷たくなったように見えたのは「練習は終わったから、もうそれを口実にしてはいけない」

と思ってのことだったらしい。

「あなたに教わった通りに完璧な告白をすれば、晴れて恋人として、また以前のように楽しい日々が送れるようになると思い、我慢していたのです……」

しんみりと告げられ、ミリーは「告白してフラれる可能性は考えていなかったのかしら……」と少しだけ呆れつつ、それだけミリーの指南を信じきっていたのだなと思い、微笑ましくもなった。

蓋をあけてみれば彼らしい理屈に納得して、ミリーは、ふふ、と笑いながら言い返した。

「そうだったんですか。でも、そうならそうで、『あなたに告白する予定ですので、それまで距離を置きます』とでも、言ってくだされればよかったのに」

すると、マレフィクスは困惑した様子で返してきた。

「……それを言ってしまっては、もう告白しているも同然ではありませんか」と。

それを聞いて、ミリーは「えぇぇ」と非常に納得がいかない心境になったものだ。

彼の中では「求婚したい方（どう考えてもミリー）がいるので、口説き方を教えてください」という台詞はセーフでも、「あなたに告白する予定です」宣言はアウトということらしい。

告白相手を明示する単語が入っているか否かの問題だそうだが……。

本当に、天才の考えることは凡人には理解しがたい。

――まあ、そういうところも、好きだけれど！

ふふ、と思い出し笑いをしたところで、フッと視界の端に黒いローブが映りこんだ。

「……ミリー！」

屋敷の門の前に転移してきたマレフィクスが、小さく手を振る。

「マレフィクス、お帰りなさい！」

ミリーが大きく手を振り返すと、彼は遠目でもわかるほど嬉しそうに笑って、こちらに向かって駆けだした。

負けじとミリーも地を蹴って、距離を埋めあい、庭の真ん中を横切る石畳の上で出会う。

そのままギュッと抱きあい、浮かれた恋人同士のように軽く口付け、クスクスと笑いあってから、そっと離れた。

「……それで、どう告白してくださるんですか？」

頰をゆるめてミリーが問うと、マレフィクスは、はにかむように微笑んだ。

「まずは、あなたに贈り物です」

「え〜、何ですか？　ヒントは？」

「そうですね……円形で華やかなものです」

ふふ、と目を細めての言葉に、ミリーは、あ、と思い当たる。

——もしかして、指輪かしら……！

円形で華やか、リング状の贈り物といえば、それしかないだろう。

結婚証明書への署名と教会への届け出は即日すませたが、指輪はつい昨日、一緒に買いに行ったばかりだ。

結婚指輪はシンプルな金のリングを、婚約指輪はマレフィクスの目の色をイメージして、使う石とデザインを決めた。

菫色のタンザナイトを中心に、小さなダイヤモンドとイエローダイヤモンドでグルリと囲んだ、星空仕様のリングになる予定だ。

婚約指輪の方は完成まで時間がかかると言われたので、結婚指輪の方だろうか。

どちらでも嬉しいのには変わりない。

「では、ミリー……目をつむってください」

ほんのりと甘さを含んだ声で囁かれ、トクンとミリーの鼓動が跳ねる。

「……はい！」

目をつむり、そっと深呼吸する。

きっと次は「左手を差しだしてください」と言われるのだろう。ドキドキしながら指示を待つ。

「ミリー、手を」

「はいっ」

すかさず左手を差しだし、その手を取られて、あれ、と思う。

今、彼はどちらの手か指定しなかった。

──ということは結婚指輪ではないのかしら？

首を傾げかけたそのときだった。ドンッ、と巨大な何かが背後に現れたのは──。

「……え」

目蓋をひらいたタイミングでマレフィクスに手を引かれ、クルリと振り返って、ミリーは大きく目をみひらく。

「え……え、えええっ⁉」

そこにあったのは、いや、そびえ立っていたのは円環の美──三階、いや四階建てほどの高さの観覧車だった。

真っ白な軸と土台、カラフルな丸いゴンドラには可愛らしい浮彫の装飾がほどこされている。

――確かに円形！　確かに華やか！　でも！

思っていたリング状の贈り物とは何かが、いや、すべてが違う。

「な、な、何で……!?」

おそらくは「世界最大のエンゲージリング」を前にして、おののくミリーに、マレフィクスは「……何で？」と不思議そうに首を傾げてから、ああ、と気付いたように頷いた。

「何でこの大きさなのか、ですか？」

「え？」

「確かに、あれよりも小ぶりですが、あの大きさでは完成まで三カ月はかかると言われまして……それに、高さがありすぎるのも、街中に置いては迷惑になるかと思ったものですから……」

そっと眉を寄せて、マレフィクスがどこか言いわけがましく答える。

――あれよりも小ぶり……って、まさか!?

ミリーの頭をよぎったのは、あの遊園地でのワンシーン。

「私、告白されるなら、こういう雰囲気のときがいいです」とミリーはマレフィクスに言った。

確かに言った。そう、観覧車の中で。

――ああ、違う！　そうじゃない！　そこじゃない！

あくまでああいった、二人きりで見つめあっているような、甘い雰囲気のときに告白してほしいという意味だ。

――観覧車は必需品じゃない！

けれど、マレフィクスはミリーが「あのシーンの完全再現を望んでいる」と勘違いし、ミリーの要望に完璧に応えようと思ってくれたのだろう。

どうりで、時間がかかるわけだ。

ミリーが観覧車を見つめて言葉を失っていると、マレフィクスはソワソワと落ちつかない様子で「あの、あの」とミリーの手を引っぱり訴えた。

「本当は、あの大きさで造ろうかと思ったのですよ。ですが、設計図をいただければ、すべて私が魔術で造ると職人の方々にお伝えして、納得してくださった方もいたのですが、ゴンドラの装飾を担当する方に『こちらにも職人としてのプライドがあるのです。仕事を奪わないでください！』と言われてしまいまして、凡庸な人間のプライドをへし折るのも良くないかと……」

切々と訴えていたマレフィクスは、ふ、と言葉を切り、ポツリと呟いた。

「……気にせず、折ればよかったですね」

菫色の瞳が暗い翳りを帯びるのに、ミリーは慌てて彼の手を握りしめ、ニコリと笑いかける。

「いえ、この大きさで充分……すごく好みのサイズです！」

「……本当に？」

「はい！　家に置くならこのサイズがベストですよね！　感動のあまり、言葉を失っていました！　本当に造っていただけて嬉しいです！　ありがとうございます！」

嬉しいという気持ちを前面に押しだすように、弾んだ声を上げ、つかんだ彼の手を揺らしながら軽く跳びはねもしてみる。

そこまでしたところで、ようやくマレフィクスはホッと息をつき、表情をゆるめた。

「……そうですか、よかった。これほど喜んでいただけるとは思いませんでした」

そういう彼の方こそ、嬉しくて仕方ないのだろう。

こみあげる笑みを堪えるように唇を引き結び、それでも頬がゆるんでしまうらしい。

「ああ、しまりのない顔で申しわけありません」

気恥ずかしそうに眉を下げると、ミリーの手を引いて観覧車に向かって歩きだした。

「……さあ、どうぞ」

「はい、ありがとうございます！」

少し頭をかがめて、彼のひらいた扉から、艶やかな苺色のゴンドラに乗りこむ。

右側の座席に腰を下ろし、向かいにマレフィクスが腰かけたところで、スッと自然に扉が閉まり、ガコン、とゴンドラが揺れた。

——動いた！

ゆっくりと上がっていくにつれて、窓の外に見える芝生が遠ざかっていく。

やがて、屋敷を囲む塀の高さを越えたところで、茜色に染まる街並みが見えてくる。

いつもと違う高さから見る街は、見慣れているはずの光景が、なぜだか新鮮に感じられた。

少しの間見入ってしまい、ふと視線を感じて振り向くと、マレフィクスと目が合った。

「……いかがでしょうか」

どこか不安げに問われ、ふふ、とミリーは口元をほころばせる。

きっと彼はミリーが喜んでくれているか気になって、ずっと見つめていたのだろう。

「すごくいいです！　いつもの景色が違って見えますね！」

笑顔で答えると、マレフィクスは「そうですか」と嬉しそうに目を細める。

「では、乗り心地はいかがです？　狭くありませんか？」

「いえ、ぜんぜん！」

確かに、遊園地のものよりもゴンドラも一回り小さく、向かいあって座ると、やや膝が近い。

少しかがんで手を伸ばせば、すぐにふれられるくらいに。

「……ちょっと近いので照れますけれど」

膝の上で手をそろえて、ほんのりと頬を染めながらミリーが答えると、マレフィクスもはにかむように目を細める。

「……気に入っていただけたのなら、何よりです」

そう言って、彼は手を伸ばし、そっとミリーの右手を取った。

「……ミリー、そろそろ頂上ですので、言ってもよろしいですか？」

「……いいですよ」

「ありがとうございます」

ミリーの手を両手で包むように握り、マレフィクスはミリーを見つめる。

ゴンドラに伝わる振動が変わり、上昇から少しの水平移動へと移る。

離宮でその言葉を口にしたときと同じように、菫色の星空にミリーだけを映し、彼は告げた。

「……ミリー、あなたが好きです」

ミリーもあのときと同じように、マロウブルーの瞳に彼だけを映して答えた。

「私も、あなたが好きです……マレフィクス」

あのときはまだ呼べなかった、彼の名前を添えて。

「……ああ、いいですね」

マレフィクスが目をつむり、深々と息をつく。

「何だかとても、満たされたような気分です」

「ふふ、それは何よりです！」

しみじみとした呟きにミリーが笑いまじりに返すと、彼は目をあけて「はい」と頷き、それから頬をゆるめてつけたした。

「あなたのお好きな恋愛小説にならうなら、このようなときは、どうして好きになったのかを語るものでしょうか？」

「そうですね、聞いてみたいです！」

軽い口調で出された提案に、ミリーも軽い気持ちで頷く。

けれど、その後に彼が語った想いは、ゴンドラが傾きそうなほど重いものだった。

「……初めてだったのです」

「何が……あ、味を感じるものをくれた人がですか？」

「いえ、そうではなく……まあ、それもありますね」

マレフィクスは斜め上を見つめて呟いてから、話を戻すようにミリーに視線を戻した。

「私を守ろうとしてくれたのは、ミリー、あなたが初めてでした」

「え？　守ったことなんてありました？」

「はい」

迷いなく頷かれてミリーが首を傾げると、彼は、ふ、と微笑んで、「あの山村でのことです」と答えを口にした。

「皆に化け物だと言われて、少しですが堪えました。とはいえ、ああいった魔術師と縁遠い村では、あのような物言いをされることは珍しくありませんでしたから、いつものことだと聞き流すつもりでした……」

ですが、と言葉を切って、マレフィクスは目を細める。

「あなたが私の名誉を回復しようと、懸命になっているのを見て……胸がざわめきました」

懐かしむように、愛おしむように呟く。

「あのようなことは初めてでした。不安とも違う、焦燥でもない。いったいこの鼓動の速まりは、何という感情が引き起こしているのか……よく、わかりませんでした」

だから、あんな風に——逃げるように去っていったのだろうか。

「ただ、後になって思い返してみると……嫌な気分ではありませんでした。ここが温かくなるような、不思議な心地でした」

ここ、と言って彼が押さえたのはローブの左胸だった。

「礼も言わず、申しわけありませんでした……きっと、あのときにはもう、あなたに惹《ひ》かれていたのだと思います。だから、茨を解いて、あなたを屋敷に招き入れた」

そう言われて、ミリーの頭にあの日の光景が浮かんだ。

すべてを拒むように茨で閉ざされていた門と、薄暗い室内でうずくまっていた彼の姿が。

「無意識に思ったのかもしれません。あなたならば助けてくれるかもしれないと……」

だから、あの光でミリーを自分のもとに招いたのだろう。

「そしてあなたは私の期待に応えて、私を救ってくださいました」

「そんな……私の魔力量じゃ少なすぎて、あなたにあげた分よりも、もらった分の方が多いくらいだったでしょうに」

「それは否定しません」

「……否定してくださいよ」

照れ隠しの一言をアッサリ肯定されて、ミリーがちょっぴり不満げに唇を尖らせると、マレフィクスは「あくまで魔力量の話ですよ」と微笑んだ。

「魔力循環は魔力量に差がありすぎては、さして意味がないのではないかと思っていましたが……違いました。量は多くはありませんでしたが、流れこんでくるあなたの魔力で、澱んでいたものが澄んでいくような……潤滑油を注《さ》された歯車がきれいに回りだすような、そんな心地がしました」

ほう、と息をついて、マレフィクスは呟く。

「あのように心地好く、満ち足りたような感覚は……本当に、初めてでした」

噛みしめるように言われて、ミリーは、ふと気になった。

「あの……魔力循環は初めてだとおっしゃっていましたが、子供の頃はどうしていたんですか？」

尋ねた途端、マレフィクスの口元に皮肉げな笑みが浮かぶ。

「……どうもしません。ただ耐えるだけです。父は『君がどうにかしてやれ』と母に言うだけですし、母は『私がやっても意味がないでしょうから』と試すことさえしてくれませんでした」

「……そうですか」

「そうです。ですから……」

ミリーの手をそっと握りしめ、マレフィクスは気恥ずかしそうに眉をひそめて続けた。

「私を守ろうと、救おうとしてくれたのは、あなたが初めてでした。情けない理由かもしれませんが、それがあなたを恋しく思うようになったきっかけです」

「……情けなくなんてありませんよ」

そっと手を握り返して、ミリーは微笑む。

「情けなかったとしても、それはそれで好きですから。私、あなたの強いところも、弱いかもしれないところも、ちょっと変わったところも、ぜんぶ丸ごと愛しく思ってますので！」

「……そうですか」

マレフィクスはミリーの言葉を深いところで受けとめるように、ゆっくりと頷いて、つないだ手をほどいた。

そして、ほどいた手を伸ばし、ミリーの背に回して引き寄せる。

膝がぶつかりそうになったところで横抱きに膝の上に抱き上げて、しっかりと両腕で抱えこむと、耳たぶに口付けるように囁いた。

「私も……あなたのすべてを愛しく思っています」

ミリーは深く息をつき、そっと彼の胸に頭をもたれて、ゆっくりと抱きしめ返した。

「……嬉しい」

囁くと同時に、マレフィクスの右手がミリーの腕を撫で上げ、頬にふれ、ぐい、と彼の方に顔を向けられる。

抗《あらが》うことなく身を委ね目蓋を閉じて、ミリーは口付けを受けとめた。

繰り返すうちに段々と、表面だけのふれあいでは足りなくなっていく。

何度目かの口付けで、ミリーが誘うように唇をひらけば、心得たように彼の舌が潜りこんできた。

「……ん、ふ、……ぁ、ん」

じゃれあうように舌をすりつけ、絡めあい、恋人同士だけに許された、深く甘い口付けに溺れていく。

じんわりと頭の芯が蕩けていくような心地好さに酔いしれて、ん、と吐息をこぼしたところで、そっと離れて、視線を合わせて。

「……マレフィクス」

仄かに熱を帯びた声で呼べば、熱の灯ったまなざしが返ってくる。

「……ミリー」

ミリーの背に回ったマレフィクスの腕に、ジワリと力がこもって、彼の心を伝えてくる。

これでは足りないと。

ミリーも同じように、もどかしさを感じていた。

あの観覧車の中、淡い口付けで胸が満たされていた頃とは違って、この先にあるさらなる喜びを、二人とも知ってしまっているから。

——特に、私の方がね……。

マレフィクスがリベンジを願ったのは告白だけではない。

あの「段階ぜんぶ」を飛ばした初夜も、納得がいっていなかったようで、「告白のリベンジ」は今日になったが、「段階を飛ばさない初夜のリベンジ」は翌日のうちにすませた。

丁寧に、いっそ執拗に段階を踏んで、余すところなく暴かれ、高められて。

たった一夜で、すっかり肌がなじみ、わかちあう悦びに溺れに溺れて、その味を覚えこまされてしまったのだ。

――でも……せっかく、用意してくれたのに……。

チラリと窓の外に目を向けると、茜色の光に照らされた街並みが遠くに見える。

彼がミリーに見せようと思ってくれた風景。できれば、もう少しだけ見ていたい。

ミリーの視線から、その気持ちを察したのだろう。

マレフィクスは少し残念そうに眉を下げてから、あ、と何かを思いついたように瞳を光らせた。

「ミリー」

「はい」

「外から見えないようにすれば、よろしいですよね？」

「え？」

彼の言葉の意味を一瞬考え、察した瞬間、ミリーは一気に頬が熱くなった。

マレフィクスは寝室に転移するのではなく、ここで、このまま「しよう」と言っているのだ。

パッと外に目を向けると、夕暮れどきの通りには行きかう人影がまだ数多く、こちらを見上げている者もチラホラと見えた。

そのうちの一人と目が合ったような気がして、ドキリとしながらマレフィクスに尋ねる。

「あの、今は、見えてますか？」

「いえ、もう大丈夫です」

では、今のは気のせいか。それならばいい――いや、いいわけがない。

「……ミリー、続けてもかまいませんよね」

さわりと脇腹を撫で上げられ、ミリーは思わず、ん、と声をもらしてしまう。

外から見えなければいいという問題ではない。そのはずなのに。

ローブとその下の衣服越しに胸を探られ、見つけだした頂きを爪でカリカリと引っかかれて、チリチリと響く甘い痺れに、身体の芯に熱が灯りはじめる。

「っ、……服は、脱ぎませんからね」

彼の手に手を重ねて、悪戯な手を押しとどめながら、せめてと条件を出す。

「はい」

「揺れないようにも、してくださいね」

「はい！」

嬉しそうに頷くと、マレフィクスはミリーを後ろから抱きこむような形に抱え直した。

彼の胸に背を預けるような形になり、視界は良好だが、その分、外の景色が目に飛びこんできて何だか落ちつかない。

そわりと身じろいだのを催促と取ったのだろう。

マレフィクスはミリーのローブの裾を、その下に穿《は》いたスカートごと太ももまでめくり上げた。

「っ、ぬ、脱がないって――」

「わかっています。大丈夫、このまましますから」

なだめるように囁いて、彼は膝上までのストッキングと肌の境目を、するりと手のひらで撫でてから、ミリーの脚の間に指を潜らせた。

「――っ、ん」

途端、水音と共に響いた淡い快感に、ミリーが小さく身を震わせると、マレフィクスは「あぁ、よかった」と嬉しそうに囁いた。

「……昂ぶっているのは、私だけではなかったようですね」

蜜を滲ませた割れ目を指先でなぶりながら、そんな言葉を耳に吹きこまれて、ミリーは頬が熱くなる。

「そ、そこまで欲しかったわけでは、ないですから……」

「そうなのですか？　私は今すぐにでも欲しいですが……今すぐにでも、招いていただきたいです」

ここに、と呟く声にジワリと熱を滲ませて、マレフィクスは指先で押しひらいたミリーの花弁の奥、蜜の源泉へと指を潜りこませた。

「っ、んんっ」

半端に足を閉じているせいか、いつもよりも指の存在が大きく感じられて、少しきつい。

指に伝わる締めつけでそれを感じたのだろう。

「もう少し、脚をひらいていただいても……いえ、ひらかせていただきますね」

そう言うなり、マレフィクスは指を引き抜いて、背後から伸ばした手をミリーの膝裏に回して、グッと引き上げ左右にひらいた。

「――っ」

そのまま、広げた脚を彼の両足を跨ぐように下ろされれば、向かいの座席、その後ろのガラス窓、さらにその向こうに広がる世界へと、すべてをさらけだすような格好になる。

見えていないとわかっていても、こみあげる羞恥にミリーが身を震わせると、その震えをやはり催促と取ったマレフィクスは、口元に微笑を浮かべて、喜々としてミリーを悦ばせにかかった。

左手で花弁をひらき、右手の指で滴る蜜をすくいあげるように割れ目をなぞり、花芯にふれる。

ピクリとミリーが身じろぐと、それを合図に快楽の芽をなぶりはじめた。

ぬるつく指で先端をやさしく捏《こ》ねられれば、むず痒いような快感がチクチクとこみあげ、段々とそこに神経が集まってくるような錯覚に陥る。

やがて、ぷくりと芯を持ち、ふくれてきたところで、指の腹で押し潰された。

「――っ、ん、ふ、ぅうぅっ」

そのまま体内にめりこませるように、ググッと力をこめられ、踏みにじるように左右に揺らされれば、ミリーの喉の奥から呻きめいた喘ぎがこぼれる。

恥骨に響くような快感から逃れようと身をよじっても、すぐさま花芯を捉え直されて、いっそう強く揺さぶられる。

――あ、あ、や、くる……っ。

ジワリと額に汗が滲み、脚に力がこもっていく。

何度もマレフィクスに愛でられ、果てへの道すじを刻みこまれた身体が、慣れ親しんだ絶頂へと近付いていく。

ミリーが、すがるものを求めて彼の左腕に手をかけると、すぐさま応えるように腹に手が回り、ギュッと抱きしめられる。

同時に彼の右手にも力が入り、いっそう強く花芯を押し潰されて。

その瞬間、ミリーは果てへと押し上げられていた。

「〰〰っ」

キュッとおなかの奥が縮こまり、ふわっとゆるむような感覚。

甘い絶頂の波がつま先から頭のてっぺんまで、ぶわりと駆け抜けていく。

最後の波が抜けた後、ふるりと身を震わせて、くたりとマレフィクスの胸にもたれつつ、はあ、と一息ついたのも束の間。

花芯に添えられた右手はそのままに、ミリーの腹をなぞりおりた彼の左の指先が蜜口にふれて、ミリーは慌てて身を起こした。

「あ、だめ、まだ、〰〰っ」

とめる間もなく、自分の指では届かないほど深いところまで、骨ばった指が潜りこんでくる。

そのままやわい襞《ひだ》をなぞるように、ゆっくりと抜き差しをされ、花芯に添えた手を動かされれば、抗議の言葉は次第に喘ぎに溶けていった。

「……ぁ、は、んんっ、ふ」

「気持ちいいですか、ミリー」

耳元で囁き、問う彼の声は隠しきれない熱を帯びている。

もぞりと身じろいでみると、スカートと互いのローブ越しに、ごりりと硬く熱を持った昂ぶりを感じて、ミリーは腹の奥がきゅうと甘く疼いた。

「ん、……マレフィクス」

「はい、何でしょう」

埋めた指を通して、ミリーの昂ぶりを彼も感じているのだろう。

尋ねるマレフィクスの声には期待の色が滲んでいた。

「っ、もう、いいですよ」

「……いいのですか、もっと、色々としなくても」

「いいです。ぜんぶ、飛ばしていいです」

初めて結ばれたときと同じような言葉で、許しながらねだる。

「……では、こちらを向いていただけますか」

「……はい」

昂ぶりを抑えた声で促され、ミリーは震える足でゴンドラの床を踏みしめて立ち上がり、クルリと振り返る。

窓の向こうの空は燃えるような茜に染まり、地平線にかかる太陽が最後の輝きを放っているのが見えた。

「……ミリー、焦らさないでください」

「っ、あ、ごめんなさ――」

空よりも、今はこちらを見てほしい――というように手を引かれ、膝の上に抱き上げられる。

大きく脚をひらいてマレフィクスに跨るような形になり、ミリーは頬に熱が集まるのを感じた。

この形で彼とつながるのは初めてだ。

「……さあ、ミリー」

促す声に顔を上げると、彼は菫色の瞳に滾るような熱を湛えて、ミリーを見つめていた。

「きちんと、支えていますから……」

右手をミリーの背に、左手を腰に添えて、マレフィクスがねだるように微笑む。

どうやら、自分から咥《くわ》えこんでほしいというご要望らしい。

ミリーはますます頬がほてるのを感じながら、コクリと頷いて、スカートの下に手を差し入れ、手探りで彼を見つけだした。

トラウザーズの前をくつろげ、引きだすまでもなく跳ねるように飛びだしてきたものを、そっと摘まんで引き下げて、腰を落としていく。

「……っ、ん」

くちゅりと濡れた切先と蕩けた花弁がふれあって、じわりと響く快感に、ミリーは小さく吐息をこぼす。

そっと腰を押しつけると、ふくれた先端が蜜口を押しひろげ、めりこんでくる。

は、と息が乱れたのは、圧迫感からの息苦しさのせいではなく、その先への期待と少しの怯えによるものだ。

――入る、大丈夫、もう何回も……そう、何回も入ったもの。

ゆっくりと息を吸って吐いて、キュッと目をつむると、ミリーはひと思いに腰を落とした。

「――ぅんっ」

ずんと鈍い衝撃と快感が身体の芯に響いて、ミリーは甘い呻きをこぼす。

──これ、深い……！

自重がかかるせいか、いつもより深みにまで彼の熱が刺さっているように感じられた。

ふくれあがった切先で胎の入り口を押し上げられ、少し身じろいだだけで、じんわりとした快感が身体の芯に響く。

──ああ、ダメ、ダメだわ……これ、絶対、すぐダメになる……！

とてもではないが動けない。少し落ちつくまで待ってもらおう。

頼もうとしたそのとき、ミリーの腰と背に回った彼の手にグッと力がこもった。

「っ、まっ、ひゃっ」

待って、という一言を口にすることはできなかった。

ずんと強く突き上げられ、跳ねた身体が落ちて、その反動でまた突き上げられる。

「っ、ぅうっ、ぁ、ふ、ぅうっ、ん、ひぅっ」

これ以上ないほどの奥底まで彼の熱で抉られ、埋め尽くされ、叩きこまれる快感にミリーの頭の芯が白く染まる。

「ミリー、痛みはありませんか……？」

汗ばんだ声で問われ、ミリーは、ふるふると首を横に振る。

初めてのときにこんな風に激しくされたら、「痛い」と叫んで頰を叩いていたかもしれない。

けれど、彼の熱になじみ、丹念に拓かれた今ならば、その荒々しいほどの衝撃にも、感じるのは重く深い快感だけだ。

「っ、ふ、そうですか、よかった……っ」

嬉しそうに目を細めながら、いっそう強く揺さぶられ、ミリーの口から「あぁっ」と悲鳴じみた嬌声がこぼれた。

甘い喘ぎと重たい水音、抑えた低い呻きが入りまじり、微かに揺れるゴンドラの外。

ガラス窓の向こうで、ゆっくりと日が落ちていく。

茜から赤みがかった菫色へ、さらに青みを増して夜が広がって、不意に、ポッと窓の外が明るくなった。

「……え、何」

半ばマレフィクスにもたれかかりながら、ミリーが戸惑いの声をこぼすと、マレフィクスが楽しそうに答えを口にした。

「日が沈むと、明かりが灯るようになっているのです」

ゴンドラの縁と装飾部分が、淡く光るようになっているのだと。

外から見たら、まるで月が増えたように見えるだろう。

きっと、今、このとき、道を行く人々も家の窓辺に立つ人々も、一斉にこちらを見上げているに違いない。

その中で、このようなことが行われていることなど知らずに。

そう思った瞬間、ぶわりと羞恥がこみあげて、カッと全身が熱を持ち、ミリーは何度目かの絶頂へと押し上げられていた。

声もなく身を震わせながら、すがりつくようにマレフィクスを抱きしめる。

「――っ、ミリー、どうしました？」

強まる締めつけで、ミリーが達したことに気付いたのだろう。

マレフィクスが不思議そうに問いかけてくるが、ミリーは答えない。正直に言えるわけがない。

けれど、マレフィクスとしては、ミリーが喜ぶ――かもしれない――要素を見逃すことなどできなかったらしい。

絶頂の余韻に震えるミリーの背を撫でながら、じっくりと考えこんで、「ああ！」と正解に辿りついてしまった。

「見られていると思って興奮なさったのですね！」

ミリーはキュッと目をつむり、ふるふると首を横に振ることしかできない。

けれど、マレフィクスは、ミリーの新たな一面が知れて嬉しいといったように、目を細めて言い放った。

「では、もっと注目を集めてさしあげますね！」

いったい何をするつもりなのか。ミリーは慌てて声を上げようとして。

「っ、ま――」

制止の言葉は間に合わなかった。

マレフィクスがパチンと指を鳴らして――次の瞬間。

パッと花火がひらくように、無数の金色の光が生まれ、ゴンドラを包んだ。

――えっ、これ、私のちょうちょ⁉

羽ばたく光の蝶に目をみはると同時に、彼の魔力が流れこんできて、ミリーは大きく息を呑んだ。

——何これ……⁉

たぶん、マレフィクスにそのつもりはなかったはずだ。

けれど、ふれあった状態で魔術を使えば、自然と互いの魔力が循環される。

——前と、ぜんぜん違う……！

身体をつなげているせいか、入りこんできた彼の魔力は、あの部屋で感じたよりもずっと熱く、激しい奔流となって、ミリーの中を駆けめぐっていく。

マレフィクスの方も同じような驚きを感じているのか、小さく息を呑んだ後、ミリーを強く抱きしめた。

「——ぁ、っ、〰〰っ」

ミリーはきつく目をつむり、知っているのに知らないその感覚を必死に受けとめる。

心地好いなどという言葉では生温い、けれど、快感と呼んでしまっては俗っぽすぎる。

それは、もっと魂の根源から満たされ、震わされるような不思議な喜びだった。

目蓋の裏で白い光と金色の光が次々とまたたいては消える。

その間も、ただひたすらに互いを抱きしめながら、身体よりも深いところで互いを感じていた。

どれほどそうやって抱きあっていただろうか。

ようやく息が落ちついて、ミリーが目蓋をひらいたときには、光の蝶は消えていた。

窓の外には、キラキラとした金色の鱗粉が名残のように舞っている。

「……こうなるのですね。知りませんでした」

ほう、と息をつき、マレフィクスが呟く。

その表情は半ば呆然としているようにも、恍惚《こうこつ》の余韻に浸っているようにも見えた。

「……私も、知りませんでした」

そう答えるミリーもきっと、同じような顔をしているだろう。

どちらからともなく抱きしめあい、そっと息をつく。

「……ミリー」

囁く声に混じる、ねだるような響きに、ミリーはゆるりと首を横に振って釘を刺す。

「もう一回、はナシですよ」

きっと、今の不可思議な現象をもう一度試してみたい、と思ったのだろうが無理だ。

今でさえ、先ほどの余韻で全身が甘く痺れているというのに。

「今日はもう、無理です」

「……そうですか。では、また次の機会に」

名残惜しそうにねだられて、ミリーは一呼吸の間を置いてから答えた。

「そうですね、じゃあ、次の機会に」

またあんな風に凄《すさ》まじい感覚に乱されるのかと思うと、少しだけ怖くもあった。

それでも、もう一度だけでも、あの恐ろしいほどの深みで、愛しい人と喜びを交わしてみたいという誘惑には抗えなかった。

マレフィクスは「はい、ぜひ次の機会に」と微笑むと、あらためて、ミリーを抱きしめ直して、ほう、と満足そうに息をついた。

「……良い夜になりましたね」

「……そうですね」

ミリーは頬をゆるめて頷いた。

色々と驚いたし、ちょっとどころではない恥ずかしいことをされて、してしまった気がするが、確かに、ステキな夜だった。

「……告白のリベンジ、大成功ですね」

「はい。優秀な指南役のおかげです」

目を細めてそう言うと、マレフィクスは、ミリーの髪に留まったデイジーの花に口付けた。

「……引き受けてくださって、ありがとうございました」

「どういたしまして」

ふふ、と笑って答えて、ようやく、ミリーは恋愛指南役を完全に卒業したのだった。

＊＊＊

完璧な告白をミリーに受け入れてもらった、その夜。

マレフィクスは十年ぶりに生家を訪れていた。

ミリーがアデルバートと交わした言葉を教えてもらってから、ずっと引っかかっていたのだ。

彼に「『生きる世界が違うお嬢さん』と食事をしていた」と告げた人物について。

頭に浮かんだのは見知った女――母の顔だった。

それでも、これ以上関わってこないのならば気付かなかったことにしてやろうとも考えていた。

だが、今日の夕方、ミリーが帰宅した後。

ミリーと一緒に指輪を選んだ宝飾店から、母が訪ねてきたと報《しら》せを受けたのだ。

『祝いを兼ねて私から渡すから、完成したら本人たちに知らせず、こちらに届けるように』とのことですが、いかがなさいますか？」と。

母の言葉よりも、注文主であるマレフィクスの意向を優先しようと思ったのだろう。実に正しい選択だ。

報せてくれた礼を言い、「二人で受けとりに行きますから、決して誰にも預けないでください」と釘を刺して、今夜、ミリーが眠りについた後、ここに来ようと決めた。

長年うやむやにしていた関係、いや、幼い未練にケリをつけようと。

「……こんな夜中に何の用なの？」

その「こんな夜中」にメイドに淹れさせた紅茶を飲みながら、長椅子の真ん中に陣取り、不機嫌そうに顔をしかめる母と、テーブルを挟んだ向かいで「どうして私がここにいないといけないのだ」と面倒そうに呟いている父。

それらを交互にながめてから、マレフィクスは母に視線を定め、問うた。

「ご注進してどうなさりたかったのですか？」

「はぁ？　何のこと？」

「殿下に、私とミリーが食事をしていたことを告げ口なさったでしょう？」

「まぁ、告げ口ですって!?」

マレフィクスの言葉が癇《かん》に障ったのか、母が眉をつり上げ、ガチャンとティーカップをソーサーに置いて立ち上がる。

「まるで卑怯なことをしたように言わないでちょうだい！　母親として、あなたを心配してやったことよ！　殿下にあなたをたしなめていただきたかったの！」

「たしなめる？」

「そうよ！　王宮であなたと会った後、あの日、あの店にいたご婦人から話を聞いて、相手があなたの後ろにいた魔術師の娘だとわかったとき、どれほど落胆したと思って？　あんなみすぼらしい、どんな卑しい血が混ざっているかもわからない娘を、我が家に迎えられるものですか！」

ああ、悍ましい――吐き捨てるように言われたそのとき。

マレフィクスは心の奥底にくすぶっていた何かが、フッと消えるのを感じた。

それは、いわゆる母親という生物や家族の絆と呼ばれるものに対する、憧憬や未練のようなものだったのかもしれないが、わからない。

そのようなものを、この家で教わったことも感じたこともなかったから。

「……あなたがどう思おうと関係ありません。余計なことをするのはやめていただきたい」

淡々と告げた途端、母の顔が怒りに染まる。

「余計ですって⁉　あなたを産んだのは私なのよ？　私はあなたの母親で、あなたは私の息子！　あなたの人生は私が生み出したのだから、口を出す権利はあるはずでしょう⁉」

口角泡を飛ばすような勢いで言い募る姿に、マレフィクスの心は凪ぎ、冷えていく。

そう、この女に、この命も名前も与えられた。

今まで、そのことを心のどこかで恩に感じて、いや縁のように思っていたのかもしれない。

この世でただ一人の母親への。

——愛された記憶などないというのに、どうしてでしょうね。

抱き上げられたことも、手を握られたことも、頬に口付けられたことも、やさしく名を呼ばれたことも、笑みを向けられたことさえ、幼い頃はなかった。

宮廷魔術師となってから向けられるようになった笑みは媚《こ》びや嘲り、皮肉、歪《いびつ》な感情が混ざったものばかりで、心からの笑顔を見たことなどない。

周りの子供たちが当然のように親の愛を受けて育つのを見て、ずっと疑問に思っていた。

——なぜ、私にはそれが与えられないのか。

——なぜ、父は私の存在を疎み、母は忌み嫌うのか。

——なぜ、私は他の子供のように愛されないのか。

何度も何度も自分に問いかけた結果。

出た結論は「彼らが凡庸な人間で、自分が天才だから仕方ない」というものだった。

凡庸な人間はマレフィクスのような特別な人間を恐れ、畏れるものなのだ。

たとえそれが親であっても変わりはない。仕方のないことだ。

凡庸な人間と自分は違うのだから、温かな家庭やつながりや、凡庸な人間のような幸せは自分には望めない。

ずっと、そう思いこんできた。

けれど、その垣根をあっさりと越えてきたのだ。ミリーは。

——あの人は……私に手を差しのべ、笑いかけ、愛しいもののように名を呼んでくれた。

マレフィクスに人が人になるために必要な心を与えて、いや、心があることに気付かせてくれたのは、ミリーだ。

そう、この女ではない。

自分にとって、これはもう必要のない存在なのだ。

「……そうですね。あなたが与えてくださったものです。ですが、その分の見返りは充分お支払いしたでしょう？　もう、私の命も名前も私だけのものです」

マレフィクスは静かに告げ、スッと手を持ち上げる。

「今後一切、あなたには私に関する何の権利も認めません」

何か魔術をかけようとしていると察したのだろう。

ハッと母が目をみひらき、一歩後ずさる。

「っ、母親に何をするつもりなの、マレフィクス⁉」

甲高く裏返った声が耳に刺さる。

昔から、母に名前を呼ばれるたびに心がざわめいた。

けれど、それは愛しい人に呼ばれるときのような、心地好いざわめきではない。

マレフィクス──「魔法使い」を意味するが、古い言葉では「邪悪」の意味を持つ言葉。

どうしてその名前をつけたのか、気になってはいたが尋ねたことはなかった。

聞くまでもなく、わかるような気がしたから。

「あなたは私の子供なのよ！」

怒りと恐れに顔を歪めた母が叫ぶ。

「……そうですね。子供です。一度も愛したことのない、あなたの子供」

「違うわ！　私は――」

「そのような忌まわしい存在に、二度と関わらなくてすむように、あなたに祝福を授けましょう」

そう言って、マレフィクスは一歩踏みだし、指先でかすめるように母の喉にふれた。

「っ、マレフィ――」

名前を呼ぼうとしたのだろう。

ぐう、と絞められた鶏のように呻いて、母が喉を押さえる。

「げほっ、な、何をしたの、マレ――げぅっ」

またしても母は濁った呻きをこぼし、その場にくずおれるように膝をつき、喉に爪を立てる。

「いっ、息、がっ」

大きく口をひらき、絶え絶えに呟く。

ぜえぜえと荒々しい呼吸を聞きながら、マレフィクスは静かに母に告げた。

「あなたには二度と私の名前を呼ばせません。無理に呼ぼうとすれば息が詰まり、喉が裂けることでしょう」

自分の名前を呼ぶ女性は彼女、ミリーだけでいい。

「ついでに、もうひとつ……」

言いながら指を鳴らせば、肉付きのいい母の足首に茨の模様が浮かび上がる。

「忌々しい子供に、二度と近付かなくていいようにしてさしあげましたよ。近付けばどうなるか、試したければどうぞご自由に」

そう告げても、母は何も言い返してはこなかった。

悍ましく忌々しい存在を前にしたように、恐怖に目をみひらいて身を震わせるだけで……。

マレフィクスは自分とは色も形もまるで似ていない、その目に映る自分を少しの間ながめてから、視線を父に移した。

父はこちらを見ていなかった。

不自然なほど首をひねって遠くの壁を見つめていた。

何も知らない、関わりたくない――というように。

――相変わらずですね。

幼い時分は「不義の子だ」と散々疑い、目の前であてこするように母と言いあっていたが、マレフィクスが宮廷魔術師になって頭角を現すと、父は一転して関わりを避けるようになった。

怒らせるのは怖いが、今さら息子として可愛がる気にもなれない。

だから、無関心を装うようになった。

知らない、関わりなどない。勝手にやってくれ――というように。

この男もこの女も、マレフィクスにとって、親にはなれなかった人間だ。

「今日を限りに、もうお会いすることはないでしょうが……遠くから、お二人の幸せを祈っております」

別れの言葉を口にして、マレフィクスは踵を返す。

呪いをかけたのは自分の方だというのに、まるで呪いが解けたかのように晴れやかな気分だった。

――これでもう……本当に、私はミリーだけのものですね。

彼女だけの家族になるのだ。

これから先の未来を、彼女のために生きていく。

——ああ、そうだ。念のため、殿下にも呪いをかけておきましょうか。

何かできるとは思わないが、それでも、少しでもミリーが不快な思いをすることのないように、二度とあの男が彼女に近付けないようにしておこう。

これから先、すべてのものから彼女を守り、幸せにして、一緒に幸せになるのだ。

彼女のためなら何でもできる。

そう、嘘ではない。

——私ならば、何でもできますよね。

マレフィクスはミリーの「星の魔術師」なのだから。

こみあげる愛しさと高揚感を胸に、マレフィクスは愛しい人のもとへと飛んでいった。

エピローグ　幸せが多い方にしましょうね！

夏も盛りを過ぎ、豊かな秋へと向かいはじめた、ある日の日暮れ。

ミリーは宮廷魔術師のローブをまとい、借りていた資料を返すため、蔵書室に向かっていた。

今日は資料を返したら、そのまま帰る予定だ。

――これでぜんぶ……よね？

閉室時間が近いからと急いで集めて出てきたため、しっかり数えられなかった。

チェックもれはないだろうかと、重ねた資料をめくって確認していたミリーは気付くのが遅れてしまった。

まっすぐに伸びた大理石の廊下、角を曲がった先から聞こえてくる複数の足音に。

「――ぐあっ」

聞き覚えのある悲鳴が耳に届いて、ミリーは慌てて元来た方へと駆けだす。
一、二、三、と数えて七歩。
念を入れてもう三歩ほど離れてから、廊下の端に寄って振り向く。

やがて、角からソロソロと顔を覗かせたのは、アデルバートだった。

「……やあ、ミリー」

彼はチラリとミリーと自分の間の距離を測り、ホッと息をついて一歩廊下に踏みだすと、ひどく情けない顔で微笑んだ。

「……離れてくれてありがとう」

「……いえ、その……申しわけありません」

礼の言葉に、ミリーは何ともいえない笑みでそう返した。

あの観覧車での告白リベンジの翌朝。

マレフィクスが告げてきたのだ。

「殿下に呪いをかけてきました。もう、彼があなたに何かをすることはありませんよ」

澄んだ瞳と晴れやかな笑顔で。

アデルバートは今、ミリーの半径七歩以内に入ったら、茨のつるに足を取られる魔術——いや、呪いをかけられている。

二人の距離が近付くほど、巻きついた茨が締めつけを強め、肌がふれた瞬間、骨を砕いて足首を引きちぎる、そんな恐ろしい呪いが。

——「王族にそんな呪いをかけてもいいの？」って思うけれど……。

マレフィクスが言うには「きちんと殿下の同意はいただきましたので」いいのだそうだ。

初めて呪いを見せられたとき、遠巻きに尋ねるミリーに、アデルバートは足首から血を滲ませてうずくまりながらも、引きつった笑みを浮かべて「そうだよ」と頷いていた。

「……これくらいで許してもらえるのなら、国が滅びるよりはずっといいからね」と。

以来、アデルバートの方からはもちろん、ミリーの方からもうっかり近付いてしまわないように気をつけている。

「……それじゃあ、彼によろしく言っておいてくれ」

そのときと同じく、引きつったような笑顔で言いながら、アデルバートはミリーとは反対の廊下の端に寄る。

そうして、壁に背をつけるようにしてすれ違っていく。

どうして、半径十歩ではなく、七歩なのか。その理由はこれだ。

ミリーがよく使う王宮内の廊下の幅を測った上で、廊下の端と端に分かれれば、ギリギリ呪いが発動せずにすむ距離ということで、七歩に決まったのだ。

近付く気はないのに呪いが発動しては、ミリーが気に病むだろうから――というマレフィクスの心遣いによって。

「はい、ありがとうございます」

頭を垂れ、ミリーの方も壁にくっつくようにして、アデルバートが通りすぎるのを待っていると、彼の後に続く護衛の一団に交ざっていたウォルターと目が合った。

眉を下げ、「大変だね」というように、呆れと畏れまじりの苦笑を浮かべて通りすぎていくのに、ミリーはペコリと頭を下げて返す。

最初に呪いのことを知ったときも、ウォルターは同じような表情で、「ミリーちゃんも大変だね、団長の愛が重くって」と言っていた。

その後、「はい、おかげさまで幸せです」と返したら、弾けるように笑っていたが……。

――わかってもらえるって、ありがたいことよね。

あのアデルバートの執務室での会話の後。

礼を言うマレフィクスとミリーに、ウォルターは肩をすくめて嘯《うそぶ》いていた。

「だって、団長がミリーちゃんと愛の逃避行とかしちゃったら、俺たちの平穏な魔術師ライフが終わっちゃいますから！」と。

確かに、もしも罪に問われたとしても、二人で逃げてしまえばそれでよかっただろう。

そもそも、アデルバートや議会にマレフィクスをどうこうできたとも思えない。

それでも、自分たちにできる方法で、マレフィクスとミリーを守ろうとしてくれた、ウォルターたちの心が嬉しかった。

おかげで今も、ミリーは変わらぬ日々を、いや、前以上に幸せな日々を送れている。

「……さぁ、早く返して帰ろうっと！」

マレフィクスと暮らす、二人の家に。

ふふ、と頬をゆるめて呟くと、ミリーは弾むような足取りで歩きはじめた。

＊　＊　＊

無事に本日も勤めを終えて、トコトコ歩く帰り道。

屋敷の前まで来たところで、ミリーは、あけ放たれた門から勢いよく飛びだしてくる子供たちと行きあった。

「あ、ミリーさん、おかえりなさーい！」

「おかえんなさーい！」

一日中たっぷり遊んだ後だろうに、元気あふれる声で迎えられ、ミリーは思わず笑顔になる。

「はい、ただいま。気をつけて帰ってね！」

「はーい！　おじゃましましたー！」

手を振りながら駆けていく子供たちの背に、ミリーも手を振り返す。

「ちょっと、待ちなさい！」

少し遅れて門から飛びだしてきたのは母親たち。

半分夢の世界入りの幼子を抱えている母親もいれば、先に出た子供が脱ぎ捨てたと思《おぼ》しき、上着と靴を持っている母親もいる。

どうやら開放感がいきすぎて、キャストオフしてしまった子がいるらしい。

いくら夏でも、この時間になれば風が冷たいだろうに、何とも健やかなことだ。

「あっ、ミリーさん」

ミリーに気付いて、パッと笑みを浮かべたその顔は、それぞれの子供たちとよく似ている。

「こんばんは。今日も、うちの子がお世話になりました！」

深々と母親たちに頭を下げられ、ミリーは笑顔で答えた。

「いえいえ、どうせ昼の間は使いませんから！」と。


屋敷の庭に、華々しく観覧車が降臨した翌日。

マレフィクスと屋敷に帰ると門の前に子供たちが集まっていた。

「……皆、どうしたの？」

ミリーが声をかけたところ、こわごわ近寄ってきて、震える声で頼まれたのだ。

「あ、あのっ、あれっ、乗せてもらえませんか……？」

そう言って子供たちが指さしたのは、目隠しの塀など無意味とばかりに、ドーンとその身を誇る観覧車だった。

――ああ、確かに乗りたくなるわよねぇ。見えちゃっているもの。

ミリーは、ふふ、と笑って、マレフィクスを振り返り、「いいですか？」とねだった。

「私、自分で乗るのも好きですが、子供たちが遊んでいるのを見るのも好きなので」

するとマレフィクスは「そうですか。では、安全に留意して遊べるようにしましょう」と頷いて、子供たちが使えるようにしてくれた。

まず、昼の間、子供たちは自由に門を通って庭に出入りできるようになった。

その上、観覧車には子供たちの体重を感知して扉が閉まったら動くよう、そして、下に着くまでは扉があかないように、新たな魔術が付加された。

その結果は連日の大盛況。

今では、すっかり子供たちに人気の遊び場となっている。

屋敷の呼び名も「茨屋敷」から「茨遊園」に変わったそうで、ホラースポットからアミューズメント施設にジャンル変更されたらしい。

ちなみに、あの苺色のゴンドラは、「あんなことをしてしまった場所に何も知らない子供たちを乗せるのはアウトでしょう！」ということで、ミリーたち専用になっている。

「——本当にありがとうございます！　では、失礼します！」

母親たちが口々に礼を言い、頭を下げて、「待てって言ってるでしょー！」と叫びながら先行く我が子を追いかけていく。

「お気をつけてー！」

暮れゆく大地を駆けていく、大小入りまじった背中に声をかけて、ミリーは頬をゆるめる。

——私もいつか、あんな風に大騒ぎしながら、子供を追いかけたりするのかしら……。

楽しそうだが、大変そうだ。

マレフィクスとの間に、まだその兆しは見られないが、いつかはその日がくるのだろうか。

贅沢を言うなら、できれば、マレフィクスに似てほしい。

男の子でも女の子でも、天使の美貌確定だ。

——私に似たら、天使はちょっと言いすぎになっちゃう。まあ、父さんと母さんなら、私似の子でも、そう呼んでいただろうけれど。

もしも父と母が生きていたなら、どちらに似たとしても、幼いミリーに言っていたように「天使」「世界一可愛いキャベツちゃん」「むちむちプリンセス」と呼んで可愛がってくれたことだろう。

頬をゆるめて歩きだし、門をくぐったところで、ふとマレフィクスの母親の顔が頭をよぎる。

——あの人は……どうかなぁ。

子供を可愛がる姿が想像できないが、もしかしたら孫となると違うかもしれない。

——そういえば、何も言ってこないわね……？

マレフィクスは結婚したことを両親に伝えたと言っていた。

父親はどうかはわからないが、少なくとも母親の方はミリーとの結婚に大いに反対し、物申してくるだろうと覚悟していたのだが……。

何のリアクションもないということは、「もう勝手にしなさい！」と呆れて諦めたのだろうか。

それとも、素直に子供の幸せを認める気になってくれたのか。

ミリーは左手の薬指、そこに光る菫色と金の指輪にチラリと視線を走らせて、苦笑を浮かべる。

――まぁ、単純に贅沢ができなくなるのが嫌で、文句を言わないだけかもしれないわね。

信じられないことに、あの母親は件《くだん》のレストランの食事やドレスだけでなく、観劇や旅行などの遊興費まで、ほとんどをマレフィクスの掛かりにしていたのだ。

彼に縁を切られることで、その楽しみを失うことを恐れているのかもしれない。

――あの人も、ずっと浮気を疑われていたわけだし、可哀想な人なんだろうけれど……。

自分の子供を愛そうとも守ろうともしなかった人を、母親とは認めたくない。

なるべく関わらずに、遠くでそれなりに楽しく暮らしてくれればいいなと思っている。

――うちはうち、よそはよその精神で、嫁姑《しゅうとめ》問題とは一生無縁でいきたいわね！

うんうん、と頷くと、ミリーは観覧車に目を向けた。

途端、タイミングを見計らったように、地平線に残っていた太陽のしっぽが隠れ、ふわりと夜の色が広がり、ゴンドラにまあるい明かりが灯る。

そのやさしい光に導かれ、芝生の上を歩いていく。

観覧車の前に着いたところで、下りてきた苺色のゴンドラがピタリとミリーの前でとまり、扉が誘うようにひらいた。

これもマレフィクスが新たに付加した魔術だ。

ミリーだけを認識して、このゴンドラに導くように。

そして、ここに乗りこめば何が起こるかも、もう知っている。

口元をほころばせて、車内に足を踏み入れ、右の座席に腰を下ろす。

ガコン、とゴンドラが揺れ、動きだして――。

そっと目をつむってひらくと、向かいの席で愛しい人が微笑んでいた。

「……ただいま帰りました、ミリー」

世界で一番の魔術師である彼は、一度行った場所ならば、どれほど遠くても転移できる。

たとえ、そこが動くゴンドラの中でも。

ふふ、とミリーは目を細める。

――私が乗るたびに、律儀に飛んでこなくてもいいのにね。

けれど、仕方がないのだ。

マレフィクスは「観覧車はミリーと二人で乗るもの」と学習してしまっているから。

「……お帰りなさい、マレフィクス」

ニコリと笑って返してから、ミリーはちょっとだけ意地悪な質問をしてみる。

「でも、『まだ仕事が残っているから先に帰ってください』って、言っていませんでしたっけ?」

「言いました」

コクリと頷いた後、マレフィクスはキリリと表情を引きしめて続けた。

「ですが、大丈夫です。あなたとの時間よりも優先しなくてはならないほど、緊急性の高い仕事は残っていませんので、何ら問題ありません」

「そうですか、それならいいんですけれど！」

クスリと笑みをこぼしたところで、彼が手を伸ばしてきて、ひょいと抱きよせられる。

そのままマレフィクスの膝に乗せられて、ミリーが彼の肩に頭を預けると、彼は満足そうに息をついた。

「……ああ、初めて観覧車を見たときは、何と非効率的な乗り物なのだろうと思いましたが……、見方を変えると、これほど効率的に二人きりの世界が作れる乗り物はありませんね」

「ふふ、そうかもしれませんね」

「ええ、そうですよ……ですので、この世界を満喫させてください」

ジワリと甘さと熱を帯びた囁きがミリーの耳をくすぐり、顎をすくわれて唇が重なる。

「……っ、……ふ」

ふれては離れるだけの口付けが、段々と深みに向かっていくのを感じて、ミリーは、ん、と喉を鳴らして制止の声をかけた。

「……してもいいですけれど、それなら、もう今日はベッドではしませんからね」

毛布一枚しかなかった部屋は、最初に買ったヘッドボードの装飾が可愛らしい寝台に合わせて、少しずつ家具をそろえていった。

今では、すっかり夫婦の寝室らしくなっていて、当然、夫婦の営みも床の上ではなく、ベッドの上でするようになったわけだが……。

「……明日は休みなのに、ですか？」

マレフィクスが不満げに眉を寄せて抗議をしてくるのに、ミリーはキッパリと頷いた。

「そうです。明日はカップを買いに行く約束でしょう？　私、起きられなくなっちゃいます！」

「それならば、明日は私が一人で行ってきます。今あなたが使っている品と、同じ品を買えばいいだけですから。南通りの雑貨屋ですよね？」

屋敷には家具はもちろん食器さえなかった。

家具と同じく、ひとつひとつ二人でそろえていったのだが、元々ミリーが使っていた犬の足跡柄のカップを見た彼が、それもそろえたいと言いだしたのだ。

――「ぜんぶおそろいにしたいなんて可愛い」って思ったのに……。

無駄もロマンもない提案にミリーがちょっぴり唇を尖らせると、マレフィクスは一瞬首を傾げて考えこむようなそぶりをし、「いえ」と意見をひるがえした。

「やはり、二人で行きましょう」

あら、とミリーは目をみはり、それから、ふふ、と頬をゆるめる。

「やっぱり一緒に行きたいんですね！」

「はい。あなたに現物を確かめていただいた方が、間違いがありませんから」

「あ、そっちですか……」

何だそうかと肩を落とし、はあ、と溜め息をつこうとしたところで、「それに」と甘さを帯びた声がミリーの耳に響いた。

「選ぶために かかる時間は同じでも、隣にあなたがいてくれた方が、その時間の幸福度が高くなると思うのです」

「……そうですか……それは費用対、いえ、時間対効果バッチリですね」

うんうんと頷いて、それから、ミリーはマレフィクスの首に腕を回し、高鳴る鼓動と衝動のままに唇を奪いにいった。

強く押しつけて離して、ふふ、と笑みくずれながら告げる。

「それなら、ぜひ一緒に行きましょう。同じ時間でも、幸せが多い方にしましょうね！」

「はい……！」

マレフィクスはそれこそ幸せそうに目を細めて頷くと、ミリーを強く抱きしめて言った。

「ベッドであなたを愛でるのは、明日、買い物から帰ってからにします。その順番が、一番幸せを多く得られますよね？」

実に無駄のない完璧な計画に、ミリーは呆れにも似た愛しさを覚え、ついつい笑ってしまう。

「もう、ちゃっかりしてらっしゃるんですから……でもまあ、ふふっ、そうですね！」

——変わらないけれど、変わったなぁ……。

クスクスと肩を揺らしながら、思う。

仕事熱心で忙しいのも、無駄のない考え方も変わらない。

けれど、その判断基準に愛情が加わって、良くも悪くも——悪いというほどではないが、時々、怖いと思うことはある——人間らしくなった。

凡庸な人間であるミリーは、それがとても嬉しい。

天才であるマレフィクスの考えは、やはり理解できないこともあるが、それでも、わかりあえるようにずっと寄りそっていたいと思う。

この先もずっと凡庸な人間を代表して、平凡な幸せを彼にあげたいし、もらいたい。

そして、その幸せをずっと二人で守っていきたい。

そんな願いと想いを無駄なく完璧に伝えるために、ミリーはマレフィクスを見つめて、ギュッと抱きしめる。

「大好きです！」

声とまなざしと温もりと、ぜんぶを使って告げれば、すぐさま彼の手にも力がこもって。

「私も、愛しています」

同じようで、ちょっぴり強くて深い言葉と共に、ギュッと抱きしめ返された。

完璧主義の天才魔術師様が私の口説き方を私に聞いてくるのですが!?

著者　犬咲

イラストレーター　鶴

2024年10月5日　初版発行

発行人　藤居幸嗣

発行所　株式会社Ｊパブリッシング
〒102-0073　東京都千代田区九段北3-2-5 5F
TEL 03-3288-7907　FAX 03-3288-7880

製版所　株式会社サンシン企画

印刷所　中央精版印刷株式会社

ISBN：978-4-86669-682-9
Printed in JAPAN